中國語言文字研究輯刊

二六編

第 9 冊

詞彙類型學視野下空間維度形容詞的
認知語義研究

金采里 著

花木蘭文化事業有限公司

國家圖書館出版品預行編目資料

詞彙類型學視野下空間維度形容詞的認知語義研究／金采里
著 -- 初版 -- 新北市：花木蘭文化事業有限公司，2024〔民
113〕
序 2+ 目 8+242 面；21×29.7 公分
（中國語言文字研究輯刊　二六編；第 9 冊）
ISBN 978-626-344-605-2（精裝）
1.CST：詞彙學　2.CST：比較研究
802.08　　　　　　　　　　　　　　　　　112022488

ISBN-978-626-344-605-2

9 786263 446052

中國語言文字研究輯刊
二六編　　第 九 冊　　　　　　　ISBN：978-626-344-605-2

詞彙類型學視野下空間維度形容詞的認知語義研究

作　　　者　金采里
總 編 輯　杜潔祥
副總編輯　楊嘉樂
編輯主任　許郁翎
編　　　輯　潘玟靜、蔡正宣　美術編輯　陳逸婷
出　　　版　花木蘭文化事業有限公司
發 行 人　高小娟
聯絡地址　235 新北市中和區中安街七二號十三樓
　　　　　　電話：02-2923-1455 ／傳真：02-2923-1452
網　　　址　http://www.huamulan.tw 信箱 service@huamulans.com
印　　　刷　普羅文化出版廣告事業
初　　　版　2024 年 3 月
定　　　價　二六編 16 冊（精裝）新台幣 55,000 元　　版權所有・請勿翻印

詞彙類型學視野下空間維度形容詞的認知語義研究

金采里 著

作者簡介

金采里，女，韓國人，1993 年生。清華大學文學博士，現任上海師範大學博士後。主要研究方向：詞彙類型學、詞彙語義學、漢韓對比語言學。主要學術論文有《空間維度形容詞「THICK ／ THIN」的詞彙類型學研究》《詞彙類型學視野下漢韓空間維度形容詞——「THICK ／ THIN」對比》《空間維度形容詞「LONG ／ SHORT」的詞彙類型學研究》《空間維度形容詞「WIDE ／ NARROW」的詞彙類型學研究》等。曾獲上海師範大學「博士後激勵計劃」資助（重點項目）。

提　要

　　本書以莫斯科詞彙類型學研究小組（MLexT）的理論為指導，分析了 13 種語言「LONG ／ SHORT」「WIDE ／ NARROW」和「THICK ／ THIN」的基礎義和引申義用法，並驗證了跨地域、跨語言間的認知共性和差異，歸納總結了各語言引申發展的規律。

　　本書共分六章。第一章回顧已有的研究成果，介紹本書研究方法及研究對象。第二章至第四章，通過 MLexT 的理論框架和研究方法，考察 13 種語言一維空間維度形容詞「LONG ／ SHORT」、二維空間維度形容詞「WIDE ／ NARROW」和三維空間維度形容詞「THICK ／ THIN」的基礎義和引申義用法。本書全面而詳細地分析「LONG ／ SHORT」「WIDE ／ NARROW」和「THICK ／ THIN」這三組空間維度形容詞的空間義，並在空間義的基礎上探索三組維度形容詞的隱喻義及詞義引申的機制。本書嘗試借鑒 MLexT 的理論框架和研究方法，總結出三組空間維度形容詞的參數和框架，運用這些參數和框架描述空間維度形容詞的語義特徵，得到了一些不同的認識，如「LONG ／ SHORT」和「WIDE ／ NARROW」能夠描述突顯維度，而「THICK ／ THIN」描述非突顯維度等。第五章將三組空間維度形容詞「LONG ／ SHORT」「WIDE ／ NARROW」和「THICK ／ THIN」進行對比，發現「LONG ／ SHORT」與「WIDE ／ NARROW」和「THICK ／ THIN」有很大的不同，「LONG ／ SHORT」的基礎義具有跨語言的穩定的詞義，而「WIDE ／ NARROW」的基礎義和「THICK ／ THIN」的基礎義更複雜。以往的研究對此較少提及，因此我們要做詳細深入的論述。第六章對本書的研究成果進行了總結。

序

張　賾

　　對空間的認識是人類基本的認知活動之一，空間概念表達也是人類語言中普遍存在的表達。同一空間概念在不同語言中其所範圍的事物有何異同，同一事物在不同語言中如何認識並表述其空間特徵，它反映了不同語言社會的不同認知嗎？這是個既有趣又有理論價值的問題。《詞彙類型學視野下空間維度形容詞的認知語義研究》一書選取人類語言中普遍存在的最基本的三對空間形容詞，通過對十三種語言的跨語言調查和對比，對人類語言空間概念的表達和認知作了有益的、有效的探索。具體來說，以下兩方面該項研究是很有價值的：

　　（一）基於新的語言事實修正了以往研究使用的空間維度形容詞的分析框架，對空間維度形容詞的語義參項作了更準確地提煉，提出了新的語義參項，在研究理論和方法上作了很好的探索，研究範式對後續的空間形容詞研究有參考意義。

　　（二）基於跨語言的對比，論文對空間維度形容詞得到了很多新的見解和認識。如：空間形容詞呈現出明顯的地域差異，地域差異特點要比語系差異明顯；一維形容詞比二維形容詞、三維形容詞更穩定，具有更高的跨語言一致性，從類型學方面很好地說明了斯瓦迪士核心詞裏三個維度形容的穩定序列；發現了每組詞內部雖然詞義相反，但在從語義和用法的活躍度來看兩個詞並無明顯差異，質疑積極形容詞和消極形容詞的區別。以往研究對這些語

言事實或未看到，或沒有足夠的重視。結論的得出基於作者大量細緻的語言事實的分析、描寫，以及作者從詞彙類型學出發的理論思考，是可信的。當然十三種語言樣本的數量還是不夠的，還需要更大範圍的語言考察來驗證這些結論。

　　本書是在金采里的博士論文基礎上修改而成。采里是韓國同學，從 2018 年起跟我讀博士，我對她最深刻的印象就是勤奮刻苦、不畏困難。她剛進行完博士論文選題就遇到了三年大疫，促不及防，滯留在外，當我們都意識到論文工作陷入停滯時，她毫不猶豫地在機票最貴、隔離最嚴的時候回到學校，由此可見她的決心。采里話不多，但是每次指出的問題到下次再討論時她都能很好地解決，讀博幾年，進步非常快，參加過她博士論文開題、中期、預答辯和答辯各環節的老師都發現了這一點，在她博士論文寫作過程中給了很多幫助。采里也非常喜歡中國、喜歡學術研究，有志於學術人生。期待她不斷精進，作出更多的精彩研究！

張楨
2023 年 8 月 17 日於北京清華園

目

次

附圖目次

第一章 緒 論

第一節 選題緣起

　　人存在於實體的空間中，所以人需要對空間以及包括自己在內的空間中的事物進行描述和感知。這種描述和感知常常會在人們心理上構建出一些情景，這些心理情景在不同地域，不同語言中既有認知上的共性，也有各語言的差異。這些共性與差異同樣也會反映到各國的詞彙系統中，而詞彙類型學的主要研究目標就是發現這些心理情景在跨語言詞彙系統中的共性與差異，從而印證出人們在跨地域上認知的共同規律和個性差異。如：人作為直立行走的生物，通常會首先觀察到與地面垂直的距離，即事物的高度。若當垂直方位的距離不夠長，以至於不會引起人們的注意時，人們通常會把空間中與人眼視線平行的最大距離認為是長度。在各語言的詞彙系統中，通常使用「LONG / SHORT」形容事物長度的大小。已有研究指出，在英語的詞彙系統中，「short」既可以描述垂直於地面的高度，也可以描述人的身高。這一認知有別於現代漢語普通話只能用高度來描述身高，而不能用長度。通過本研究考察還發現「LONG / SHORT」可以進一步從空間中描述一維的線條狀事物引申出諸多在時間域、數量域、認知域和評價域上的隱喻義，這些隱喻義都與人們對空間中事物長度的理解相關聯。各語言既有共同的引申規律，也有各自的特點。空間維度是人類的基本概念，是人

類語言廣泛存在的基本詞彙，通過對空間維度詞的考察可以瞭解人類對於空間概念的認知規律。已有對空間維度形容詞的研究取得了比較豐碩的成果，但針對跨語言認知差異的研究還不夠充分，研究空間仍然很大，特別是對基礎義與引申義之間的關聯和各語言引申路徑的規律討論的還不夠全面。因而本書嘗試運用 MLexT 理論框架和研究方法，考察空間維度形容詞的基礎義和引申義，探討背後的機制和規律，嘗試找出人類在空間認知和表達上的共性與差異。研究既可以豐富和深入認知語言學的相關認知，也可以幫助二語習得者更準確地抓住目的語詞彙的語義特征和具體的用法特點，幫助二語習得者在跨語言學習空間維度形容詞時避免混淆與誤用。

第二節　研究對象

　　本書的研究對象是 13 種語言中的三組空間維度形容詞，即一維空間維度形容詞的「LONG / SHORT」、二維空間維度形容詞的「WIDE / NARROW」、三維空間維度形容詞的「THICK / THIN」。本書用大寫英文字母表示這一跨語言的概念，如一維的「LONG / SHORT」對應了漢語的長／短、英語的 long / short 等，二維的「WIDE / NARROW」對應了漢語的寬／窄、英語的 wide, broad / narrow 等，三維的「THICK / THIN」對應了漢語的厚／薄，英語的 thick / thin 等。如表 1.1 所示，本書的樣本語言有漢語、泰語、越南語、印尼語、蒙古語、韓語、日語、英語、德語、拉丁語、法語、西班牙語、俄語。〔註 1〕

表 1.1　三組空間維度形容詞在 13 種語言中對應詞的參考表

空間維度詞 係屬　　　語言	LONG / SHORT	WIDE / NARROW	THICK / THIN
漢藏語系　漢語	長／短	寬／窄	厚／薄
臺—卡岱語系　泰語	yaaw / san	kwang / khep	naa / baang

〔註 1〕本書考察的 13 種語言中「LONG / SHORT」「WIDE / NARROW」「THICK / THIN」概念的對應詞很多，常常不止一個。我們將從世界語言共詞化數據庫（CLICS）和語料庫選出的能描述三組空間維度形容詞中基礎義的詞作為研究對象。比如 13 種語言中，「WIDE / NARROW」的基礎義是「二維平面的橫向距離」。在英語中「wide」與「broad」都具備「二維平面的橫向距離」這個基礎義框架，所以本研究將二者皆納入考察範圍。

南亞語系	越南語	dai / ngan	rong / hep	day / mong
南島語系	印尼語	panjang / pendek	lebar / sempit	tebal / tipis
阿爾泰語系	蒙古語	urt / bogino	orgong / narjing	tsutsang / nimgen
係屬不明	韓語	gilda / jjalda	neolda / jopda	dukkeopda / yalda
	日語	nagai / mijikai	hiroi / semai	atsui / usui
印歐語系	英語	long / short	wide、broad / narrow	thick / thin
	德語	lang / kurz	breit、weit / schmal、eng	dick / dunn
	法語	long / court	large / etroit	epais / mince
	西班牙語	largo / corto	ancho / estrecho	grueso / fino
	拉丁語	longus / brevis	latus / angustus	crassus / tenuis
	俄語	dlinnyj / korotkij	sirokij / uzkij	tolstyj / tonkij

　　本書選取樣本語言時，主要從亞歐大陸的主要語系中選取使用人口較多、影響較大、研究基礎較好的語言。根據本書的考察發現，空間維度形容詞在用法上呈現出明顯的地域差異，因此我們選擇了亞洲語言的漢語和歐洲語言的英語分別作為兩個地域的代表語言，在論述中需要舉例說明時作為主要舉例的語言。當某些語言裏的特殊用法沒有反映在這兩種語言中時，我們會把這些用例列入書中。

第三節　研究綜述

一、空間維度形容詞系統研究概述

　　由於空間概念作為人們認知的起點，對於理解其他語義範疇的詞義具有重要作用，空間維度形容詞一直是語言學界關注的熱點。此部分從各國語言學家空間維度形容詞研究和漢語學界空間維度詞研究角度分別進行回顧。

（一）跨語言的空間維度形容詞系統研究

　　上個世紀以來，各國語言學家針對不同語言的空間維度形容詞做了大量研究，研究主要分為三個方面：一是對空間維度形容詞語義特徵的研究，二是對空間維度形容詞與名詞搭配的規律研究，三是對空間維度形容詞語義系統構建的研究。其中對空間維度形容詞語義特徵的研究是最多的。學者們都比較一致

地採用 Bierwisch（1967）對空間維度詞語義標記的方法來探討各語言空間維度形容詞的語義特徵的問題。

Greimas（1966）較早從法語入手提出了義素系統，分析了六個空間維度形容詞的語義構成成分，並結合層級性進行了闡釋。他認為「haut（高）/ bas（低）」的語義特徵為「空間性」「維度性」「垂直性」；「long（長）/ court（短）」的語義特徵為「空間性」「維度性」「水平性」「縱深性」；「large（寬）/ etroit（窄）」的語義特徵為「空間性」「維度性」「水平性」「橫向性」。但是他僅僅歸納了義素分析法的作用，並沒有給出相關解釋。〔註2〕

Bierwisch（1967）首次提出了德語空間維度形容詞的語義標記的研究，不同於 Greimas 僅關注空間維度形容詞的方向，Bierwisch 還進一步考察了物體的形狀、維度等語義特徵，並把維度形容詞的語義標記分為：維度（1Dim，2Dim，3Dim）、極性（Pol）、垂直（Vert）、次要維度（Second）、最大（Max）、觀察者（Observer）、固有（Inherent）、主要（Main）、圓形（Round）、扁平（Plain）、距離（Distance）。其中維度是形容詞描述事物的維度，可以是一維（1Dim），也可以是二維（2Dim），還可以是三維（3Dim），沒有維度限制的是 n 維度（nDim）。極性（Pol）表示形容詞是有標記的還是無標記的。垂直（Vert）表示形容詞描述的維度是否為垂直。次要維度（Second）表示形容詞描述的維度是否為次要維度，如果一個事物中「HIGH」是主要維度，那麼「WIDE」就是次要維度。最大（Max）表示形容詞描述的維度是否是最大維度。固有（Inherent）表示形容詞描述的維度是否具有不變的屬性。觀察者（Observer）可以理解為形容詞描述的方向是否與觀察者的視線保持一致。主要（Main）表示形容詞形容的維度是否為事物的主要維度。最後，圓形（Round）、扁平（Plain）、距離（Distance）是指描述事物的不同形狀。〔註3〕Bierwisch 創造了這些語義標記，描寫了德語空間維度形容詞的語義特徵，下面表 1.2 轉引自 Bierwisch（1967）。〔註4〕

〔註2〕 以上 Greimas 的論述，轉引自格雷馬斯：《結構語義學》，上海：百花文藝出版社，2001 年，第 43～47 頁。

〔註3〕 Bierwisch, *Some semantic universals of German adjectivals*. Foundations of Language 3, 1967, pp. 24~26.

〔註4〕 Bierwisch, *Some semantic universals of German adjectivals*. Foundations of Language 3, 1967, pp. 32.

表 1.2　Bierwisch 空間維度形容詞的語義標記表

德語空間維度形容詞	語義標記
Lang（長）	（＋極性）（一維）（＋固有）（＋最大）
Kurz（短）	（－極性）（一維）（＋固有）（＋最大）
Hoch（高）	（＋極性）（一維）（＋垂直）
Niedrig（低）	（－極性）（一維）（＋垂直）
Breit（寬）	（＋極性）（一維）（＋次要維度）
Schmal（窄）	（－極性）（一維）（＋次要維度）
Weit（遠）	（＋極性）（一維）（－固有）
Nahe（近）	（－極性）（一維）（－固有）
Gross（大）	（＋極性）（n 維）（＋主要）
Klein（小）	（－極性）（n 維）（＋主要）
Tief（深）	（＋極性）（－扁平）（一維）（＋觀察者）
Flach（淺）	（＋扁平）（一維）（＋固有）
Dick（厚，粗）	（＋極性）（n 維）（－主要）
Dunn（薄，細）	（＋極性）（n 維）（－主要）

　　Bierwisch 的研究對後來學者的影響較大，許多學者從多語言的角度對空間維度形容詞進行進一步的研究，包括英語（Clark，1973；Lyons，1977；Dirven & Taylor，1988；Fillmore，1997）、法語（Geckeler，1997）、德語（Lang，1989、2000）、意大利語（Goy，2002）、西班牙語（Galeote et al，1999）等。

　　Fillmore（1997）參照了 Bierwisch 的研究，研究了英語空間維度形容詞。他認為如果一個事物的一個維度超過其他的維度很多，並且這個事物沒有顯著的垂直方向，那麼就能用「long / short」來描述。若這個事物有顯著的垂直方向，那就需要用「high / low」來描述。所以，他認為事物維度的分配是由「突顯的維度」和「具體的空間方位」決定的。「high、long、wide、deep」是用來表示突顯的維度的，如果其中一個維度非突顯，就要用「thick」來表示。他還提出「事物的運動」對維度分配的影響，比如「抽屜」，如果抽屜不處於運動狀態，那麼抽屜的前後維度可以用「deep」形容，而反之抽屜在運動過程中，抽屜的前後維度就要用「long」來形容。〔註5〕

　　Lang（1989）在 Bierwisch 研究的基礎上進一步完善，對德語中八組空間維

〔註5〕Fillmore, *Lectures on Deixis*. Stanford: CSLI publications, 1997, pp. 32~40.

度形容詞做了詳細的研究。他提出的語義特徵和 Bierwisch 的觀點基本一致，但研究方法不同，他構建了兩個基本原則：一是固有比例模式（Inherent Proportion Schema），簡稱叫「IPS」，以事物的維度、維度突顯等為基礎。二是基本認知空間（Primary Perceptual Space），簡稱叫「PPS」，以位置特徵為基礎，即以橫向軸、垂直軸和觀察者軸等三個軸為基礎。〔註6〕

之後 Lang（2001）用類型學的方法研究了德語、英語、芬蘭語等歐洲語言和漢語、韓語、蒙古語等亞洲語言的空間維度形容詞。在研究中，Lang 認為漢語是由在事物中各維度的比例來決定事物的「橫向維度」，而韓語是由觀察者所在的方位來決定事物的「橫向維度」，英語是由比例和觀察者這兩個因素來決定事物的「橫向維度」。〔註7〕但較多漢語學者不認同漢語屬於比例型語言，如伍瑩（2011）、歐麗娜（2019）等。筆者認為韓語和漢語都是混合型語言，後續綜述相應章節（參見第 21 頁）會證明這個觀點。

在空間維度形容詞與名詞搭配的規律方面，Anna Vogel（2004）考察了瑞典語的六組空間維度形容詞，她認為空間維度形容詞與名詞的搭配組合主要取決於三個因素：「形狀」「方位」和「功能」。她還總結了無標記和有標記的語義特徵和反義詞的不對稱性。〔註8〕

在關於空間維度形容詞語義系統構建的研究中，Lyons（1977）全面而詳細地分析了英語的空間維度形容詞的語義系統。他將空間維度形容詞修飾的事物分為兩類：無方向的事物（non-oriented objects）和有方向的事物（oriented objects）。在無方向的三維事物中，最大的維度是「長度」，次要的維度是「寬度」，最小的維度是「粗度」「厚度」或「深度」；在有方向的事物中，垂直維度是最大的維度。若一個有方向的事物包含固定的或慣常的前部，則左右維度就是「寬度」，而前後維度是「深度」；若不包含固定的或慣常的前部，前後維度是「長度」，而左右維度就是「寬度」。〔註9〕

〔註6〕Lang, *The semantics of dimensionsal designation of spatial objects*. In: Bierwisch & Lang 1989, pp. 263~417.

〔註7〕Lang, *Spatial dimension terms*. In: M. E. Haspelmath et al. (eds.). Language Typology and Language Universals. An International Handbook. 2, Berlin & New York: Mouton de Gruyter, 2001, pp. 1251~1275.

〔註8〕Anna Vogel, *Swedish Dimensional Adjectives*. Stockholm: Almqvist & Wiksell International, 2004, pp. 53~352.

〔註9〕Lyons, *Semantics*, Cambridge: Cambridge University Press, 1977, pp. 701.

（二）漢語空間維度形容詞系統研究

漢語學界對空間維度形容詞的研究可以分為三個方面，一是關於空間維度形容詞的語義特徵及認知隱喻的研究；二是關於空間維度形容詞的對稱性的研究；三是漢外對比研究。

在空間維度形容詞的語義特徵及認知隱喻方面的研究有任永軍（2000）、伍瑩（2011）、周連英（2020）等。

任永軍（2000）較早地研究了漢語空間維度形容詞，並運用認知語言學理論，考察了七組空間維度形容詞的基本義和隱喻義，這七組空間維度形容詞包括「長／短」「寬／窄」「高／低」「深／淺」「粗／細」「厚／薄」「大／小」，在其研究論文中沒有涉及「遠／近」這一組詞，他認為「遠／近」不是說明事物的形狀的，而是說明事物的距離，因此他的研究排除了「遠／近」這一組詞。後續其他漢語學者們比較認同他的觀點。他還提出了空間維度形容詞的形狀是按維度延伸方向的不同來分類的，將「長／短」「寬／窄」和「厚／薄」這三組空間維度形容詞統稱為「直線型」，即在基本維度方向上由一點向相反的兩端進行延伸。「高／低」和「深／淺」這兩組空間維度形容詞統稱為「射線型」即所指示的維度延伸的方向都是射線型的；「粗／細」和「大／小」統稱為「輻射型」，他認為「粗／細」所指示的維度延伸方向是平面輻射型，「大／小」所指示的維度延伸方向是立體輻射型。筆者認同任永軍的觀點，選取「直線型」空間維度形容詞作為本書的研究對象。「輻射型」的維度延展方向為二維或二維以上，而「射線型」的維度延展需要一個明確的方向，兩者都會增加空間維度形容詞分析的難度。「直線型」的空間維度形容詞在維度延伸的方向上更簡單，更能準確地抓住空間維度形容詞語義特徵的規律。〔註10〕

伍瑩（2011）和周連英（2020）在任永軍研究的基礎上進一步研究七組漢語空間維度形容詞的空間義和引申義。兩位學者都在前人的研究基礎上總結出了漢語空間維度形容詞的語義特徵。例如「長／短」的語義特徵為「無方位」「無方向」「最大維度」；「寬／窄」的語義特徵為「方位性」「方向性」「最小的水平維度」；「高／低」的語義特徵為「垂直性」「方向性」「參照面」「延伸性」；「深／淺」的語義特徵為「方位性」「方向性」「內向性」；「厚／薄」的

〔註10〕任永軍：《現代漢語空間維度詞語義分析》，碩士學位論文，延邊大學中文系，2000年，第 50 頁。

語義特徵為「二維事物的表面」「實心性」「防護性」;「粗／細」的語義特徵為「最小的維度」「依附性」「被掌控性」「隱含重量義或力量義」;「大／小」的語義特徵為「整體維度」「無維度限制」。〔註11〕周連英認為應當從六個方面來理解並區分漢語空間維度形容詞,如「維」「方向」「事物的形狀」「事物位置的空間量」「所表示量的大小」「無標記性」。他提出了幾個新見解,例如空間維度形容詞組合對象的語義特點往往與其自身的語義特徵有一定的關聯,「高／低(矮)」的組合對象和「長／短、深／淺」的組合對象是不同的,前者本身具有顯著的方向性和方位性。此外,他還探究了空間維度詞隱喻義的形成動因和演變過程,其中「寬／窄」兩者的語義演變的具體方式都存在不平衡性。〔註12〕

在空間維度形容詞的不對稱方面,主要代表性研究論文有沈家煊(1999)、徐天龍(2013)等。

沈家煊(1999)深入分析了漢語空間維度形容詞的不對稱現象,他指出,「長／短」「深／淺」「高／低」等成對的正反反義詞,在詞彙或語法上是不對稱的:人們通常總是問事物有「多長」「多深」「多高」,一般不會問「多淺」「多低」;根據語篇統計的「長／短」「深／淺」和「高／低」出現的頻率,發現「長」「深」和「高」出現的頻率遠高於「短」「淺」和「低」;語義上「長」「深」和「高」具有「度量」這個語義特徵,而「短」「淺」和「低」則不具有「度量」的特徵。〔註13〕

徐天龍(2013)考察了「大／小」在詞語搭配、構詞能力、句法等層面的不對稱性規律,並對其不對稱現象的原因進行解釋。他認為「大」在實際語言中的使用頻率高於「小」源於像似性制約和語言的經濟原則的共同作用,它們造成了「大／小」的不對稱性。〔註14〕

在空間維度形容詞的漢外對比方面,從已有的對比研究來看主要在漢英(陳舜婷,2010;王銀平,2012、2013、2015、2017;劉桂玲,2017)、漢韓(金美

〔註11〕伍瑩:《現代漢語空間維度形容詞語義系統研究》,博士學位論文,武漢大學中文系,2011 年,第 176 頁。

〔註12〕周連英:《現代漢語空間維度詞的語義研究》,碩士學位論文,南京師範大學中文系,2020 年,第 19 頁。

〔註13〕沈家煊:《不對稱與標記論》,南昌:江西教育出版社,1999 年,第 302 頁。

〔註14〕徐天龍:《量度形容詞「大」「小」的句法語義屬性及不對稱研究》,碩士學位論文,上海師範大學中文系,2013,第 50 頁。

順，2009；閔子，2012；田玉粉，2016；樊可心，2021）、漢俄（蘇珊珊，2010；張志軍、蘇珊珊，2014；蒂娜，2016）、漢日（何悅，2019；張子洋，2020）等之間的對比研究較多。某些研究深入到了對空間維度形容詞的語義特徵和認知隱喻研究。

陳舜婷（2010）採用 Anna Vogel 分析瑞典語空間維度形容詞的方法，以多本詞典釋義和語料庫為基礎，分析了「高」和「high、tall」的空間義。她發現「high」和「高」都兼具延伸義和位置義，「high」的參照點比「tall」靈活，「tall」描述的實體通常垂直維度突顯。[註15]

王銀平（2012、2013、2015、2017），從認知語言學的角度，對空間維度形容詞「高」「深」「長／短」「寬／窄」在漢語和英語中的隱喻映像進行分析，王銀平（2012）發現了漢語「深」和英語「deep」都可以從空間域向時間域、顏色域、程度域引申，但漢語「深」還可以從空間域引申到社會地位域，英語「deep」則不可以；[註16]王銀平（2013）指出漢語「高」和英語「high、tall」都可以由空間域向情感域、數量域、聲音域、社會地位域等引申。雖然英語「high、tall」和漢語「高」都可以由空間域向社會地位域引申，但在表示帝王的稱謂和輩分時，英語「high、tall」不能描述；[註17]王銀平（2015）認為漢語「長／短」和英語「long／short」可以從空間域向時間域、聲音域、評價域引申；[註18]王銀平（2017）指出漢語「寬／窄」和英語「wide／narrow」都可以從空間域向程度域、範圍域和評價域引申，但漢語「寬／窄」還可以從空間域引申到聲音域和經濟域，而英語「wide／narrow」不能描述。[註19]

金美順（2009）對漢語「深／淺」和韓語「kipta（深）／jatta（淺）」[註20]語義進行比較，分析了兩者在空間義和隱喻義上的異同，她認為漢語「深／淺」

〔註15〕陳舜婷：《語料庫驅動的空間量度形容詞對比研究——以「高」和 HIGH／TALL 為例》，《山東外語教學》2010 年第 5 期。

〔註16〕王銀平：《英漢空間維度詞「深」的認知隱喻對比研究》，《新餘學院學報》2012 年第 2 期。

〔註17〕王銀平：《英漢垂直空間維度詞的認知隱喻對比研究》，《現代語文》（語言研究版）2013 年第 11 期。

〔註18〕王銀平：《英漢空間維度詞「長、短」的認知隱喻對比研究》，《長江大學學報》（社科版）2015 年 12 期。

〔註19〕王銀平：《英漢空間維度詞「寬、窄」的認知隱喻對比研究》，《現代語文》（語言研究版）2017 年第 11 期。

〔註20〕韓語為「깊다／얕다」。

基本義構成對稱關係，如「從上到下或從外到裏的距離大或小」；而韓語「kipta（深）／jatta（淺）」不具有對稱關係，韓語「kipta（深）／jatta（淺）」都可以描述「從上到下或從外到裏的距離」，但「jatta（淺）」還可以描述「從下到上的距離」，而「kipta（深）」則不可以。〔註21〕

閔子（2012）指出七組漢韓空間維度形容詞在語義上具有「空間」「實體」「形狀」「方向」「延伸」等語義特徵，她認為「長／短」和「深／淺」是對「高／低」的補充與延伸：「深／淺」是參照面角度發生改變時，位於參照面下方的事物由上而下延伸的說明；「長／短」是參照面發生改變時，位於參照面左側或右側的事物由參照面左右橫向延伸的說明。〔註22〕

蘇珊珊（2010）在任永軍提出的「直線型空間維度詞」基礎上比較了漢語「長／短」與俄語「dlinnyj（長）／korotkij（短）」〔註23〕，漢語「寬／窄」與俄語「sirokij（寬）／uzkij（窄）」〔註24〕，這兩對空間維度形容詞的共性和個性。他們認為兩組空間維度形容詞均具有水平的空間定位，延伸方向具有一致性，但維度突顯和體現方式上有所不同，如「長／短」維度突顯的是一維，可以分成直接體現和間接體現兩種；而「寬／窄」維度突顯的是二維，只有直接體現。〔註25〕

張子洋（2020）運用詞彙類型學的共詞化研究方法，考察了漢日空間維度形容詞的詞彙化模式，發現漢語和日語空間維度形容詞的空間義的詞彙化模式高度一致，語法上差別在於有些漢語空間維度形容詞可以直接作名詞、副詞、動詞，而日語則不行。〔註26〕

目前，漢語學界在空間維度形容詞的表達空間義上的意見一致，但對這些空間義的隱喻投射探討得還不夠充分。如王銀平（2017）認為漢語「寬／窄」可以投射到經濟域，而英語不能。但本書的研究發現英語的「narrow」可以描

〔註21〕金美順：《空間維度詞「深」的研究》，博士學位論文，北京語言大學中文系，2009年，第88頁。

〔註22〕閔子：《韓漢空間維度詞對比研究》，碩士學位論文，延邊大學外文系，2012年，第31頁。

〔註23〕俄語為「длинный／короткий」。

〔註24〕俄語為「широкий／узкий」。

〔註25〕蘇珊珊：《俄漢語直線型空間維度詞的對比分析》，碩士學位論文，哈爾濱師範大學外文系，2010年第12頁。

〔註26〕張子洋：《詞彙類型學視野下漢日空間形容詞詞義對比》，碩士學位論文，大連理工大學外文系，2020年，第57頁。

述「（生活）不寬裕」。〔註27〕再如張子洋（2020）認為漢語和日語的 35 個空間維度形容詞的空間義的詞化模式高度一致，但根據本書的研究，漢語和日語在「長／短」上具有高度一致性，而在「厚／薄」「寬／窄」上不具有一致性。〔註28〕

二、空間維度形容詞「LONG／SHORT」的相關研究

（一）跨語言「LONG／SHORT」的研究

跨語言的「LONG／SHORT」研究，主要議題是對空間維度形容詞「LONG／SHORT」的語義特徵的系統研究，這方面涵蓋了多種語言，包括英語（Clark，1973；Lyons，1977；Fillmore，1997；Vandeloise，1988）、法語（Greimas，1996；Spang-Hanssen，1990；Geckeler，1997）、德語（Bierwisch，1967；Lafrenz，1983、Lang，1989、2001；Weydt & Schlieben-Lange，1998）、西班牙語（Galeote et al.，1999）、瑞典語（Anna Vogel，2004）等。主要從兩個方面來研究「LONG／SHORT」：一個是從事物各維度間的比例來研究，「LONG／SHORT」通常形容事物中的最大維度；另一個是從觀察者觀察事物的方位來研究，當與人視覺方位對齊的維度不為最大時，事物的最大維度不能用「LONG／SHORT」來形容。

Greimas（1966）最早提出了可以用維度來描述「LONG／SHORT」，而Bierwisch（1967）較早提出了「LONG／SHORT」可以形容空間中維度為一維的事物。〔註29〕

Lang（1989）基於 Bierwisch 的研究進一步提出了「LONG／SHORT」可以描述空間中一維、二維和三維的對象。〔註30〕其他各國語言學家的研究也都認同「LONG」用以描述空間中一維、二維和三維事物中的一個維度，如Clark（1973）、Fillmore（1997）、Weydt & Schlieben-Lange（1998）、Anna Vogel（2004）。

〔註27〕王銀平：《英漢空間維度詞「寬、窄」的認知隱喻對比研究》，《現代語文》（語言研究版）2017 年第 11 期。

〔註28〕張子洋：《詞彙類型學視野下漢日空間形容詞詞義對比》，碩士學位論文，大連理工大學外文系，2020 年，第 29 頁。

〔註29〕以上 Greimas 的論述，轉引自格雷馬斯：《結構語義學》，上海：百花文藝出版社，2001 年，第 43～47 頁。

〔註30〕Lang, *The semantics of dimensionsal designation of spatial objects*. In: Bierwisch & Lang 1989, pp. 273.

但對於「LONG／SHORT」能夠形容空間中的哪一個維度，不同的學者有不同的看法。Bierwisch（1967）較早提出「LONG／SHORT」可以描述事物在空間中最大的維度，但這個最大維度具有一些限定的條件：通常不是垂直方位的維度，並且當與觀察者的視線對齊的維度不為最大時，那麼事物中的最大維度不能用「LONG／SHORT」形容。從 Bierwisch 的研究中可以看出，可以從比例與方位兩個方面來確定「LONG／SHORT」在事物中描述的維度，「LONG／SHORT」從比例上看描述的是空間中最大的維度，而從方位上看不能形容垂直維度。在比例上的最大和在方位上的不垂直大部分情況下可以同時存在，但再加入一個方位的因素，當事物中的一個維度與觀察者的視線對齊並不同時為最大，那麼這個維度不能用「LONG／SHORT」描述。〔註31〕

所有學者都認同「LONG／SHORT」在比例上為最大的維度，Lafrenz（1983）進一步指出如果二維或三維對象有兩個主要的維度，它們的大小差異很小的時候，不能使用「LONG／SHORT」來形容，如德語中的書「Buch」和扶手椅「Sessel」。另外，Lafrenz 還指出如果對象太大以至於不能看到對象的整體，如德語中的海「Meer」和沙漠「Wuset」，這些對象不能用「LONG」來形容。Lafrenz 反對在一個大到需要在百科全書知識的幫助下才可以知道其大小的事物上使用「LONG」。同時 Lafrenz 也不認為在德語中「LONG」可以描述一個很難確定其大小的事物，如石頭或云。〔註32〕Weydt & Schlieben-Lange（1998）通過調查詢問德語中三個與「LONG／SHORT」最好搭配的名詞得出排列前五的名詞有：蛇或隊列「Schlange」、路「Weg」、街道「Straße」、時間「Zeit」、頭髮「Haar」，從而得到在二維描述中，最長的擴展稱為「LONG」。〔註33〕

此外，許多學者還從方位上研究如何確定「LONG／SHORT」描述的維度，Greimas（1966）最早提出「LONG／SHORT」只形容水平方位，不能形容垂直方位，前面也已經提到 Bierwisch（1967）進一步提出了「LONG／SHORT」通常可以形容非垂直方位，而當與人視覺方位對齊的維度不為最大時，事物的最

〔註31〕Bierwisch, *Some semantic universals of German adjectivals*. Foundations of Language 3, 1967, pp. 33~34.

〔註32〕以上 Lafrenz 的論述，轉引自 Anna Vogel, *Swedish Dimensional Adjectives*, Stockholm: Almqvist & Wiksell International, 2004, pp. 316.

〔註33〕Weydt & Schlieben-Lange, *The meaning of dimensional adjectives*. Discovering the semantic process. Lexicology 4, 1998, pp. 230~236.

大維度不能用「LONG / SHORT」來形容。後續學者大多認同 Bierwisch 提出的「LONG / SHORT」通常可以形容非垂直方位，但對於「與人視覺方位對齊的維度」，後續學者做出了更詳細、更準確的解釋。

Lang（1989）列舉了德語中三類對象來說明「LONG」能夠形容事物中不是最大的維度：第一類對象是非人類的、運動的對象，最大的維度為事物運動的維度，長度是事物前後的距離，如播種機運動的維度是橫向播種的輪子，也是播種機中最大的維度，而「LONG」表示播種機前後的距離，這個維度並不是播種機的最大維度。第二類對象是雙人床，它繼承了單人床中長度和寬度的屬性，所以即使在雙人床裏橫向的距離大於縱向的距離，「LONG」還是按單人床的習慣來表示雙人床縱向的距離，不表示事物中最大的維度。第三類對象是面料中的一小塊，這與整體面料中表示長度的維度相同，無論這個小塊自身的比例如何。〔註 34〕

Lang（2001）利用類型學的方法進一步總結了 Lang（1989）列舉的三類對象的規律，Lang（2001）定義了橫貫（ACROSS）參數來研究原有的最大（MAX）、垂直（VERT）和觀察者（OBS），無論是播種機、雙人床，還是面料中的一小塊，最大的維度都由橫貫（ACROSS）來替代，而長度還是由最大（MAX）這個參數表示。同時 Lang 還指出在某些語言中，當事物垂直的維度用垂直（VERT）表示時，最大的維度則由橫貫（ACROSS）代替，如德語中白板垂直維度為高「hog」，那麼最大的維度是橫貫（ACROSS）參數代表的寬「breit」。橫貫（ACROSS）的加入，也使得 Lang 能夠對 Bierwisch 提出的「與觀察者的視線對齊」做出更合理的解釋，Lang 提出若具有觀察者（OBS）參數，即 Bierwisch 所提到的事物的一個維度與觀察者的視線對齊，那麼橫貫（ACROSS）將表示事物的最大維度，被描述的對象不存在最大（MAX）這個參數，也就是說不能用「LONG」來描述這個對象。〔註 35〕

在方位的研究中，Lyons（1977）直接按是否具有方位性，把維度形容詞描述的對象分成有方位性的事物和無方位性的事物。在無方位性的事物中，最大

〔註 34〕 Lang, The semantics of dimensionsal designation of spatial objects. In: Bierwisch & Lang 1989, pp. 349.

〔註 35〕 Lang, Spatial dimension terms. In: M. E. Haspelmath et al. (eds.). Language Typology and Language Universals. An International Handbook. 2, Berlin & New York: Mouton de Gruyter, 2001, pp. 1252~1256.

的維度就是長度。在方位性的事物中，垂直方位超越了最大值的屬性，最大的垂直方位不必然是長度，方位性決定了是否使用長度。如果事物有一個固定的或慣常的方位，那麼「LONG」不能描述事物的任何維度。如果事物沒有一個固定的或慣常的方位，那麼「LONG」可以形容這個事物從前到後的維度。Lyons 認為如果慣常方位導致「WIDE」形容水平方位的最大長度，那麼因為「WIDE」不能超越「LONG」，所以描述事物時任何維度都不能使用「LONG」。這也是對 Bierwisch 提出的與觀察者的視線對齊的維度不為最大時，事物中的最大維度不能用「LONG／SHORT」形容的理論解釋與補充。〔註36〕

　　Spang-Hanssen（1990）提出了一套算法來標記對象的維度，這套算法也把法語「LONG」分類成有方位的和無方位的。對於無方位的對象，Spang-Hanssen 提出如果垂直方位不被標記為高度，那麼垂直方位最大的擴展就表示長度。對於有方位的對象，他認為以下三種情況中，「LONG」能形容事物內部最大的維度，（1）把開口垂直的維度標記為深度，（2）垂直維度標記為高度（3）前方的水平維度被標記為寬度。Anna Vogel 認為 Spang-Hanssen 並沒有給出任何例句，在經過驗證後也不能完全證明 Spang-Hanssen 提出的這個觀點，所以 Anna Vogel（2004）不認同他的觀點。另外，Spang-Hanssen 還指出「LONG」在有方位的事物中也可以形容事物的外部維度，但必須同時滿足以下三個條件（1）最小的維度被標記為厚度；（2）垂直維度被標記為高度；（3）朝向前方的水平維度被標記為長度。〔註37〕

　　Vandeloise（1988）在研究方位時提出了「潛在的通過能力（the potential passing）」這個概念。Vandeloise 認為一個事物的長度或寬度是它沿著平行或垂直於其潛在通過方位的長度。這個概念既可以描述一個對象經過一個標記，如車經過一個人，也可以形容一個對象被某一些事物經過，如一幢建築被一個人經過。當一個事物的維度平行於移動的方位時，這個維度可以用「LONG」來形容，如毛線中與纏繞方位平行的維度就可以用「LONG／SHORT」來形容。〔註38〕

　　但 Anna Vogel 認為 Vandeloise 利用「潛在的通過能力」判斷長度並沒有考慮許多不同的情況，如窗簾也可以用「LONG／SHORT」來形容，「LONG／

〔註36〕Lyons, *Semantics*, Cambridge: Cambridge University Press, 1977, pp. 701~702.
〔註37〕以上 Spang-Hanssen 的論述，轉引自 Anna Vogel, *Swedish Dimensional Adjectives*, Stockholm: Almqvist & Wiksell International, 2004, pp. 332~333.
〔註38〕Vandeloise, *Length, width and potential passing*. In: Rudzka-Ostyn, 1988, pp. 417.

SHORT」形容的維度是垂直於窗簾運動的方位。〔註39〕我們認為，Vandeloise 的「潛在的通過能力（the potential passing）」可以解釋 Bierwisch 提出的「當事物中的一個維度與觀察者的視線對齊時，這個維度不為最大，那麼事物中的最大維度不能用『LONG / SHORT』形容」。通常觀察者視線的方位與事物潛在通過的方位平行，即使當前方位不為最大維度，也可以由「LONG」來形容，如播種機前進的方位也即播種機前後的距離，可以用「LONG」來形容，當人躺在雙人床上時可以想像成人從雙人床上通過，人通過的方位也是雙人床的長度，無論這個長度是否比寬度長。

Fillmore（1997）也提出了與 Vandeloise 類似的觀點，Fillmore 認為有方位運動的事物，其從前到後的維度可以用「LONG」來形容。〔註40〕Lafrenz（1983）認為「LONG」形容事物中最大的維度時這個維度不能同時是垂直的。〔註41〕

Anna Vogel（2004）認為「LONG」在事物中是一個默認的狀態，並且如果「HIGH、TALL」「BROAD、WIDE」「DEEP」不被先用於形容事物，那麼「LONG / SHORT」可以描述這個事物。她認為「LONG」沒有方位或方向上的含義，雖然「LONG」通常表示事物前後的距離或者至少是水平的維度，但 Anna Vogel 認為「LONG」與前後距離沒有具體的聯繫。〔註42〕

（二）漢語「長 / 短」的研究

漢語學界對於空間維度形容詞「長 / 短」的研究，主要集中在分析語義特徵。學界在研究空間維度形容詞時將「長 / 短」作為空間維度形容詞的一個重點來進行研究，任永軍（2000）、伍瑩（2011）、周連英（2020）針對漢語的「長 / 短」進行了研究。

任永軍（2000）、伍瑩（2011）、周連英（2020）都認為「長 / 短」有微弱的方向性，維度非突顯的事物不能論「長 / 短」，比如球形、圓形事物。「長 / 短」常用於描述一維突顯的事物，如頭髮、線、繩子等，而對二維突出和三維突出

〔註39〕Anna Vogel, *Swedish Dimensional Adjectives*, Stockholm: Almqvist & Wiksell International, 2004, pp. 318~319.

〔註40〕Fillmore, *Lectures on Deixis*, Stanford: CSLI publications, 1997, pp. 40.

〔註41〕以上 Lafrenz 的論述，轉引自 Anna Vogel, *Swedish Dimensional Adjectives*, Stockholm: Almqvist & Wiksell International, 2004, pp. 316.

〔註42〕Anna Vogel, *Swedish Dimensional Adjectives*, Stockholm: Almqvist & Wiksell International, 2004, pp. 346~347.

的事物，則一般不能用「長／短」來描述，如操場、院子、盒子等。〔註43〕

伍瑩（2011）詳細闡述了「長／短」描述的事物的特徵，根據維度突顯情況分成兩種：一種是強突顯事物，另一種是弱突顯事物。「長／短」典型的用於維度突顯的事物，即一維事物可以分四種：一是線形事物，如線、鐵絲、頭髮等；二是一維的表面事物，如路、皮帶等；三是一維的通道事物，如胡同、隧道等；四是一維的裂縫事物，如峽谷、傷口等。維度突顯的程度較弱，這種情況出現在二維事物和三維事物中，如箱子、盒子、葉子等。〔註44〕

周連英（2020）借助漢語語料庫分析了「長／短」組合對象的語義特徵。語料統計結果「長／短」的優先組合義類序列為：線形類＞表面類＞通道類＞裂縫類。伍瑩和周連英關於「長／短」語義特徵的觀點，可以歸納為以下兩點：一是最大維度，是指事物所有維度中最長的維度。二是沒有方位和沒有方向，亦即「長／短」具有固有的語義特徵，是根據事物中各維度的比例大小來決定的，與方向無關。〔註45〕

學界對漢外「長／短」的對比研究主要是從認知語義學角度對空間維度形容詞的隱喻義方面進行的，相關研究有漢英對比（王銀平，2015；劉桂玲，2017）、漢俄對比（蘇珊珊，2010；張志軍、蘇珊珊，2014；蒂娜，2016）、漢韓對比（沈賢淑，2001；閔子，2012）、漢泰對比（歐麗娜，2019）、漢越對比（丁碧草，2015）。

王銀平（2015）和劉桂玲（2017）都認為，英語「long／short」和漢語「長／短」的空間義基本相同，兩對詞都常用於描述一維突顯的事物，還可以用於描述二維平面和三維事物中的最大維度。劉桂玲還指出，英語「long／short」和漢語「長／短」在特定語境下都可以用於描述人的身高和影子。〔註46〕但我們認為，英語可以用「short」但不能用「long」來形容人的身高，而現代漢語通常

〔註43〕 任永軍：《現代漢語空間維度詞語義分析》，碩士學位論文，延邊大學中文系，2000年，第6頁。

〔註44〕 伍瑩：《現代漢語空間維度形容詞語義系統研究》，博士學位論文，武漢大學中文系，2011年，第110頁。

〔註45〕 周連英：《現代漢語空間維度詞的語義研究》，碩士學位論文，南京師範大學中文系，2020年，第37頁。

〔註46〕 王銀平：《英漢空間維度詞「長、短」的認知隱喻對比研究》，《長江大學學報》（社科版），2015年第12期；劉桂玲：《認知語義視角下英、漢空間量度形容詞對比研究》，碩士學位論文，東北師範大學外文系，2017年，第40頁。

只用「高／矮」來描述身高。

隱喻義方面，王銀平認為英語「long／short」和「長／短」的隱喻義都可以從空間域引申到時間域、聲音域、評價域。劉桂玲指出「long／short」和「長／短」都可以從空間域向時間域、數量域、心智域、評價域映像。〔註47〕兩位學者在隱喻義的分類上也有不同。比如劉桂玲認為「聲音域」歸屬於「時間域」；王銀平將「不足」義歸到「程度域」，但劉桂玲則認為「不足」義歸為「數量域」。

蘇珊珊（2010）和蒂娜（2016）都認為漢語「長／短」和俄語「dlinnyj（長）／korotkij（短）」〔註48〕維度具有水平的空間定位，維度突顯方式為兩種：直接體現和間接體現。隱喻義方面，兩位學者都認為，漢語「長／短」和俄語「dlinnyj（長）／korotkij（短）」都可以從空間域引申到時間域、評價域、聲音域。但俄語中「dlinnyj（長）／korotkij（短）」在從空間域引申到評價域時表現出不對稱性，如俄語「dlinnyj（長）」從空間域引申到評價域時不如「korotkij（短）」活躍；而漢語「長」表示評價義時較活躍，漢語更注重視覺認知，比如「長處」或「短處」，而俄語注重非視覺認知。〔註49〕

沈賢淑（2001）認為當漢語「長／短」的隱喻義表示時間及與時間相關的聲音、壽命、篇幅、內容等時，與韓語「gilda（長）／jjalda（短）」的隱喻義〔註50〕表現出一致性，而當表示能力、品質、性格等時，漢語可表示「長／短」，而韓語則跟漢字詞「長處，短處」相對應，不能用韓語固有詞「gilda（長）／jjalda（短）」。〔註51〕

閔子（2012）指出漢語「長／短」和韓語「gilda（長）／jjalda（短）」可由空間域映像到時間域、數量域、評價域。韓語「jjalda（短）」的隱喻義還可以由空間域映像到認知域，韓語「gilda（長）／jjalda（短）」在認知域、評價

〔註47〕劉桂玲：《認知語義視角下英、漢空間量度形容詞對比研究》，碩士學位論文，東北師範大學外文系，2017年，第37頁。
〔註48〕俄語為「длинный／короткий」。
〔註49〕蘇珊珊：《俄漢語直線型空間維度詞的對比分析》，碩士學位論文，哈爾濱師範大學外文系，2010年，第12～37頁；蒂娜：《漢語「長／短」與俄語「длинный／короткий」的對比研究》，碩士學位論文，延邊大學外文系，2016年，5～11頁。
〔註50〕韓語為「길다／짧다」。
〔註51〕沈賢淑：《漢朝空間維度詞的對比》，碩士學位論文，延邊大學外文系，2001年，第28頁。

域上是不對稱的。〔註52〕

歐麗娜（2019）認為漢語「長／短」的隱喻義可由空間域映像到時間域、數量域、聲音域、評價域；而泰語「yaaw（長）／san（短）」〔註53〕的隱喻義只能由空間域映像到時間域、數量域、抽象距離域。〔註54〕

丁碧草（2015）指出漢語「長／短」和越南語「dai（長）／ngan（短）」〔註55〕的隱喻義基本相似，都可以由空間域投射到聲音域、時間域、數量域、見識能力域等抽象域。〔註56〕

以上我們對空間維度形容詞「LONG／SHORT」的相關研究進行了綜述，我們認為漢語學界都認同「LONG／SHORT」可以形容一維、二維和三維事物中最大的一個維度。並且當「LONG／SHORT」描述的維度已經在事物上確定時，那麼這個維度不會隨著事物方位或方向的變化而失去長度的特徵。漢語學界多從最大維度上來確定「LONG／SHORT」形容三維事物中的哪一個維度，較少從觀察者的方位來考慮。各國語言學家如 Bierwisch、Vandeloise、Lang、Lyons 等都從觀察者的方位來論證了「LONG／SHORT」可以描述非垂直方位的最大維度，並且當與觀察者視線對齊的維度不為最大維度時不能用「LONG／SHORT」來描述。跨語言的空間維度形容詞「LONG／SHORT」的研究成果主要集中於空間義上的研究，而漢語空間維度形容詞「LONG／SHORT」的研究成果不僅有空間義上的研究，還有隱喻義上的研究。漢語學界較少關注「LONG／SHORT」在方位上的表現，多數學者認同「LONG／SHORT」描述的維度一旦在事物上確定，「LONG／SHORT」所表現的是無方位和無方向的固有性，但較少學者探討和解釋「LONG／SHORT」在三維事物上形容的是哪一個方位的最大維度。筆者認同 Bierwisch 所提出的「LONG」和「SHORT」可以描述事物在空間中最大的維度，但這個最大維度具有一些限定的條件：通常不是垂直方位的維度，並且當事物中的一個維度與觀察者的視線對齊時，這

〔註52〕閔子：《韓漢空間維度詞對比研究》，碩士學位論文，延邊大學外文系，2012 年，第78 頁。

〔註53〕泰語為「ยาว／สั้น」。

〔註54〕歐麗娜《中泰空間量度形容詞對比分析與教學設計》，碩士學位論文，廣西大學中文系，2019 年，第 19 頁。

〔註55〕越南語為「dài／ngắn」。

〔註56〕丁碧草：《漢、越語言空間維度範疇研究》，博士學位論文，吉林大學中文系，2015年，第 135～138 頁。

個維度不為最大，那麼事物中的最大維度不能用「LONG／SHORT」形容。如「LONG／SHORT」只能描述裂縫類的水平方位的維度，而不能描述垂直方位；「LONG／SHORT」不能描述白板，因為與觀察者視線方向對齊的維度不是最大的維度。

三、空間維度形容詞「WIDE／NARROW」的相關研究

（一）跨語言「WIDE／NARROW」的研究

各國語言學家對「WIDE／NARROW」的研究涉及到了多種語言，主要有英語（Clark 1973；Lynos，1977；Fillmore，1997；Vandeloise，1988）、德語（Bierwisch，1967；Weydt & Schlieben-Lange，1998；Geckeler，1997；Lafrenz，1983；Lang，1989、2001）、法語（Greimas，1966；Spang-Hanssen，1990；Geckeler，1997）、西班牙語（Galeto et al，1999）、瑞典語（Anna Vogel，2004）等。

各國語言學家主要從兩個方面來研究「WIDE／NARROW」：一個是從事物各維度間的比例來研究，「WIDE／NARROW」描述的是事物中最大維度與最小維度以外的次要維度；另一個從觀察者觀察事物的方位來研究，當對象的垂直維度不為最大並且與觀察者視線對齊的維度也不為最大時，次要維度「WIDE」就可以形容對象的最大維度。

Greimas（1966）最早提出法語的「WIDE／NARROW」具有維度、水平面和橫向性的義素，〔註57〕而 Bierwisch（1967）較早提出「WIDE／NARROW」應該被認為是一維的。〔註58〕Clark（1973）和 Lang（1989）都進一步指出「WIDE」可以描述二維或多維的事物。〔註59〕多數語言學家都認同「WIDE／NARROW」可以描述一維、二維或三維事物中的一個維度，但對於描述的是事物中的哪一個維度，不同的學者有各自不同的觀點和解釋。

Bierwisch（1967）提出兩套系統來識別「WIDE／NARROW」：一是無方

〔註57〕以上 Greimas 的論述，轉引自格雷馬斯：《結構語義學》，上海：百花文藝出版社，2001 年，第 43～47 頁。

〔註58〕Bierwisch, *Some semantic universals of German adjectivals*. Foundations of Language 3, 1967, pp. 32.

〔註59〕Clark, *Space, time, semantics, and the child*. In: T. Moore (ed.) . Cognitive Development and the Acquisition of Language, New York, etc.: Academic Press, 1973, pp. 294.

向的，這套系統僅根據比例來描述事物。在無方向的事物中，Bierwisch 認為許多對象都有最大的維度，如果這個最大維度是垂直的，那麼可以用「HIGH」來形容；如果這個最大維度不是垂直的，那麼可以用「LONG」來形容。無論是用「HIGH」還是「LONG」形容，之後第二突顯的維度都可以用「WIDE」來形容。另一個是有方向的，這套系統引入了觀察者的視線。在有方向的事物中，Bierwisch 則認為需要考慮觀察者的視線，當對象的垂直維度不為最大並且與觀察者視線對齊的維度也不為最大時，對象的最大維度不能用「LONG」來形容，這時第二維度「WIDE」就可以形容對象的最大維度。〔註 60〕Lyons（1977）、Lafrenz（1983）、Weydt & Schlieben-Lange（1998）、Spang-Hanssen（1990）、Lang（2000）也都認同 Bierwisch 的觀點。

　　Lyons（1977）在有方向的識別系統中加入了空間，他認為不僅事物可以按方向來識別，空間也可以。並且他把與觀察者視線對齊的方向定義為正面（Front），對於有正面的事物和空間，「WIDE」形容從一邊到另一邊的距離，而對於沒有正面的事物和空間，「WIDE」形容的是一點到另一點的長度。〔註 61〕

　　Vandeloise（1988）進一步擴展了 Bierwisch（1967）提出的兩個系統，首先認為分析「WIDE」的時候不僅要考慮實體的形狀，還要考慮諸如對象的運動、對象的功能、說話者的方向以及對象經過或穿過另一個元素等因素。Vandeloise 提出把功能性的定義從維度比例的定義中分離出來，在 Bierwisch 提出的有方向系統的基礎上，Vandeloise 增加了（1）對象的路徑，「WIDE」是沿垂直於對象實際形狀的方位來計算的；（2）移動的事物，「WIDE」可以形容垂直於事物移動的方位；（3）不運動的多維度事物，像建築物，「WIDE」可以形容垂直於說話人的方位。〔註 62〕

　　Spang-Hanssen（1990）給出了有方向系統中識別「WIDE」的算法，Spang-Hanssen 認為首先應該設想旋轉對象使得其慣常的頂點與實際的頂點重合，之後將前面橫向的維度標記為「WIDE」。如衣櫃，我們無論從什麼角度看衣櫃都會把它豎直放置於地面上的左上角認為是慣常的頂點，當我們把衣櫃的實際頂點調整到和慣常的頂點一樣時，「WIDE」可以形容衣櫃橫向的維度。

〔註 60〕Bierwisch, *Some semantic universals of German adjectivals*. Foundations of Language 3, 1967, pp. 14~18.

〔註 61〕Lyons, *Semantics*, Cambridge: Cambridge University Press, 1977, pp. 702.

〔註 62〕Vandeloise, *Length, width and potential passing*. In: Rudzka-Ostyn 1988, pp. 406~428.

Spang-Hanssen 進一步認為具有一個前面封閉的對象，其最大維度（高度或長度）和垂直維度（厚度或高度）已經確定，那麼剩下的維度可以由「WIDE」來形容。〔註63〕

Lang（2001）提出了用橫向距離（across）這個參數來對應「WIDE」，並提出了類似於 Bierwisch 兩個系統的兩個參照框架，一個是固有比例圖表（Inherent Proportion Schema），簡稱「IPS」，另一個是首要認知空間（Primary Perceptual Space），簡稱「PPS」。在 IPS 中，橫向距離（across）補充了最大（Max）和最小（Min）兩個參數，是一個事物確定了其最大維度和最小維度後剩餘的維度。在 PPS 中，橫向距離（across）僅指橫向維度，不能與垂直（vert）和觀察者（obs）共同使用。Lang 還認為橫向距離（across）只在一個參照框架中出現，要麼只在 IPS 中，如漢語，要麼只在 PPS 中，如韓語。〔註64〕

Anna Vogel（2004）通過有限的語料庫對於 Lang（2001）的觀點做了驗證，雖然語料庫符合 Lang 闡述的觀點，但 Anna Vogel 認為 Lang 使用的橫向距離（across）參數在語料庫中的體現並不明顯。〔註65〕

（二）漢語「寬／窄」的研究

關於空間維度形容詞「寬／窄」語義特徵的研究有任永軍（2000）、伍瑩（2011）、文瀾（2017）、周連英（2020）。

任永軍（2000）認為「寬／窄」的「方向性」特點為橫向水平維度，他主要分析了哪些事物具有「寬／窄」維度。作為「寬／窄」的隱喻義可以表示時間、心胸、氣量、用度等。〔註66〕

伍瑩（2011）不同意任永軍的觀點，指出「寬／窄」有維度義、面積義和位置義。她認為任永軍指出「寬／窄」是橫向水平維度卻沒有提及和分析「寬／窄」隱含的面積義。伍瑩認為「寬／窄」既有維度義，也有面積義。當「寬

〔註63〕以上 Spang-Hanssen 的論述，轉引自 Anna Vogel, *Swedish Dimensional Adjectives*, Stockholm: Almqvist & Wiksell International, 2004, pp. 117.

〔註64〕Lang, *Spatial dimension terms*, In: M. E. Haspelmath et al. (eds.) . Language Typology and Language Universals, An International Handbook 2, Berlin & New York: Mouton de Gruyter, 2001, pp 1258.

〔註65〕Anna Vogel, *Swedish Dimensional Adjectives*. Stockholm: Almqvist & Wiksell International, 2004, pp. 128~134.

〔註66〕任永軍：《現代漢語空間維度詞語義分析》，碩士學位論文，延邊大學中文系，2000年，第 14～15 頁。

／窄」表示面積義時，搭配的事物通常具有二維空間表面。此外，她還詳細討論了「寬／窄」在描述對象時的不對稱用法，「寬／窄」的維度義和位置義用法都具有一定的對稱性，只有面積義在特定用法上不對稱的，比如「寬」能描述開闊的地面，而「窄」不能描述，如「操場寬—*操場窄、草坪寬—*草坪窄」。〔註67〕

伍瑩（2011）和周連英（2020）從已有的漢語「寬／窄」維度義的研究成果上進一步總結，得出「寬／窄」具有兩種認知方式：第一是功能認知模式，指的是「事物前端的左右橫向維度」。第二是比例認知模式，指的是「事物中最小的水平維度」。寬度依賴於長度或高度，如果事物具有「長度」那麼僅需要一個維度就可以描述，但如果事物具有「寬度」，那麼至少要用兩個維度才可以描述。〔註68〕

伍瑩借助 Lang（2001）對語言的分類標準來驗證漢語的「寬／窄」是否為比例型語言，進而證明 Lang 提出的觀點是錯的。她利用 Lang 的「事物當中的橫向維度」的示意圖證明了漢語屬於混合型語言。筆者認同伍瑩的觀點，並用韓語中的「neolda（寬）／jopda（窄）」證明 Lang 將韓語歸為觀察者型語言是錯誤的。〔註69〕

下面圖 1.1 和表 1.3～1.4 是 Lang 研究語言表達「橫向維度」時提供的圖片和表。Lang 提出的「橫向維度」指的是當人朝向事物時，人體或事物前面的左右橫向距離。〔註70〕

〔註67〕伍瑩：《現代漢語空間維度形容詞語義系統研究》，博士學位論文，武漢大學中文系，2011 年，第 70～74 頁。

〔註68〕周連英：《現代漢語空間維度詞的語義研究》，碩士學位論文，南京師範大學中文系，2020 年，第 27～28 頁。

〔註69〕伍瑩：《現代漢語空間維度形容詞語義系統研究》，博士學位論文，武漢大學中文系，2011 年，第 55～56 頁。

〔註70〕Lang, *Spatial dimension terms*. In: M. E. Haspelmath et al. (eds.). Language Typology and Language Universals. An International Handbook. 2, Berlin & New York: Mouton de Gruyter, 2001, pp. 1258.

圖 1.1　各種不同方位的扁平狀的木板（來源於 Lang，2001）

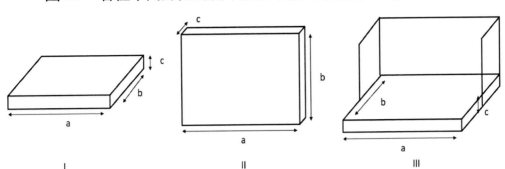

表 1.3　Lang 對上圖中木板在 I，II，III 三種情況下 a，b，c 代表空間維度的解釋——以英語和漢語為例（來源於 Lang，2001）

語　言	英　　語			漢　　語		
情　況 方　位	I	II	III	I	II	III
a	long	wide / long	wide / long	長	長 / *寬	長 / *寬
b	wide	high / *wide	deep	寬	高	寬 / *深
c	thick	thick	thick	厚	厚	厚

表 1.4　Lang 對上圖中木板在 I，II，III 三種情況下 a，b，c 代表空間維度的解釋——以韓語為例（來源於 Lang，2001）

語　言	韓　　　語		
情　況 方　位	I	II	III
a	側面	selo（縱）	selo（縱）	selo（縱）
	正面	kalo（橫）	kalo（橫）	kalo（橫）
b	側面	kalo（橫）	nophi（高）/ kalo（橫）	kalo（橫）
	正面	selo（縱）	selo（縱）/ nophi（高）	selo（縱）
c	側面	kulki（厚）	kulki（厚）	kulki（厚）
	正面			

第一個是水平放置的扁平狀木板，Lang 認為漢語中的長度、寬度和厚度是按木板中各維度的比例來劃分的，a 是木板中水平最大的突顯維度，所以為長度；b 是木板中水平次要的突顯維度，所以為寬度；c 是木板中最小的非突顯維度，所以為厚度。而 Lang 認為韓語中木板的各條邊會因為觀察者角度的不同而表示不同的維度，當從側面觀察時，a 為木板的縱向維度，b 為木板的橫向維度，c 為木板的厚度；當從正面觀察時，a 為木板的橫向維度，b 為木

板的縱向維度，c 為木板的厚度。

第二個是垂直放置的扁平狀木板，Lang 同樣認為漢語的長度、寬度和厚度應該按木板中各維度的比例來確定。在漢語中 a 是木板中水平最大的突顯維度，所以為長度，不能作為寬度；b 是木板中垂直的最大維度，所以為高度；c 是木板中最小的非突顯維度，所以為厚度。而 Lang 認為韓語中的長度、寬度和厚度應該由觀察者的角度決定，如果從側面觀察，a 為木板的縱向維度，b 為木板的高度或是橫向維度，c 為木板的厚度；如果從正面觀察，a 為木板的橫向維度，b 為木板的縱向維度或高度，c 為木板的厚度。

第三個是木板的一部分被放入空間內，這種情況類似於沙發座位部分，Lang 認為漢語中 a 是木板中水平最大的突顯維度，所以為長度，不能認為是寬度；b 是木板中水平次要的突顯維度，所以為寬度，不能認為是深度；c 是木板中最小的非突顯維度，所以為厚度。木板中的各邊在漢語中依然是按比例來劃分。在韓語中，Lang 認為如果從側面觀察，a 為木板的縱向維度，b 為木板的橫向維度，c 為木板的厚度；如果從正面觀察，a 為木板的橫向維度，b 為木板的縱向維度，c 為木板的厚度。

綜上所述，木板放置在三種場景下，Lang 都認為漢語是按比例來劃分木板中各維度，而韓語是按觀察者的角度來劃分。雖然 Lang 在研究中發現，有時候韓語也是可以按比例來劃分木板的維度的，但他認為不能進一步證明，所以沒有採用這樣的觀點。

我們對 Lang 提出的漢語和韓語的描述做了修改，如下表 1.5 所示。

表 1.5　筆者對 Lang 在漢語和韓語上描述的錯誤進行的修正

語言　　情況 方位	漢　語			韓　語		
	I	II	III	I	II	III
a	長	長／寬	長／寬	gilda（長）	gilda（長）／ neolda（寬）	gilda（長）／ neolda（寬）
b	寬	高	深	neolda（寬）	nopda（高）	gipda（深）
c	厚	厚	厚	dukkeopda （厚）	dukkeopda （厚）	dukkeopda（厚）

第一個是水平放置的扁平狀木板，筆者認為漢語中 a 是木板中水平最大

的突顯維度，所以為長度；b 是木板中水平次要的突顯維度，所以為寬度；c 是木板中最小的非突顯維度，所以為厚度。這與 Lang 在描述水平放置的扁平狀木板時提出的觀點相一致，但筆者並不認同 Lang 所提出的「韓語中木板的各維度由觀察者的角度來決定」這個觀點。我們認為在這個場景中，漢語和韓語對於木板維度的認知是相同的，木板的三個維度都是按比例劃分：最大維度為長度，最小維度為厚度，次要維度為寬度，這個比例並不會隨著木板方位或方向的改變而改變。因此，我們認為韓語中 a、b 和 c 不再區分是從側面觀察，還是從正面觀察，應該統一改為 a 為「glida（長）」，b 為「neolda（寬）」，c 為「dukkeopda（厚）」。

第二個是垂直放置的扁平狀木板，我們認為漢語裏 a 可以按比例型語言理解為木板中水平方位最長的突顯維度，即為長度；也可以按觀察者型語言理解為木板中橫向的維度，即為寬度。Lang 認為漢語中 a 不能用寬來形容，我們認為這是錯誤的。b 是木板中垂直的最大維度，所以為高。c 依然表示木板中最小的非突顯維度，所以為厚。漢語和韓語中的認知相一致。因此我們對 Lang 提出的觀點進行修正：漢語中 a 應該由「長／*寬」改為「長／寬」。韓語中，應不再區分觀察者的角度，統一改為 a 為「gilda（長）／neolda（寬）」，b 為「nopda（高）」，c 為「dukkeopda（厚）」。

第三個是木板的一部分被放入空間內，我們認為漢語中 a 按觀察型語言理解為木板橫向的維度，即為寬。b 按比例型語言理解為事物內部水平方位的次要突顯維度，因為橫向的最大維度是「長／寬」，所以水平方位的次要突顯維度要用「深」。c 按比例型語言理解為最小的非突顯維度，即為厚。韓語與漢語在第三種情況下的認知也是一致的。因此我們將 Lang 提出的漢語中的 a 由「長／*寬」改為「長／寬」，漢語中的 b 由「寬／*深」改為「深」。對於韓語，我們不再區分觀察者角度，統一改成 a 為「gilda（長）／neolda（寬）」，b 為「gipda（深）」，c 為「dukkeopda（厚）」。

由上述修正，我們認為 Lang 提出的漢語是比例型語言，而韓語是觀察者型言語的結論是錯誤的，兩者都應該是混合型語言。

文瀾（2017）和周連英（2020）都研究了「寬／窄」隱喻義的演變過程。兩位學者都指出漢語「寬／窄」的語義演變具有不對稱性。「寬」的語義演變

路徑比「窄」的語義演變路徑更複雜。〔註71〕

關於漢外「寬／窄」空間義和隱喻義的對比研究，主要有漢英對比（王銀平，2017；劉桂玲，2017）、漢俄對比（蘇珊珊，2010）、漢韓對比（閔子，2012）、漢泰對比（歐麗娜，2019）、漢越對比（丁碧草，2015）等。

王銀平（2017）和劉桂玲（2017）都認為「寬／窄」隱喻與映像在始源域中的面積義有很大關聯。王銀平認為漢語「寬／窄」和英語「wide／narrow」都可以從空間域引申到程度域、範圍域和評價域，但英語「broad」和「wide」從空間域引申到評價域時，用「broad」而非「wide」來描述，如 broad-minded（心胸寬廣）。此外，漢語「寬／窄」還可以從空間域引申到經濟域和聲音域，而英語「wide／narrow」則不可。〔註72〕劉桂玲指出，漢語「寬／窄」和英語「wide、broad／narrow」的隱喻義，從空間域映像到範圍域、數量域、關係域上時具有共性。但有時「wide／narrow」構成反義關係，有時則由「broad／narrow」構成反義關係，如英語的「wide／narrow」可以投射到範圍域、數量域、比較域、關係域、時間域；而「broad／narrow」可以投射到範圍域、程度域、心智域。只有漢語「寬／窄」的隱喻義可以投射到感知域（聽覺）、制度域和經濟域。〔註73〕

蘇珊珊（2010）認為漢語「寬／窄」與俄語「sirokij（寬）／uzkij（窄）」〔註74〕都可以投射到五個域：數量域、評價域、程度域、聲音域和範圍域。但在語言表達方面存在著差異，比如漢語「寬／窄」和俄語「sirokij（寬）／uzkij（窄）」均可由空間域向程度域發生映像，而俄語「sirokij（寬）」表示程度義時，與其對應的漢語詞彙是「大」「龐大」「巨大」等。〔註75〕

閔子（2012）指出「寬／窄」維度就是在橫向水平維度之上的，漢語「寬

〔註71〕 文瀾：《「寬／窄」類單音形容詞的語義演變研究》，碩士學位論文，廣西大學中文系，2017年，第69頁；周連英：《現代漢語空間維度詞的語義研究》，碩士學位論文，南京師範大學中文系，2020年，第100～104頁。

〔註72〕 王銀平：《英漢空間維度詞「寬、窄」的認知隱喻對比研究》，《現代語文》（語言研究版），2017年第11期。

〔註73〕 劉桂玲：《認知語義視角下英、漢空間量度形容詞對比研究》，碩士學位論文，東北師範大學外文系，2017年，第100～104頁。

〔註74〕 俄語為「широкий／узкий」。

〔註75〕 蘇珊珊：《俄漢語直線型空間維度詞的對比分析》，碩士學位論文，哈爾濱師範大學外文系，2010年第25～34頁。

／窄」和韓語「neolda（寬）／jopda（窄）」〔註76〕的空間域映像都包括以下三種：一是改變方向，二是擴大參照面，三是參照面距離。韓語「neolda（寬）／jopda（窄）」可以從空間域引申到關係域、範圍域、認知域和評價域，而漢語「寬／窄」還可以從空間域引申到時間域。漢語「寬／窄」不能從空間域引申到關係域。韓語「neolda（寬）」可以從空間域引申到關係域，而「jopda（窄）」不可以。漢語「寬」可以從空間域引申到行為域，而「窄」不可以。漢語「寬／窄」與韓語「neolda（寬）／jopda（窄）」的隱喻義都出現了詞義的不對稱性。〔註77〕

歐麗娜（2019）認為漢語「寬／窄」與泰語「kwang（寬）／khep（窄）」〔註78〕都具有三個空間義：維度義、面積義、容積義，但面積義方面的用法稍有差別，比如漢語「寬／窄」和泰語「kwang（寬）／khep（窄）」都可以形容領口、袖口等，但泰語的「kwang（寬）／khep（窄）」不能描述衣物內部空間，如「褲子」、「大衣」、「鞋子」等，而是用其他非空間維度形容詞「hlwm（寬鬆）」〔註79〕等詞來形容。漢語「寬／窄」與泰語「kwang（寬）／khep（窄）」的隱喻義的引申有所不同：漢語「寬／窄」可以映像到範圍域、情感域、時間域、經濟制度域；而泰語「kwang（寬）／khep（窄）」只能映像到範圍域和情感域。〔註80〕

丁碧草（2015）指出漢語「寬／窄」與越南語「rong（寬）／hep（窄）」〔註81〕在評價域中顯示相同，但在時間域和金錢域裏卻有不同，比如越南語可以用「rong（寬）／hep（窄）」來隱喻指時間綽綽有餘，但漢語的「寬／窄」則不能。〔註82〕

以上我們對空間維度形容詞「WIDE／NARROW」的相關研究進行了綜

〔註76〕韓語為「넓다／좁다」。

〔註77〕閔子：《韓漢空間維度詞對比研究》，碩士學位論文，延邊大學外文系，2012 年，第115～117 頁。

〔註78〕泰語為「กว้าง／แคบ」。

〔註79〕泰語為「หลวม」。

〔註80〕歐麗娜《中泰空間量度形容詞對比分析與教學設計》，碩士學位論文，廣西大學中文系，2019 年，第 20～22 頁。

〔註81〕越南語為「rộng／hẹp」。

〔註82〕丁碧草：《漢、越語言空間維度範疇研究》，博士學位論文，吉林大學中文系，2015 年，第 143～145 頁。

述。通過梳理各國語言學家已有研究，我們認為各國語言學家都認同
Bierwisch 的觀點，即用兩套系統來識別「WIDE / NARROW」：一個是無方
向，這套系統僅根據比例來描述事物，「LONG / SHORT」和「HIGH / LOW」
描述事物的主要維度，之後次要維度可以用「WIDE / NARROW」來描述；另
一個是有方向，這套系統引入了觀察者的視線，當對象中垂直的維度不為最
大並且與觀察者視線對齊的維度也不為最大時，對象的最大維度不能用
「LONG」來形容，這時次要維度「WIDE / NARROW」就可以形容對象的最
大維度。我們也認同 Bierwisch 的觀點。伍瑩提出「WIDE / NARROW」不僅
有維度上的含義，還具有面積義，許多漢語學界都認同伍瑩的觀點，並且指
出「WIDE / NARROW」的隱喻義都與面積義有很大的關聯。我們也認同伍
瑩有關面積義的觀點。各國語言學家較少關注「WIDE / NARROW」的空間
義和隱喻義的不對稱性，漢語學界部分學者對這一組詞的不對稱性做了初步
的研究，但對這些差異的形成過程以及形成的動因和機制探討得還不夠充分，
有待進一步分析。

四、空間維度形容詞「THICK / THIN」的相關研究

（一）跨語言「THICK / THIN」的研究

各國語言學家對「THICK / THIN」的研究涉及到了多種語言，主要有英
語（Clark，1973；Lynos，1977；Fillmore，1997；Vandeloise，1988）、德語
（Bierwisch，1967；Weydt & Schlieben-Lange，1998；Geckeler，1997；Lafrenz，
1983；Lang，1989、2001）、法語（Greimas，1966；Spang-Hanssen，1990；
Geckeler，1997）、西班牙語（Galeto et al.，1999）、瑞典語（Anna Vogel，2004）
等。此外，Wienold and Rohmer（1997）和 Lang（2001）利用類型學對多種語
言中的「THICK / THIN」進行了跨語言的對比研究。

各國語言學家主要從三個方面來研究「THICK / THIN」：第一是從事物各
維度的比例來研究，「THICK / THIN」描述的是空間中最小的非突顯維度；第
二是從「THICK / THIN」描述的是空間中的一個維度還是兩個維度來研究，
「THICK / THIN」既可以描述事物的厚度，也可以描述事物的粗度。當
「THICK / THIN」描述空間中的一個維度時，這個維度為「厚度」，而當描述
空間中由兩個維度合併成的維度時，這個維度為「粗度」；第三是研究由

「THICK ／ THIN」空間義引申出的隱喻義，他們認為「THICK ／ THIN」通常與堅固，事物的密度或稠度相關。

Bierwisch（1967）較早提出「THICK ／ THIN」可以描述事物中的最小維度。當三維事物中的兩個維度被認為是主要維度時，「THICK ／ THIN」作為最小的維度可以忽略不計。「THICK ／ THIN」也可以描述兩個不主要的維度，如德語中「dick ／ dunn」可以形容香煙「Zigarette」的粗度。「THICK ／ THIN」還可以形容三維的球狀事物，但 Bierwisch 並沒有闡述如何根據主要維度來解釋「THICK ／ THIN」所描述的維度。從 Bierwisch（1967）的研究中可以看出，當「THICK ／ THIN」同「LONG ／ SHORT」和「WIDE ／ NARROW」一樣都描述的是空間中的一個維度時，「THICK ／ THIN」表示的是事物中最小的那個維度，這個認知在漢語中對應為「厚 ／ 薄」。〔註83〕Clark（1973）、Lyons（1977）、Lafrenz（1983）、Lang（2001）、Weydt & Schlieben-Lange（1998）、Geckeler（1997）、Fillmore（1997）、Anna Vogel（2004）都認同 Bierwisch 的觀點，同時 Fillmore（1997）還指出「HIGH」「LONG」和「WIDE」描述的是事物的突顯維度，而「THICK」描述的是事物的非突顯維度。〔註84〕

根據 Bierwisch 的研究，「THICK ／ THIN」還可以形容空間中的兩個維度，即厚度和粗度。Lyons（1977）、Lafrenz（1983）、Geckeler（1997）、Weydt & Schlieben-Lange（1998）、Vandeloise（1993）、Lang（2001）、Anna Vogel（2004）也都認同 Bierwisch 的觀點並對「THICK ／ THIN」可以描述空間中兩個維度的語義特徵做了進一步的解釋和研究。根據他們的研究可知，這些語言中的「THICK ／ THIN」包含了漢語中的「粗 ／ 細」，所以「THICK ／ THIN」在漢語中的使用有別於這些語言。

Lyons（1977）提出在一個沒有方向的三維事物中，如果事物的長度相對其他兩個維度具有明顯的優勢，那麼另兩個維度可以統一看成事物的一個維度，即「粗度」，如英語中「a long thick pole（長而粗的杆）」，「thick」表示了「杆」的粗度。〔註85〕

Geckeler（1997）利用法語驗證了 Weydt & Schlieben-Lange（1998）提出

〔註83〕Bierwisch, *Some semantic universals of German adjectivals*. Foundations of Language 3, 1967, pp. 20~21.

〔註84〕Fillmore, *Lectures on Deixis*, Stanford: CSLI publications, 1997, pp. 29~39.

〔註85〕Lyons, *Semantics*, Cambridge: Cambridge University Press, 1977, pp. 701~702.

的理論。Geckeler 指出法語「THICK」有兩個詞對應德語「THICK」的含義：一個是「gros」，用於描述三維事物中的兩個或三個維度，即圓形或圓柱形事物，如球；另一個是「epais」，用於描述三維事物中的一個維度，即最小的維度。〔註86〕

Weydt & Schlieben-Lange（1998）也指出德語在描述圓形或圓柱形事物時，兩個或三個維度可以合併稱為「THICK」。德語中球體和人都可以用「THICK」來形容。Weydt & Schlieben-Lange 不認為「THICK」是一個維度形容詞，即使「THICK」可以指定維度，但維度並不是「THICK」含義的一部分。Weydt & Schlieben-Lange 認為「THICK」表示的是事物的質量，它意味著「難以通過」。〔註87〕

Bierwisch（1967）較早提出德語「THICK」不僅可以描述空間上的比例，還可以描述黏稠度和密度。〔註88〕Lafrenz（1983）也提到總體上德語「THICK」與質量更相關，如沉重、強壯、堅固，當「THICK」與非固定對象——如管子「Rohr」——搭配時，可以表示材質的厚度或是對象的直徑。此外，Lafrenz（1983）還認為德語「THICK」與阻礙或是滲透有關，比如可以與森林「Forst」、湯「Suppe」或是霧「Nebel」搭配。〔註89〕Vandeloise（1993）提出法語「THICK」表示湯的黏稠度時，與「THICK」表示事物中最小的維度有關聯，Vandeloise 把這種關聯性定義為阻力（resistance）。Vandeloise 認為黏稠度或密度表示對抗滲透的阻力，這與最小維度相同，顯示了事物能夠對抗破損的最小阻力。〔註90〕

（二）漢語「厚/薄」的研究

關於空間維度形容詞「厚/薄」語義特徵的研究有任永軍（2000）、伍瑩（2011）、周連英（2020）。

任永軍（2000）、伍瑩（2011）、周連英（2020）都認為「厚/薄」的主要

〔註86〕以上 Geckeler 的論述，轉引自 Anna Vogel, *Swedish Dimensional Adjectives*, Stockholm: Almqvist & Wiksell International, 2004, pp. 174.

〔註87〕Weydt & Schlieben-Lange, *The meaning of dimensional adjectives*. Discovering the semantic process. Lexicology 4, 1998, pp. 221.

〔註88〕Bierwisch, *Some semantic universals of German adjectivals*, Foundations of Language 3, 1967, pp. 33.

〔註89〕以上 Lafrenz 的論述，轉引自 Anna Vogel, *Swedish Dimensional Adjectives*, Stockholm: Almqvist & Wiksell International, 2004, pp. 173.

〔註90〕Vandeloise, *The role of resistance in the meanings of thickness*. Leuvense Bijdragen 82, 1993, pp. 29~47.

語義特徵有兩個：一是形狀為扁平的；二是量度的維度為上下兩個平面或不規則的面之間的距離。可用「厚／薄」描述的事物往往具有固體的性質特徵，如冰、雪，而水則不行。〔註91〕伍瑩（2011）和周連英（2020）都研究了與漢語「厚／薄」搭配的名詞的語義特徵，總結為以下四種：一是方形二維事物類；二是鬆軟物質類；三是人體部件類；四是形狀不規則的二維事物類。在漢語「厚／薄」的隱喻義研究方面，兩位學者都認為「厚」隱喻義的目標域為數量域、情感域、味覺域；而「薄」隱喻義的目標域為數量域、情感域、味覺域、質量域。〔註92〕

關於漢外「厚／薄」的空間義和隱喻義的對比研究，主要研究有漢英對比（劉桂玲，2017；鍾文碩，2021）、漢韓對比（閔子，2012；崔馨丹，2015）、漢泰對比（歐麗娜，2019）、漢越對比（丁碧草，2015）。

劉桂玲（2017）認為英語「thick／thin」可以從空間域引申到數量域、心智域、顏色域、聽覺感知域和關係域，而漢語「厚／薄」主要從空間域引申到數量域、心智域、評價域、味覺感知域和等級程度域。〔註93〕

鍾文碩（2021）指出漢語的「厚／薄」和英語的「thick／thin」都可以通過隱喻和轉喻進而引申到「數量／密度」「感官」「程度」和「情感／關係」等方面。而漢語「厚／薄」和英語「thick／thin」語義引申路徑主要有兩個方面的不同：一是少部分漢語的「厚／薄」和英語的「thick／thin」在語言表徵方式上存在不對稱性，如漢語「厚／薄」可以隱喻投射到評價域，而英語則不行。二是在漢英共有的隱喻目標域中，兩種語言的差異主要表現在抽象程度上，如漢語「厚／薄」的隱喻義大多描述抽象程度較高的「程度」和「情感／關係」。與此相反，英語的「thick／thin」則主要描述在抽象程度低的「數量／密度」。〔註94〕

崔馨丹（2015）指出漢語「厚／薄」只能描述扁平狀的事物，而韓語

〔註91〕任永軍：《現代漢語空間維度詞語義分析》，碩士學位論文，延邊大學中文系，2000年，第17～18頁。

〔註92〕伍瑩：《現代漢語空間維度形容詞語義系統研究》，博士學位論文，武漢大學中文系，2011年，第116～124頁；周連英：《現代漢語空間維度詞的語義研究》，碩士學位論文，南京師範大學中文系，2020年，第85～86頁。

〔註93〕劉桂玲：《認知語義視角下英、漢空間量度形容詞對比研究》，碩士學位論文，東北師範大學外文系，2017年，第108～111頁。

〔註94〕鍾文碩：《基於語料庫的漢英「厚／薄」語義拓展對比分析》，《湖北文理學院學報》，2021年第6期。

「dukkeopda（厚）／yalda（薄）」〔註95〕既可以描述扁平狀的事物，還可描述其他形狀，如電線、輪胎。但韓語的「dukkeopda（厚）」不能描述圓柱體或圓柱體的橫斷面，比如大腿，而韓語的「yalda（薄）」則可以描述大腿。〔註96〕但閔子（2012）認為，當描述圓柱體或圓柱體橫斷面時，漢語和韓語都應該用「粗／細」來形容，而不能用「厚／薄」。〔註97〕筆者同意閔子的觀點，崔馨丹得出的這個結論是錯誤的，圓柱體橫斷面應該用「粗／細」來描述，後續相應章節會證明這個觀點。

在「厚／薄」隱喻義方面，兩位學者都關注到了「厚／薄」詞義的不對稱性問題。閔子指出韓語的「dukkeopda（厚）」可以喻指密度、規模、評價，韓語的「yalda（薄）」在此之外還可以喻指顏色、認知、數量；而漢語的「厚／薄」可以喻指密度、評價、情感、規模、顏色、數量、行為，漢語的「厚」還可以喻指味道，但漢語的「薄」不可以。〔註98〕崔馨丹認為漢語「厚／薄」和韓語「dukkeopda（厚）／yalda（薄）」的隱喻義都能描述感情、家產、利潤、價值，而在顏色、味道等方面表現出詞義的不對稱性。〔註99〕

此外，兩位學者對「厚／薄」在顏色義上的隱喻看法不一致，閔子認為漢語的「厚」可以由空間域投射到顏色域，而韓語「dukkeopda（厚）」卻沒有此種用法；漢語的「薄」和韓語的「yalda（薄）」都可以由空間域投射到顏色域。〔註100〕而崔馨丹則認為漢語「厚／薄」不能用於顏色義，而韓語「dukkeopda（厚）／yalda（薄）」可用於顏色義。筆者認同崔馨丹的觀點。韓語「dukkeopda（厚）／yalda（薄）」可以由空間域投射到顏色域，而漢語無此對應的引申。還有筆者利用 MLexT 理論進一步觀察到亞洲語言中韓語、越南語、日語和歐洲語言中英語、德語、法語中「THICK／THIN」的顏色義還與「（自然現象）氣體

〔註95〕韓語為「두껍다／얇다」。

〔註96〕崔馨丹：《漢韓空間維度詞「厚／薄」和「두껍다／얇다」的對比》，碩士學位論文，延邊大學外文系，2015 年，第 56 頁。

〔註97〕閔子：《韓漢空間維度詞對比研究》，碩士學位論文，延邊大學外文系，2012 年，第118～121 頁。

〔註98〕閔子：《韓漢空間維度詞對比研究》，碩士學位論文，延邊大學外文系，2012 年，第125～127 頁。

〔註99〕崔馨丹：《漢韓空間維度詞「厚／薄」和「두껍다／얇다」的對比》，碩士學位論文，延邊大學外文系，2015 年，第 11～28 頁。

〔註100〕閔子：《韓漢空間維度詞對比研究》，碩士學位論文，延邊大學外文系，2012 年，第 122 頁。

所含成分高或低」的詞義有關聯。

　　歐麗娜（2019）指出漢語「厚／薄」和泰語「naa（厚）／bang（薄）」〔註101〕都可以形容二維表面的事物，當「厚／薄」搭配人體部位時，泰語可以用「bang（薄）」來形容腰，即表示腰很細，而漢語則用「粗／細」來形容。我們經過調查發現，泰語「naa（厚）／bang（薄）」都可以形容腰、脖子等部位，但胳膊和大腿用「大／小」來形容。漢語「厚／薄」和泰語「naa（厚）／bang（薄）」的隱喻義都可以映像到數量域、程度／等級域，而只有漢語「薄」還可以映像到質量域。〔註102〕

　　丁碧草（2015）認為漢語「厚／薄」和越南語「day（厚）／mong（薄）」〔註103〕不能形容圓形、球形、顆粒形等不具備突出長度、寬度和高度特徵的事物。漢語「厚／薄」和越南語「day（厚）／mong（薄）」在隱喻義方面則大致相同，都可以從空間域引申到價值域、自然現象域、情感域和人品域。但漢語的「厚／薄」還可以從空間域引申到評價域、味覺域和對待域，而越南語「day（厚）／mong（薄）」則不可以。〔註104〕

　　以上我們對空間維度形容詞「THICK／THIN」的相關研究進行了綜述，通過對各國語言學家已有研究的梳理，我們認為各國語言學家大多認同Bierwisch的觀點，即「THICK／THIN」描述的是三維事物中最小的且非突顯的維度。筆者也認同這個觀點。但是本書發現的歐洲語言和亞洲語言當中「THICK／THIN」包含的概念是有差別的。

　　綜上所述，各國語言學家在空間維度形容詞的研究上都取得了豐碩的成果，但大多針對某種具體語言或是兩種語言對比，除了 Wienold（1997）和Lang（2001）用類型學的方法研究了空間維度詞的語義特徵外，其他學者都沒有涉及類型學的研究，更沒有從跨語言的層面對空間維度詞的基礎義和引申義進行分析和闡述。因此本書將利用 MLexT 理論考察 13 種語言的空間維度形容詞，試圖探究這些空間維度形容詞的基礎義和引申義的關聯，各語言

〔註101〕泰語為「หนา／บาง」。
〔註102〕歐麗娜：《中泰空間量度形容詞對比分析與教學設計》，碩士學位論文，廣西大學中文系，2019 年，第 22～23 頁。
〔註103〕越南語為「dày／mỏng」。
〔註104〕丁碧草：《漢、越語言空間維度範疇研究》，博士學位論文，吉林大學中文系，2015年，第 145～147 頁。

引申路徑的規律，以及這些規律跨地域、跨語言間的認知共性和差異。

第四節　理論基礎及研究方法

一、MLexT 理論

MLexT 理論是由莫斯科詞彙類型學研究小組（Moscow Lexical Typology Group，簡稱 MLexT）提出的，成立於 2005 年，Ekaterina Rakhilina 為小組帶頭人。

主要研究成果集中於某些語義場的動詞研究，如 Majsak & Rakhilina（2007）對水中運動動詞的研究，Kyuseva（2012）對物理屬性詞的研究，Kruglyakova（2010）對旋轉動詞的研究，Britsyn et al.（2009）和 Reznikova et al.（2012）對疼痛動詞的研究等。MLexT 的基本研究思路是將莫斯科語義學派分析同義詞的方法與語言類型學的研究方法相結合，系統地研究不同語言中對應詞之間的細微差別，並找出詞彙層面跨語言的規律。

（一）MLexT 理論的基本概念和具體操作

1. 參數

MLexT 的「參數（parameter）」指的是可以用來區分特定語義場中不同成員的語義特徵。「LONG／SHORT」「WIDE／NARROW」「THICK／THIN」都被認為是空間維度形容詞，其基本義的參數都是圍繞空間維度的相關特性展開的：「THICK／THIN」最常形容空間中形狀為扁平狀的事物，但在歐洲語言中，事物的「THICK／THIN」也可以用來形容圓柱狀事物。因此「THICK／THIN」所描述事物的「形狀」可以作為區分「THICK／THIN」語義特徵的參數。「LONG／SHORT」最常用於描述事物在空間中處於水平方位的最大維度，但一些語言，如英語也可以描述事物在垂直方位的最大維度。因此「長／短」所描述事物的「方位」可以作為區分「長／短」語義特徵的參數。「WIDE／NARROW」最常以事物的橫向距離作為其度量維度的方式，但在搭配一些事物，如「草原」和「房間」時也可以用事物佔據的面積來度量，因此事物的「度量的方式」可以作為區分「WIDE／NARROW」語義特徵的參數。

2. 框架

所謂「框架（frame）」是由參數組合形成的情景，在不同語言中往往會用單

獨的詞來表示。例如「LONG／SHORT」共有兩個語義框架：一是「維度在空間中的方向」參數組合形成的「長條狀事物」框架，二是「是否為生命體」參數組合形成的「生命體垂直向上的連續距離」框架。

3. 語義地圖

「語義地圖（semantic map）」是語言類型學較為常用的一種語義分析工具。語義地圖由「節點」和「連線」兩個部分組成，在 MLexT 理論的研究中，節點可以表示在多種語言中發現的框架，連線為兩個框架之間的關聯。MLexT 理論認為，語義地圖可以直觀地展示語義場的內部結構，比較不同語言詞彙化策略的異同。〔註 105〕

4. 基礎義

MLexT 用「基礎義（basic meaning）」而非「本義」或「基本義」這個術語。由於一些詞語的本義已經不再常用或已經消失，如漢語中「粗」的本義為「糙米」，但「粗」在現代最常用的意義為「（條狀物）橫剖面大」。另外，一些詞語的基本義沒有引申義常用，或採用「基本義」容易讓讀者產生誤解，所以本書沒有採用「基本義」這個術語。筆者所考察的許多詞的本義或基本義與空間維度屬性並不相關，因此本書決定用「基礎義」這一術語。本書把形容空間概念的語義定義為「基礎義」，把不表達空間概念的語義定義為引申義，即引申義的框架是基礎義通過隱喻、轉喻等機制引申出來的。

5. 具體操作

MLexT 利用收集相關語言的語料庫、雙解及同義詞詞典和母語者的問卷調查找出區分所研究詞彙的參數及框架，之後再利用這些框架組成節點並繪製出語義地圖。通過構建的語義地圖進一步分析詞彙在跨語言中的基礎義，並根據基礎義來研究引申義與基礎義間的關聯。下面對本書中採用的操作過程進行具體說明。

首先，本書通過跨語言共詞化數據庫（CLICS）找到所要研究的「LONG／SHORT」「WIDE／NARROW」和「THICK／THIN」概念在各語言對應的

〔註 105〕Rakhilina, Ekaterina & Reznikova, Tatiana, *A frame-based methodology for lexical typology*, The Lexical Typology of Semantic Shifts, Berlin/Boston: De Gruyter Mouton, 2016. pp. 107.

詞彙。但有些語言裏不止一對一詞，比如英語「wide」與「broad」和印尼語「lebar」與「luas」各用兩個詞對應「WIDE」的概念。在我們所考察的 13 種語言中，「WIDE／NARROW」都可以描述「二維平面的橫向距離」，所以本書將「二維平面的橫向距離」這個框架作為起始的節點。在英語中「wide」與「broad」和印尼語中「lebar」都可以描述「二維平面的橫向距離」這個框架，而印尼語中「luas」無此對應的用法，因此這種情況下，本書保留「wide」、「broad」和「lebar」為「WIDE」對應詞，排除僅表示面積義的「luas」。

第二步，利用各語言的大量外漢、漢外詞典收集到詞彙對應的所有詞義，並找出它們之間能夠代表描述事物在空間概念中的典型特徵作為參數，如「WIDE／NARROW」在所有詞典中的義項都包含「橫向距離」，這是一種度量「WIDE／NARROW」的方式。再加入語料庫對初步形成的參數進行驗證，補充或校正之前的參數，如通過查找語料庫，補充了漢語「厚」在描述事物的形態時不僅可以描述「固體」，還可以描述「氣體」和「液體」。

第三步，把這些參數組合成框架，並找到「LONG／SHORT」「WIDE／NARROW」「THICK／THIN」在這些框架中可以描述的典型名詞。之後再將這些空間維度形容詞和描述的典型名詞放入實際的語境中，通過母語者的調查來驗證「LONG／SHORT」「WIDE／NARROW」「THICK／THIN」在實際使用場景下是否正確。

第四步，對收集的代表典型場景的框架進行跨語言篩選，本書只選取至少在兩種語言中存在的框架，排除只有一種語言獨有的框架。

最後，對經過篩選後的框架進行分析並構建語義地圖，並根據不同語言呈現出的語義地圖進行跨語言的比較和研究。

（二）MLexT 研究的特點

1. 認知語義學與詞彙類型學的基本理論比較

認知語義學認為，範疇不僅是人類的思維對客觀事物普遍本質的概括和反映，而且範疇本身也是人類認知和思考的根本方式，沒有範疇人類就無法思考。與認知語義學相似的詞彙類型學，則有另一派客觀主義語義學認為概念是通過抽象符號與獨立於心智世界之外的客觀世界所建立的純粹而又客觀的關係來確定的。

　　在認知語義學理論中，隱喻和轉喻被認為是人類思維方式，並充當了一種認知工具。而在詞彙類型學的三種語義轉移方式中，隱喻和轉喻佔了其中兩種，另外一種是共時與歷時。詞彙類型學中的語義轉移，是指意義 A 和意義 B 之間有一些共時或歷時的連接，屬於語義聯繫中對語義變化的研究。通過對認知語義學和詞彙類型學的對比可以看出，已有研究是從認知概念分類的角度對空間維度形容詞的隱喻進行研究，無論是單獨研究漢語，還是做漢外對比研究，都是將隱喻義放入一個範疇中，進而從人類認識的角度去分析。而在詞彙類型學中，研究的是隱喻或轉喻的衍生路徑是什麼，如韓暢、榮晶（2019）對 16 種語言做了在「坐」義動詞概念空間中衍生路徑的對比分析，並依據語義的衍生路徑繪製出語義地圖。另外，詞彙類型學除了研究隱喻、轉喻的衍生路徑之外，還會從跨語言共時或一種語言歷時演變的角度進行研究，而前述對於空間維度形容詞的認知語義學研究則鮮見這個角度。

　　本書採用的 MLexT 理論也屬於詞彙類型學的一種研究方法。MLexT 理論是從認知語義學的角度來研究，從概念到認知再到詞彙，著重於從概念到詞彙的認知演化，而傳統詞彙類型學的研究多是「以詞為出發點」。本書試圖用「以概念域為出發點」的 MLexT 詞彙類型學理論來研究空間維度形容詞。

　　牆斯（2019）指出詞彙系統的演變可以歸納為三類：基本框架詞化模式的改變、詞在概念空間上覆蓋域的變化以及詞的歷時替換。〔註106〕張定（2016、2017）和韓暢、榮晶（2019）只考慮了「詞在概念空間上覆蓋域的變化」，而賈燕子、吳福祥（2017）兼有考慮「詞在概念空間上覆蓋域的變化」和「詞的歷時替換」，他們都少有從「基本框架詞化模式的改變」去考察的詞彙類型學的研究。因此本書以「基本框架詞化模式」的方法進行共時的跨語言比較。

2. MLexT 與已有詞彙類型學研究的對比

　　詞彙類型學的研究有兩種方法，如符意學（semasiology）和定名學（onomasiology）。以往的詞彙類型學研究很少有把兩種方法混合起來使用的，研究的材料也多來自於詞典。而 MLexT 將定名學（onomasiology）和符意學（semasiology）結合使用。

〔註106〕牆斯：《詞彙類型學視角下漢語水中運動動詞的歷史演變》，《語言學論叢》，2019年第 1 期。

　　國內使用符意學研究的有張定（2016、2017）、趙果（2017）、韓暢、榮晶（2019）等，既用定名學又用符意學研究的有賈燕子、吳福祥（2017）。他們的研究都在關注語義關聯和演變路徑，考察了不同跨語言之間的共性和差異。

　　在國內研究中使用 MLexT 方法的有李亮（2015）、牆斯（2019）和賈燕子（2019）。三篇論文的共同點是在詞彙的範疇化上，都根據概念的參數特性劃分出不同的框架，但它們的不同點是在劃分出框架後，李亮（2015）重點考察了現代漢語、俄語和英語在共時層面的四組物理屬性形容詞的基礎義和引申義用法。〔註 107〕牆斯（2019）和賈燕子（2019）都參照漢語文獻中詞彙的歷時演變將詞義框架進行詞化，而賈燕子進一步分別從兩個方面對詞化後的詞彙進行研究：一個是跨語言共時語義擴展的共性；另一個是從漢語歷時演變中語義遷移的個性與共性。〔註 108〕

（三）MLexT 研究的優勢

　　與其他詞彙研究方法比較，MLexT 有如下優點：

　　一、MLexT 通過框架（Frame）的方法來研究詞彙系統的表徵更能體現跨語言的共性與差異，並且可以發現跨語言語境下詞彙新的使用場景。

　　MLexT 是一種基於框架（Frame）的詞彙類型學方法，通過總結語用中的典型使用場景並找到研究詞彙在描述場景時的特點，之後按這些特點劃分出不同的框架。根據這些框架在不同語言中的呈現，我們就可以較容易地、較系統地找到對於同一個概念，跨語言使用者在使用場景上的共性與差異。如「THICK / THIN」在亞洲語言中通常被用來形容扁平狀事物，而在歐洲語言中不僅可以形容扁平狀事物，還可以形容圓柱狀事物。這一認知上的差異在傳統詞彙類型學的研究中較少被提到。通過這些框架上的共性和差異，我們可以進一步探究人類在不同地域的認知共性與差異。

　　詞彙的使用會隨著年齡的不同、時代的不同而不斷變化。在作跨語言比較時，若只使用詞典就會忽略掉一些語言使用環境中的細節。而 MLexT 的研究方法通過列出參數和典型框架能夠發現語言在實際使用中有哪些詞典中沒有

〔註 107〕李亮：《詞彙類型學視角的漢語物理屬性形容詞研究》博士學位論文，北京大學中文系，2015 年，第 7 頁。

〔註 108〕牆斯：《詞彙類型學視角下漢語水中運動動詞的歷史演變》，《語言學論叢》，2019 年第 1 期；賈燕子：《詞彙類型學視域下漢語「硬」語義場的歷時演變》，《語文研究》，2019 年第 4 期。

列出的新用法，從而可以較快地適應詞彙在實際使用中的變化。例如在考察韓語「dukkeopda（厚）／yalda（薄）」的使用時，從詞典釋義中並不能突出事物的形狀特性，漢韓詞典中都僅指出事物在扁平狀的時候才可以使用「THICK／THIN」，但通過本書的調查發現，韓語的「dukkeopda（厚）／yalda（薄）」還可以描述在平面上的線條狀事物。

二、MLexT 通過框架（Frame）的方法更能突顯基礎義與引申義之間的聯繫。

MLexT 通過參數和框架構建的基礎義的語義地圖，可以幫助人們較快地找到基礎義與引申義之間的聯繫。李亮（2015）指出一個概念域內的不同基礎義會發展出不一樣的引申用法，例如，水中運動動詞「游泳」框架常引申出「在人群中擠出一條通道」的意義。產生這種引申用法的必要條件是相關動詞在本義上就具有「主動」這個語義成分。〔註109〕再如，本書中利用 MLexT 參數和框架，發現了「THICK／THIN」在基礎義中描述的主要是兩種形狀：扁平狀事物和圓柱狀事物，而「THICK／THIN」的引申義也是圍繞著這兩個基礎義展開的。又如，「WIDE／NARROW」在基礎義分別有兩種度量方式：橫向距離和面積，而「WIDE／NARROW」的引申義也是圍繞著這兩個基礎義展開的。

三、MLexT 通過參數與框架結合實際語境的研究可以讓語言習得者更容易和準確地把握各語言間的差異，便於跨語言的學習。

MLexT 把典型使用場景中的特徵抽取出來，更加便於語言習得者準確抓住所研究詞彙在具體使用場景下的使用方法。不同地域的語言在使用場景下其體現出的特徵有相同也有不同，通過 MLexT 理論來比較這些相同點與不同點，學習者更能準確地掌握空間維度詞在使用時與自身母語的區別，更便於跨語言上的語言習得。

當然 MLexT 理論也有一定局限性：

第一，因為 MLexT 所列舉的都是典型的使用場景，選取語義時會忽略掉某些語言特殊的語義框架。如英語、德語、西班牙語、泰語等語言的「THICK

〔註109〕李亮：《詞彙類型學視角的漢語物理屬性形容詞研究》博士學位論文，北京大學中文系，2015 年，第 26 頁。

／ THIN」都可以描述圓柱狀的身體部位，但是泰語「naa（厚）／ baang（薄）」〔註110〕雖然可以描述脖子和腰，卻不能用來描述身體部位的四肢，要用「yai（大）／ lek（小）」〔註111〕來描述。

第二，因為詞彙的詞義變化很快，詞典與語料庫都會出現詞義過時的情況。在這種情況下，用 MLexT 搜集跨語言的語義會引起參數及框架的錯誤。遇到此類情況時，還需要將搜集到的例句交給母語者進行調查確認。

二、研究方法

（一）基於語料庫的方法

在大規模語料庫統計的基礎上，分別探究空間維度詞的基礎義、隱喻義，提高研究的精確性和科學性。由於詞典並不會對本書基礎義中的框架給出詳細解釋和示例，因此筆者通過對 13 種語言的語料庫進行統計歸納，整理出與「LONG ／ SHORT」「WIDE ／ NARROW」「THICK ／ THIN」搭配的名詞。同時以詞典語料和內省材料為輔。

（二）定性與定量相結合的研究方法

定性研究與定量研究是社會科學研究中的一種基本方法。無論是亞洲地區語言還是歐洲地區語言，其中的空間維度形容詞的基礎義和引申義都至少可以表達出兩種或兩種以上的語義；因此，什麼情況下表示基礎義，什麼情況下表示引申義，需要語義的判定標準來確定，這就需要運用到定性的研究方法。同時，空間維度概念在每種語言中會對應多個詞，在進行詞彙研究之前，需要瞭解空間維度詞在不同語言中具體的使用情況亦即其是否為該語言的常用詞，上述方面都需要具體數據支持。這又運用到了定量研究的方法。本書第 2 章、第 3 章、第 4 章中，對空間維度形容詞的基礎義和引申義的框架描寫就運用到了定性與定量相結合的研究方法。

（三）比較分析的研究方法

比較分析的研究方法是語言學研究的基本方法。本書對 13 種不同語言的空間維度形容詞進行比較或者是對同一語系語言的基礎義和引申義進行比

〔註110〕泰語為「หนา ／ บาง」。
〔註111〕泰語為「ใหญ่ ／ เล็ก」。

較，以探尋語言的共性或語義關聯。本書運用比較分析的方法在第 2 章、第 3 章、第 4 章探討 13 種語言的空間維度形容詞「LONG／SHORT」「WIDE／NARROW」「THICK／THIN」的基礎義和引申義、地域分布差異以及語義特徵。本書第 5 章也運用比較分析的方法探討了三組空間維度形容詞的共性和差異。

第五節 語料說明

本研究的例句主要有三個來源：一是詞典；二是語料庫；三是母語者調查。筆者所選取的語料來源於筆者最初通過查閱大量外漢、漢外詞典獲取到的有價值的線索。根據這些線索，筆者尋找了所涉各語言的語料庫，並與其母語者進行了核對和補充，最終所做的判斷和採納的材料都以母語者為準。本書所選取的釋義和例句都來源於現代用法，不考慮古代和方言用法。〔註112〕

本書所選用的詞語的釋義來自於《大俄漢詞典》《新印度尼西亞語漢語詞典》《新牛津英漢雙解大詞典》《拉漢詞典》《越南語漢越詞典》《日漢大辭典》《羅貝爾法漢詞典》《新時代西漢大詞典》《拉丁漢文辭典》《泰漢詞典》《新蒙漢詞典》《朗氏德漢雙解大詞典》《現代漢語詞典》《標準國語詞典》。

本書在從語料庫中選取語料時排除了重複的語料，如我們希望從北京大學中國語言研究中心語料庫（CCL）中選取 500 個「厚／薄」的語料，但因為北大語料庫在檢索時有 500 條的限制，所以本書在剔除重複的語料後只從北大語料庫中選取了 200 條「厚／薄」相關的語料。為了能達到 500 條，本書又從北京語言大學語料庫中心（BCC）中選取了不重複的 300 條作為補充。

所使用的語料庫和數據庫的網址如下：

（1）北京大學中國語言學研究中心語料庫（以下簡稱 CCL）

　　http://ccl.pku.edu.cn／

（2）北京語言大學現代漢語語料庫（以下簡稱 BCC）

　　http://bcc.blcu.edu.cn／

（3）韓國 Naver Dictionary（以下簡稱 NAVER）

　　https://dict.naver.com／

〔註112〕例如古代漢語「長」可以描述人的個子；現代漢語可以用「身長」描述個子，但「身長」在現代漢語中屬於固定的搭配為雙音詞。

（4）利茲大學語料庫（以下簡稱 Leeds）

    http://corpus.leeds.ac.uk / query-zh.html

（5）句酷雙語語料庫（以下簡稱 Jukuu）

    http://www.jukuu.com /

（6）美國當代英語語料庫（以下簡稱 COCA）

    https://www.english-corpora.org / coca /

（7）俄語國家語料庫（以下簡稱 Ruscorpora）

    http://ruscorpora.ru /

（8）德語語料庫德國德語協會語料庫（以下簡稱 IDS）

    http://www.ids-mannheim.de / cosmas2 /

（9）法國國家科學研究院語料庫（以下簡稱 CNRS）

    http://www.cnrtl.fr /

（10）泰國國家語料庫（第三版）

    http://www.arts.chula.ac.th /

（11）世界語言共詞化在線數據庫（以下簡稱 CLICS）

    https://clics.clld.org /

語言諮詢的各位母語者信息如表 1.6：

表 1.6　各位母語者的名單

姓　　名	性　別	國　家	職　業
Marc Anthony	男	美國	學生
Taisiya Vilkova	女	俄羅斯	學生
Gabriela Morales Florez	女	西班牙	學生
Helene Grimaud	女	法國	工程師
Anda	女	蒙古	學生
Nagai Kazuaki	女	日本	學生
Lee Sook hee	女	韓國	學生
吳健	男	中國	記者
Christian Berkel	男	德國	學生
Zee Pruk Panich	男	泰國	學生
Le Xuan Anh	女	越南	學生
Ayu TingTing	女	印尼	學生

第二章 「LONG / SHORT」語義跨語言對比

　　「LONG / SHORT」通常側重描述一維的事物，如「頭髮、線、草」等。本章將全面而詳細地分析「LONG / SHORT」的基礎義和引申義，並在此基礎上探索「LONG / SHORT」詞義引申的機制。本章從世界語言共詞化數據庫（CLICS）中選取了「LONG / SHORT」在 13 種語言〔註1〕中對應的核心詞作為研究對象。樣本語言中的對應詞分別為漢語（長 / 短）、英語（long / short）、德語（lang / kurz）、拉丁語（longus / brevis）、法語（long / court）、西班牙語（largo / corto）、俄語（dlinnyj / korotkij）、泰語（yaaw / san）、越南語（dai / ngan）、印尼語（panjang / pendek）、韓語（gilda / jjalda）、日語（nagai / mijikai）、蒙古語（urt / bogino）。

　　前人的研究已經揭示出「HIGH / LOW」「DEEP / SHALLOW」和「FAR / NEAR」跟「LONG / SHORT」不一樣，不屬於直線型形容詞，並且「FAR / NEAR」不能描述事物的形狀，所以學者們較少將「HIGH / LOW」「DEEP / SHALLOW」「FAR / NEAR」與「LONG / SHORT」關聯而進行進一步的探

〔註1〕除漢語、英語外，其他各語言「LONG / SHORT」義形容詞及例句均參照詞典規範轉寫為拉丁字母。

討。然而，在具體的用例中，我們發現它們會和「LONG / SHORT」描述一維點到點的距離時出現一些交叉。因此，本章對「HIGH / LOW」「DEEP / SHALLOW」和「FAR / NEAR」的用法進行考察，最後重點闡述這些描述一維距離的空間維度形容詞在基礎義中的對比。

第一節 「LONG / SHORT」基礎義

本章的研究重點是「LONG / SHORT」在形容詞領域進行的語義衍生，所選取的語料來源於筆者最初通過查閱大量外漢、漢外詞典獲取到的有價值的線索。根據這些線索，筆者查閱了所涉各語言的語料庫，並與其母語者進行了核對和補充，最終所做的判斷和採納的材料都以母語者意見為準。

筆者查詢了這 13 種語言中「LONG / SHORT」所選的對應詞在詞典或語料庫中的釋義，保留至少在兩種語言中存在的義項。經整合分析確定，「LONG」共有 26 種不同但相關的語義，其中滿足要求的有 11 種，占總體的 42%，參見表 2.1。其餘的 15 種語義為某個語言「LONG」義形容詞所獨有。〔註2〕而「SHORT」共有 20 種語義，其中滿足要求的有 12 種，占總體的 60%，參見表 2.2。其餘的 8 種語義為某個語言「SHORT」義形容詞所獨有。〔註3〕基礎義的框架都與空間相關，如表 2.1 中的「兩點之間的距離大」和「（身高）高」。而引申義的框架是基礎義通過隱喻、轉喻等機制引申出來的，如表 2.1 中的「時間久」和「長壽」等，這些引申義與空間無明顯聯繫，不屬於基礎義。

〔註2〕例如：英語有〈（股票）潛力股的；（投機商）做多頭的〉義（on the long side of the stock market.〔介詞＋定冠詞＋長＋面＋介詞＋股票市場〕「在股票市場中做多頭」）；西班牙語有〈慷慨的，大方的〉義（un hombre largo en dar.〔不定冠詞＋人＋長＋介詞＋給〕「慷慨解裏人」）和〈（繩子）鬆〉義（Esta largo ese cabo.〔那個＋長＋代詞＋前端〕「那個繩索前端鬆了」）等。

〔註3〕例如：英語有〈（糕、餅等）鬆脆的；（泥土等）鬆散的〉義（This cake eats short.〔這＋點心＋吃＋短〕「這點心吃起來酥脆」）和〈（酒）不摻水的，純度很高的酒；烈性酒〉義（Let's have something short.〔讓我們＋來＋某事＋烈酒〕「來點一杯烈酒；西班牙語有〈（年齡）幼小的〉義（Se ha perdido una nina de cortoa edad.〔代詞＋助動詞＋迷路＋不定冠詞＋小女孩＋介詞＋年齡〕「一個小女孩迷路了」）和〈（膽小的；靦腆的〉義（que cortoes！〔非常＋短〕「非常靦腆！」）俄語有〈親近的，親密的，友好的〉義（korotkij priyatel.〔短＋朋友〕「好友」）等。

表2.1 各語言「LONG」的語義清單[註4]

	語言 \ 語義	漢	泰	越	印尼	英	蒙	德	拉丁	俄	西	法	韓	日
基礎義	兩點之間的距離大	+	+	+	+	+	+	+	+	+	+	+	+	+
	（身高）高						+	+	+	+	+	(+)		
引申義	時間久	+	+	+	+	+	+	+	+	+	+	+	+	+
	長壽	+	(+)	(+)	+	(+)	(+)	+	(+)	+	+	+	(+)	(+)
	（文章、演說等）過長	+	+	+	+	+	+	+	+	+	+	+	+	+
	（呼吸、歎氣）長	+	+	+	+	+	(+)	+	+	+	+	+	(+)	(+)
	長音	+	+	(+)	+	+	(+)	+	(+)	+	(+)	+	+	+
	（葡萄酒）餘味							+				(+)		
	（粥、湯）濃稠，黏著							+				(+)		
	某事做得特別好	+			(+)	(+)						(+)		
	狡猾的、機靈的				(+)							(+)		

表2.2 各語言「SHORT」的語義清單

	語言 \ 語義	漢	泰	越	印尼	英	蒙	德	拉丁	俄	西	法	韓	日
基礎義	兩點之間的距離小	+	+	+	+	+	+	+	+	+	+	+	+	+
	（身高）矮			+	+	+	+	+	(+)	+	+	(+)		
引申義	時間短	+	+	+	+	+	+	+	+	+	+	+	+	+
	短命	+	(+)	+	+	(+)	+	(+)	+	+	+	(+)	+	+
	（說話或寫文章）簡短	+	+	+	+	+	+	+	(+)	+	+	+	+	+
	（呼吸、脈搏）過速的	+	(+)	(+)	(+)	+	+	+	(+)	+	+	+	(+)	(+)
	短音	(+)	+	(+)	(+)	(+)	(+)	+	(+)	(+)	+	+	(+)	(+)

[註4] 表2.1到2.2中的「＋」代表該語言的詞典中有對應的意思，「（＋）」表示經過語料庫或母語者的調查核對後補充，留空表示無此對應的意思。

迅速、快捷			（＋）		＋		（＋）		＋			
不充足、缺少、資產少	＋	＋	（＋）	（＋）	＋	＋	（＋）	（＋）	＋	＋	＋	＋
記憶力或知識欠缺	（＋）	（＋）		（＋）	＋	＋	（＋）		＋	＋	＋	＋
（性格）脾氣急躁的					＋		＋					（＋）
近視		（＋）			＋				（＋）	＋		

由於詞典中並沒有對本章中的基礎義框架給出詳細的解釋和示例，筆者通過 13 種語言的語料庫找出對應本書基礎義框架的內容，整理出與「LONG／SHORT」搭配的名詞，並對其基礎義進行驗證。之後又找到了這些組合中名詞指稱對象的典型特徵，進而由這些典型特徵組成了文中的框架。下面我們將採用基於三維空間座標系的方法來說明歐洲地區中的英語和亞洲地區中的漢語所運用的框架。

在數學中，三維空間座標系是由 X 軸、Y 軸和 Z 軸組成的，分別代表三維空間的三個維度。如圖 2.1 所示，X 軸和 Y 軸組成了三維空間的水平方位，而 Z 軸表示三維空間的垂直方位。本書採用大寫字母表示座標軸並使用兩個軸的小寫字母組合表示由兩個軸組成的平面，如 xy 是由 X 軸和 Y 軸組成的平面。

圖 2.1　三維空間座標系示意圖

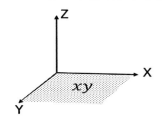

經過篩選，「long／short」的共 800 條英語語料中，「long」有 110 條表示基礎義，「short」有 81 條表示基礎義。筆者將把從詞典和語料庫中找到的與「long／short」搭配的名詞放入三維空間座標系中，可以總結出以下六種類別：一是線形類，這類事物只用三維空間座標系中的一個軸就可以表示，如「線、頭髮、鎖鏈、鐵絲」等，「long」共 50 條，約占其基礎義的 45%，「short」共 42 條，約占 52%；二是表面類，這類事物需要用三維空間座標系中的兩個軸來表示，如「馬路、街道、綢帶」等，「long」共 25 條，約占其基礎義的 23%，「short」共 11 條，約占 14%；三是具有突顯維度的立體事物，這類事物

用三維空間座標系中的三個軸同時表示，並且在三個軸上僅有一個軸為最突顯，如「盒子、汽車、脖子」等，「long」共 24 條，約占其基礎義的 22%，「short」共 18 條，約占 22%；四是通道類，這類事物同樣用三維空間座標系中的三個軸同時表示，並且水平方位的最突顯維度為長度，水平方位的另一個突顯維度為寬度，垂直向上的突顯維度為高度，如「通道、隧道、走廊」等，「long」共 8 條，約占其基礎義的 7%，「short」共 3 條，約占 4%；五是裂縫類，這類事物也需要用三維空間座標系中的三個軸同時表示，並且水平方位的兩個突顯維度分別是長度和寬度，垂直向下的維度為深度，如「裂縫、峽谷、傷口」等，「long」共 3 條，約占其基礎義的 3%，「short」共 2 條，約占 2%；六是身高，人的身高依然可以用三維座標系中的三個軸來表示，但僅有垂直方位為最突顯維度，在英語中僅可以用「short」來形容身高，語料庫中共出現 5 條，約占其基礎義的 6%。詳見圖 2.2。

圖 2.2 「LONG／SHORT」搭配的名詞放入三維空間座標系中的分類

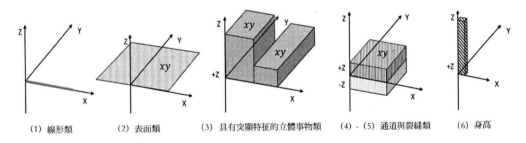

(1) 線形類　　(2) 表面類　　(3) 具有突顯特徵的立體事物類　　(4)-(5) 通道與裂縫類　　(6) 身高

如圖 2.2 所示，具有突顯特徵的立體事物類可以由三維空間座標系中 X，Y，Z 三個軸表示，並且 X，Y，Z 三個軸僅有一個座標軸最為突顯。若以 xy 組成的平面作為參考面，則我們把在參考面之上的 Z 軸記作＋Z 軸，把參考面之下的 Z 軸記作-Z 軸。如若以地面為參考面，那麼地面之上為＋Z 軸，而地面之下為-Z 軸。通道類可以由 X，Y，＋Z 三個軸表示，具有在＋Z 軸和 X 或 Y 軸方向上的突顯。而裂縫類用 X，Y，-Z 三個軸表示，具有在-Z 軸和在 X 或 Y 軸方向上的突顯。身高也由 X，Y，Z 三個軸表示，但只有＋Z 軸方向上最為突顯。

同樣通過漢語語料統計發現，在篩選得到的「長／短」共 500 條語料中，「長」有 75 條表示基礎義，「短」有 52 條表示基礎義。其中，與「長／短」搭配的主要有四種事物：一是線形類，「長」共 39 條，約占其基礎義的 52%，「短」共 36 條，約占 69%；二是表面類，「長」共 20 條，約占其基礎義的

27%，「短」共 11 條，約占 21%；三是通道類，「長」共 10 條，約占其基礎義的 13%，「短」共 4 條，約占 8%；四是裂縫類，「長」共 6 條，約占其基礎義的 8%，「短」共 1 條，約占 2%。

此外，筆者對其他 11 種語言「LONG / SHORT」的詞義也在語料庫中進行了檢索，得出了「LONG / SHORT」通常描述事物的類型為「線形類」「表面類」「具有突顯特徵的立體事物類」「通道類」和「裂縫類」等。

一、參數

「LONG」和「SHORT」的基礎義是「空間中任意兩點之間距離的大小」，參數主要與事物的空間特性相關，可以由以下兩種參數描述出兩種框架。

（一）維度在空間中的方向

這個參數反映的就是「LONG / SHORT」這個維度在三維座標系中的方向。通過歸納 13 種語言中「LONG / SHORT」描述的事物，我們發現「LONG / SHORT」描述一維線形和二維平面的事物時，在三維座標系中沒有明確的方向。一維線形事物只有一個維度，可以表示 X，Y，Z 中任意一個方向兩點之間的距離。如圖 2.3 所示。

圖 2.3　一維線形事物在三維空間座標系中的方位

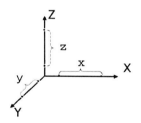

圖 2.3 中，X，Y，Z 代表三維空間中的 X 軸，Y 軸，Z 軸；x，y，x 分別表示在 X 軸，Y 軸，Z 軸上的一維線段。

圖 2.4　二維規則／不規則平面在三維空間座標系中的方位

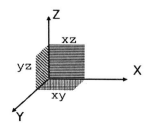

二維規則或不規則平面在三維座標系中包含兩個維度，「LONG / SHORT」只表示兩個維度中最突顯的一個，沒有明確的方向，如圖 2.4 所示，X，Y，Z 代表三維空間中的 X 軸，Y 軸，Z 軸；xy 表示由 X 軸和 Y 軸組成的平面，xz 表示由 X 軸和 Z 軸組成的平面，yz 表示由 Y 軸和 Z 軸組成的平面。「LONG / SHORT」描述的是 xy，yz 或 xz 中的任意一個平面上最突顯的維度。

「LONG / SHORT」在描述三維事物時，通常也沒有明確的方向。只有一些特定的場景下，「LONG / SHORT」只表示非垂直或垂直向上的最突顯維度。比如通道類事物和裂縫類事物，「LONG / SHORT」形容的都是非垂直方向上最突顯的維度。而當描述身高時，「LONG / SHORT」形容的是垂直向上最突顯的維度。

（二）是否為生命體〔註5〕

該參數表示描述的對象是否具有生命，如「脖子、腿、鼻子」等為生命體，而「桌子、木板、毛線」等則為非生命體。

由參數組合出「LONG / SHORT」相關的框架，如表 2.3：

表 2.3 「LONG / SHORT」參數和框架

框 架 ＼ 參 數	維度在空間中的方向	是否為生命體
長條狀事物 頭髮〔註6〕	任意方向	生命體或非生命體
生命體垂直向上的連續距離 身高	垂直方向	生命體

二、框架

（一）長條狀事物

13 種語言的「LONG / SHORT」通常用於描述長條狀事物，比如一維線條，如「頭髮」「鐵絲」「繩子」等；二維的規則或不規則的表面，如「木板」

〔註5〕 本書「生命體」是指具有自身繁殖、生長發育、新陳代謝、遺傳變異以及對刺激產生反應等複合現象特徵的事物。本書把人體部件認為是具有生長發育、新陳代謝能力的生命體，如「鼻子」「額頭」「腿」等。非生命體是不具有生物自我繁衍，生長特性的事物，如「桌子」「木板」「毛線」等。

〔註6〕 表 2.3 中每個框架下面舉了一個屬於這個框架裏的典型的例詞。

「腰帶」「隊伍」等；三維的具有突顯特徵的立體事物，如「沙發」「桌子」「裂縫」「通道」。「LONG／SHORT」在描述長條狀事物時沒有明確的方向，無論是一維的線條、二維的平面，還是三維的立體事物，「LONG／SHORT」既可以描述水平方向，也可以描述垂直方向。如圖 2.5 所示，「LONG／SHORT」在描述一維線條時，表示這個線條上兩點之間的距離，在數學上任意兩個點就可以連成一條線，「LONG／SHORT」表示的就是這條線的長度。「LONG／SHORT」在描述二維平面時，表示兩個平行邊之間的距離，這個平面可以是一個現實中的規則表面或是人們在頭腦中對一個不規則的面構建出的一個相似的規則表面。「LONG／SHORT」能夠描述具有突顯維度的立體事物，一個具有突顯維度的立體事物可以看成由無數個具有突顯維度的平面組成。如果從中取出一個截面，則可以視為一個表面規則的具有突顯維度的平面，「LONG／SHORT」可以形容它的最突顯維度，那麼也就可以形容有突顯維度的立體事物。

圖 2.5 「LONG／SHORT」描述的長條狀事物包含一維線條、二維平面和三維立體事物的示意圖

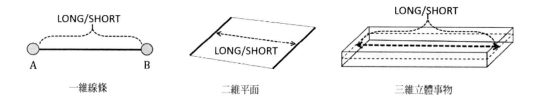

（1）英語：He has **long** / **short** hair and he wears jeans.

　　　　　他　有　長　　短　　髮　並 他 穿著 牛仔褲

　　　　　他留著長／短髮，並穿著牛仔褲。

（2）法語：**long** / **court** fil.

　　　　　長　　短　線

　　　　　長／短線。

（3）蒙古語：**urt** / **bogino** modon bar.

　　　　　長　　短　　木板

　　　　　長／短木板。

（4）韓語：syupeo mun bakk **gin**〔註7〕 jul　　i　　　seoissda.

　　　　　　超市　門　外　長　　　隊　格助詞　排起了

　　　　超市門外已經排起了長隊。

（5）西班牙語：alfombra　de　**largo ／ corto**.

　　　　　　　毯子　　的　長　　短

　　　　　長／短毯子。

（6）印尼語：kursi　**panjang**.

　　　　　　沙發　　　長

　　　　長沙發。

（7）越南語：vet seo　**dai**　tren　tran.

　　　　　　傷疤　　長　上　　額頭

　　　　額頭上有一道長長的傷疤。

（8）俄語：poyezd　prokhodit　**dlinnyj ／ korotkij**　tunnel.

　　　　　火車　　穿過　　　長　　　　短　　　隧道

　　　　火車穿過一條長／短隧道。

（二）生命體垂直向上的連續距離

某些語言的「LONG／SHORT」可以描述生命體垂直向上的連續距離，比如人的身高，這時「LONG／SHORT」描述的維度與事物在高度上的突顯一致。如圖 2.6 所示，當「LONG／SHORT」描述「生命體垂直向上的連續距離」這個框架時，在三維座標系中只能表示＋Z 軸，與 XY 軸表示的平面沒有關係。

圖 2.6　生命體垂直向上的連續距離示意圖

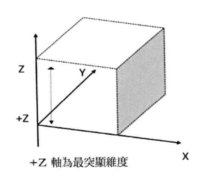

＋Z 軸為最突顯維度

在這個框架中，高度是長度的另一種認知方式。高度具有方向性，表示從

〔註 7〕韓語「gilda」的活用形。

參照物向上兩點之間的距離。長度則僅表示兩點之間的距離。德語、拉丁語、俄語、法語、西班牙語、蒙古語中的「LONG / SHORT」可以描述人的身高。

（9）西班牙語：Ella es mas **larga / corto** que las otras chicas.

　　　　　　女孩 那個 更 　長 　短 比 女 其他的 孩子

　　　那個女孩比其他女孩個子更高／矮。

（10）俄語：dlinnyj / korotkij celovek.

　　　　　　長 　短 　人

　　　身高高／矮的人。

（11）德語：ein lang / kurz kerl.

　　　　　　一個 長 　短 　小夥子

　　　一個個子高／矮的小夥子。

（12）拉丁語：longus / brevis corpore.

　　　　　　　長 　短 　身材

　　　身材高大／矮小。

（13）法語：il est long / court du buste.

　　　　　　他 是 長 　短 冠詞 坐下來的

　　　他坐著的時候很高／矮。

（14）蒙古語：nuruu urt / bogino.

　　　　　　　個子 長 　短

　　　個子高／矮。

（15）英語：She's short.

　　　　　　她 　短

　　　她個子矮。

（16）印尼語：orangnya pendek.

　　　　　　個子 　短

　　　個子矮。

三、「LONG / SHORT」基礎義語義地圖的構建

　　根據上面的分析，從「LONG / SHORT」的基礎義可以得到兩個語義節點。下面根據語義地圖模型的連續性假說，逐步構建「LONG / SHORT」的概念空間。

　　第一步：「LONG / SHORT」通常描述事物在空間中最突顯的維度，表示兩

個點之間的距離。13 種語言都可以描述長條狀事物中最突顯維度上兩點之間的距離。長條狀事物是人們通常首先會注意到的具有最突顯維度的事物，如人的頭髮、長條桌或是長長的管子。無論是線條狀事物、表面規則或不規則的平面，還是具有突顯維度的立體事物都可以看成長條狀事物。任何長條狀事物中突顯的維度都可以看成一條直線，在數學上兩點成一條線，「LONG／SHORT」形容的是這條線上兩點之間的距離。因此我們將「長條狀事物」作為起始節點。

1. 長條狀事物

第二步：當描述生命體垂直向上的連續距離時，13 種語言的詞義有較明顯的不同，如德語、拉丁語、俄語、法語、西班牙語、蒙古語等語言中的「LONG／SHORT」可以描述人的身高。因此，我們將「生命體垂直向上的連續距離」作為一個獨立的節點。通過上述分析，我們可以得到如下路徑：

2. 長條狀事物——生命體垂直向上的連續距離

通過分析語言數據，我們得到 13 種語言的「LONG／SHORT」語義地圖，如圖 2.7 所示：

圖 2.7　「LONG／SHORT」的基礎義語義地圖

（一）漢語「長／短」的基礎義

漢語「長／短」的基礎義語義地圖，如圖 2.8 所示。

圖 2.8　漢語「長／短」的基礎義語義地圖

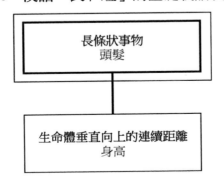

　　漢語「長／短」僅能描述「長條狀事物」，如「頭髮、繩子、木板、裂縫」等，不能描述生命體垂直向上的連續距離的框架，如「身高」。在現代漢語普通話中，人的身高通常搭配「高／矮」或「大／小」。

　　漢語具體例句如下：

1. 長條狀事物

（17）出去兩個月，我沒理過一次髮，頭髮很長。

（18）他把腰帶繫在了木筏上，然後用一根長樹枝，把木筏推進了水流中。

（19）今晚在這裡舉行的第十九屆冬季奧運會上，短跑道速滑選手楊揚為中國實現了冬奧會金牌零的突破。

（20）她就用兩個小凳子各放兩頭，把自家修屋的長木板擺在小凳子上，搭成一個個「長桌」。

（21）那人在一個雜貨鋪前長長的隊伍後邊站住了。

（22）從前夢想著把一打深紅的玫瑰花，裝在長盒子裏送給她母親。

（23）英倫風的小皮鞋固然好看，但並不合適短腿女人。

（24）他們以為是地震，其實是三個房間的地面塌陷了，長廊的地面出現很長的裂縫，裂縫一直到了菲蘭達的臥室。

（25）但必須指出，如果受壓區出現起皮或有沿受壓方向的短裂縫……。

（26）你看，媽媽身上也有一道這麼長的傷口。

（27）18 個地道口，直通地鐵 2 層廳，為乘地鐵上下火車的旅客預留了最短的通道。

（28）這院子和懷仁堂之間，有條寬兩米左右的長胡同。

（二）英語「long／short」的基礎義

英語「long／short」的基礎義語義地圖，如圖 2.9 所示。

圖 2.9　英語「long／short」的基礎義語義地圖

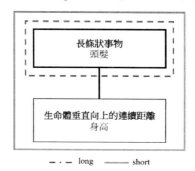

英語「long／short」在描述長條狀事物時無論是一維的線條、二維的平面，還是三維的立體事物都沒有明確的方向。

具體例句如下：

1. 長條狀事物

（29）She　had　long／short dark hair.
　　　她　　留著　長　短　黑　髮

　　　她留著黑黑的長／短髮。

（30）My　cat　has a very long／short　tail.
　　　我的　貓　有一　很　長　短　尾巴

　　　我的貓有一條很長／短的尾巴。

（31）It　was　the　world's longest〔註8〕／shortest〔註9〕　bridge.
　　　這　是　定冠詞　世界　最長　　　最短　　　橋

　　　這是世界上最長／最短的橋。

（32）By　10 o'clock　a　long　queue　had　formed outside　the
　　　到時　十點鐘　不定冠詞　長　隊　已經　排起了　門外　定冠詞

　　　bank.
　　　銀行

　　　到十點鐘時，銀行門外已經排起了長隊。

（33）A long／short backless sofa.
　　　一　長　短　無背　沙發

　　　一個長／短的無背沙發。

（34）There was　a　long／short gap between　the　bed and　the　wall.
　　　那裏　有　不定冠詞 長　短 縫　之間　定冠詞 床　和 定冠詞

　　　牆床和牆之間有一條長／短縫。

（35）There was an inch　long／short gash　just above　his right eye.
　　　那裏　是　一 英寸　長　短　傷口 只　上方　他的　右　眼

　　　就在他右眼的上方有一條一英寸長／短的傷口。

（36）The　railroad passed through a long／short tunnel.
　　　定冠詞　鐵路　　穿過　一 長　短 隧道

　　　鐵路穿過一條長／短隧道。

〔註8〕 英語「long」的最高級。
〔註9〕 英語「short」的最高級。

2. 生命體垂直向上的連續距離

英語「short」既可以描述水平方向，也可以描述垂直方向。

（37）She was short and dumpy.

　　　　她　　是　　矮　又　　胖

　　她又矮又胖。

四、跨語言「LONG／SHORT」的基礎義對比

整體來看，我們所考察的 13 種語言的「LONG／SHORT」基礎義基本一致。如圖 2.10 所示，大部分的亞洲語言「LONG／SHORT」通常都可以描述長條狀事物，而不能描述生命體垂直向上的連續距離，它們一般用「HIGH／LOW」描述。而大部分歐洲語言「LONG／SHORT」通常既可以描述長條狀事物，也可以描述生命體垂直向上的連續距離。大部分歐洲語言的「LONG／SHORT」在描述「生命體垂直向上的連續距離」框架時與「HIGH／LOW」相交，但大部分亞洲語言「LONG／SHORT」和「HIGH／LOW」不相交。

圖 2.10　亞洲語言和歐洲語言「LONG／SHORT」的關係

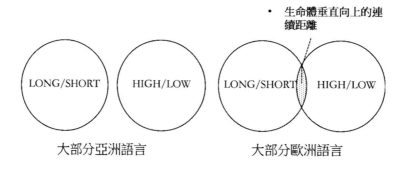

如下圖 2.11 所示，蒙古語和印尼語「LONG／SHORT」與其他亞洲語言的表現不同，而英語「LONG／SHORT」是歐洲語言的特例：蒙古語「LONG／SHORT」可以描述生命體垂直向上的連續距離，這與大部分歐洲語言「LONG／SHORT」的表現一致，即在描述生命體垂直向上的連續距離時「LONG／SHORT」與「HIGH／LOW」可以互用；在印尼語中只能用「SHORT」與「HIGH／LOW」來描述生命體垂直向上的連續距離，而「LONG」不可以描述；英語「SHORT」和「HIGH（tall）」在描述生命體垂直向上的連續距離時可以互用，但「LONG」不能描述。大多數亞洲地區的語言認為垂直方位自下而上的距離用「HIGH／LOW」來形容，不能使用無方向的「LONG」。而歐洲地區的語言

則認為垂直方位上的距離也是兩點間的距離，因此也可以使用「LONG／SHORT」來描述。

圖2.11　亞洲語言與歐洲語言「LONG／SHORT」關係中的例外

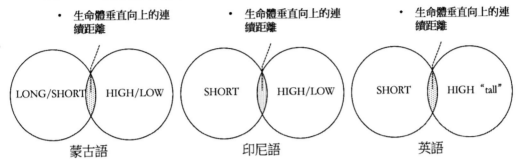

第二節　「HIGH／LOW」基礎義

本研究只討論「HIGH／LOW」與「LONG／SHORT」相關的一維事物的用法。我們從世界語言共詞化數據庫（CLICS）中選取了「HIGH／LOW」在13種語言中對應的核心詞作為研究對象。樣本語言中的對應詞分別為漢語（高／低、矮）、英語（high、tall／low）、德語（hoch／niedrig）、拉丁語（altus／humilis）、法語（haut／bas）、西班牙語（alto／bajo）、俄語（vysokij／nizkij）、蒙古語（ondor／namkhan）、泰語（sung／tem）、韓語（nopda／najda）、日語（takai／hikui）、越南語（cao／thap）、印尼語（tinggi／rendah）。

各國語言學家認為「HIGH／LOW」基礎義可以分為「維度義」和「位置義」（Clark，1973、Lyons，1977、Anna Vogel，2004等），維度義指「HIGH／LOW」描述的是事物本身的維度，即描述放置於地面的事物從地面到事物頂端的距離，如高塔、高牆；位置義指「HIGH／LOW」描述的是在垂直方位上兩個位置間的距離，即描述離開地面的事物從地面到事物底部的距離，如高高的天空。漢語學界也認同這樣的分類，如任永軍（2000）、伍瑩（2011）、周連英（2020）等。

一、參數

「HIGH」和「LOW」的基礎義是「從下向上的距離大小」，各個參數主要與事物的空間特性相關，下面介紹兩種主要參數。

（一）是否為連續

Anna Vogel（2004）提出「HIGH／LOW」的詞義是維度義還是位置義與參照面相關。當參照面在描述對象的外部，「HIGH／LOW」的詞義為位置義。而當參照面上的點在描述對象中，「HIGH／LOW」的詞義為維度義。〔註10〕筆者認同 Anna Vogel 的觀點，基於她的觀點，進一步認為三維空間中，事物自身的維度通常都是連續的、不間斷的，所以當「HIGH／LOW」的詞義為維度義時，即「HIGH／LOW」描述事物自身從參照面到頂部的距離，描述的空間維度都是連續的。空間中的事物並不是孤立存在的，當觀測者觀察事物時通常會尋找一個參照平面。「HIGH／LOW」也可以描述從參照平面到觀測對象的距離，這時「HIGH／LOW」的詞義為位置義。當「HIGH／LOW」的詞義為位置義時，「HIGH／LOW」只關注參考對象中的一點到描述對象的距離而不考慮中間的距離是否連續，這時「HIGH／LOW」描述的對象不具有連續性。如人們在觀測雲的高度時只注意地面到雲的距離，而兩者之間是否有隔斷並不是人們關心的，也不會影響距離的測量。如圖 2.12 所示，我們把「HIGH／LOW」描述的對象放入三維座標系中。

圖 2.12 「HIGH／LOW」描述對象的連續性與非連續性在三維座標系中的圖示

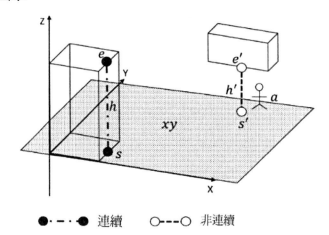

●·—·● 連續　　○---○ 非連續

在圖 2.12 中 s 為描述對象的底部，e 為描述對象的頂部，從 s 到 e 的距離 h 為「HIGH／LOW」描述的維度，也是對象本體的維度。h 在三維空間中是連續的，不間斷的。如「樓很高／矮」可以理解為「樓」本體底部到頂部的距

〔註10〕Anna Vogel, *Swedish Dimensional Adjectives*. Stockholm: Almqvist & Wiksell International, 2004, pp. 53~55.

離，度量這個距離必須從樓的底部一直計算到頂部，中間不能有間斷。圖 2.12 中 a 表示觀察者所處的位置，「HIGH / LOW」能夠描述從觀測者所在平面 xy 上一點 s' 到觀測對象中一點 e' 的距離 h'，度量這個距離只考慮觀測者所在平面和觀測對象，與兩者中間的路徑沒有關係。如「雲很高 / 低」可以理解為人站在地面上（觀測者所在的平面）觀測地面到「雲」的距離。

（二）是否為生命體

該參數表示，描述的對象是否具有生命，如「人、動物」或是「身體部位」都為生命體，而「樓房、天空、雲、大廈」都為非生命體。

二、框架

由參數組合出「HIGH / LOW」相關的框架，如表 2.4：

表 2.4　「HIGH / LOW」參數和框架表

框架　＼　參數	是否為連續	是否為生命體
從底部到頂部的連續距離 樓〔註11〕	連續	生命體 / 非生命體
事物到觀測者所在平面的非連續距離 雲	非連續	非生命體
生命體垂直向上的連續距離 身高	連續	生命體

下面對各個框架做詳細的說明。

13 種語言的「HIGH / LOW」通常都用於描述事物從下向上的距離，可以分成以下三種框架：

（一）從底部到頂部的連續距離

當事物在垂直方位上具有突顯特徵時，「HIGH / LOW」可以描述事物本體底部到頂部的連續距離，如垂直的竹竿的底部到頂部是竹竿在垂直方位上的最突顯維度，所以「HIGH / LOW」能夠搭配竹竿形容竹竿的底部到頂部的連續距離。當「HIGH / LOW」描述的對象只考慮事物的本體維度而不包含外界其他因素時，「HIGH / LOW」表示維度義。13 種語言的「HIGH / LOW」

〔註11〕表 2.4 中每個框架下面舉了一個屬於這個框架裏的典型的例詞。

常常與樓、塔、山、樹、牆、鞋底、桌子、椅子、水位等搭配描述事物的維度義。具體例句如下：

（38）英語：a. My home is　in　　a　　high / low　building.
　　　　　　　　我　家　是 裏　不定冠詞　高　　低　　樓
　　　　　　　　我的家在一座高／矮的樓房裏。

　　　　　　b.　A　　tall　tower　stands in front of　the　　building.
　　　　　　　 不定冠詞 高　　塔　　矗立　　　前面　定冠詞　　樓
　　　　　　　 這座樓的前面矗立著一座高塔。

（39）法語：haute〔註12〕 / basse　/〔註13〕montagne.
　　　　　　　　 高　　　 低　　　　　山
　　　　　　　 高／低（矮）的山。

（40）越南語：giay　de　cao / thap.
　　　　　　　　 鞋　底　高　低
　　　　　　　 鞋底高／低。

（41）蒙古語：ondor / namkhan　　barilga.
　　　　　　　　 高　　　低　　　建築
　　　　　　　 高／低（矮）的建築。

（42）俄語：vysokij / nizkij　ctol.
　　　　　　　　 高　　　低　　桌子
　　　　　　　 高／低（矮）的桌子。

（二）事物到觀測者所在平面的非連續距離

當事物處於觀測者上方時，從觀測者所在平面到觀測事物的距離可以用「HIGH / LOW」描述。如雲通常在觀測者的上方，這時「HIGH / LOW」可以形容從觀測者所在的地面到「雲」的距離。「HIGH / LOW」描述的距離與觀測者所在平面相關，不是描述事物自身的高度，所以該框架表示的是「HIGH / LOW」的位置義。

（43）英語：The　　sky　is　high / low.
　　　　　　　　 定冠詞　天　是　高　　低
　　　　　　　 天很高／低。

〔註12〕法語「haut」的活用形。
〔註13〕法語「bas」的活用形。

（44）西班牙語： La luna cuelga alta / baja en el cielo.

　　　　　　　　定冠詞 月亮 懸 高 低 在 定冠詞 天空

　　　月亮高／低懸在天空上。

（45）泰語：rung sung khun.

　　　　　　彩虹 高 上

　　　在高高的彩虹上。

（46）印尼語：awan tinggi / rendah.

　　　　　　　雲層 高 低

　　　很高／低的雲層。

（47）俄語：vysokij / nizkij solntse.

　　　　　　高 低 太陽

　　　高／低懸的太陽。

（三）生命體垂直向上的連續距離

13 種語言中大部分語言的「HIGH / LOW」可以描述人的身高或動植物的高度，但韓語不能用「nopda（高）／najda（低）」來描述。英語只能用「tall」，不能用「low」來描述人或動植物的身高。人或動植物的身高與事物本身底部到頂部的距離相關，所以該框架表示「HIGH / LOW」的維度義。

（48）英語：She's tall and thin.

　　　　　　她 高 又 瘦

　　　她又高又瘦。

（49）俄語：vysokij / nizkij chelovek.

　　　　　　高 低 人

　　　高大／矮小的人。

（50）印尼語：dia lebih tinggi / rendah daripada saya.

　　　　　　　他 更 高 低 比 我

　　　他比我更高／矮。

（51）日語：se no takai / hikui otoko.

　　　　　　個子 的 高 低 男生

　　　很高／矮的男生。

三、「HIGH / LOW」基礎義語義地圖的構建

第一步：13 種語言「HIGH / LOW」都能描述「從底部到頂部的連續距離」，因此我們將這個框架設為起始節點。

1. 從底部到頂部的連續距離

第二步：「HIGH / LOW」還可以描述事物到觀測者所在平面的非連續距離，這時「HIGH / LOW」只能表示位置義。伍瑩（2011）認為在度量從底部到頂部的連續距離時，本身維度的「高度」和位置的「高度」間的界限較模糊。〔註14〕筆者也認同伍瑩的觀點，在被調查的 13 種語言中一些語言也體現了這種界限的模糊，本身維度的「高度」和位置的「高度」可以用一個詞表示，也可以分別用兩個詞表示。13 種語言中大部分語言「HIGH / LOW」都分別對應一個詞，只有漢語和英語「HIGH / LOW」用不同的詞來表示，比如漢語「低」和「矮」對應「LOW」；英語「high」和「tall」對應「HIGH」。對於同一概念下不同的詞描述的框架有所不同。如英語中的「high」可以描述「從底部到頂部的連續距離」和「事物到觀測者所在平面的非連續距離」，而「tall」不能描述「事物到觀測者所在平面的非連續距離」。所以將「事物到觀測者所在平面的非連續距離」作為一個獨立的節點。基於上述分析，我們可以得到如下路徑：

2. 從底部到頂部的連續距離——事物到觀測者所在平面的非連續距離

第三步：當「HIGH / LOW」描述對象的維度義時，13 種語言中只有韓語不能描述有生命的事物垂直向上的連續距離，所以我們將「生命體垂直向上的連續距離」也作為一個獨立的節點。基於上述分析，我們還可以得到如下路徑：

3. 從底部到頂部的連續距離——生命體垂直向上的連續距離

通過分析語言數據，我們得到 13 種語言的「HIGH / LOW」語義地圖，如圖 2.13 所示。

〔註14〕伍瑩：《現代漢語空間維度形容詞語義系統研究》，博士學位論文，武漢大學中文系，2011 年，第 46 頁。

圖 2.13 「HIGH／LOW」的基礎義語義地圖

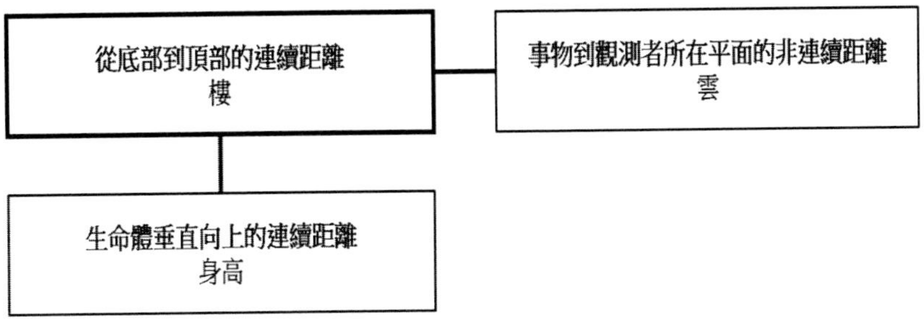

| 從底部到頂部的連續距離
樓 | 事物到觀測者所在平面的非連續距離
雲 |
| 生命體垂直向上的連續距離
身高 | |

（一）漢語「高／低、矮」的基礎義

漢語「高／低、矮」基礎義語義地圖，如圖 2.14 所示。

圖 2.14 漢語「高／低、矮」的基礎義語義地圖

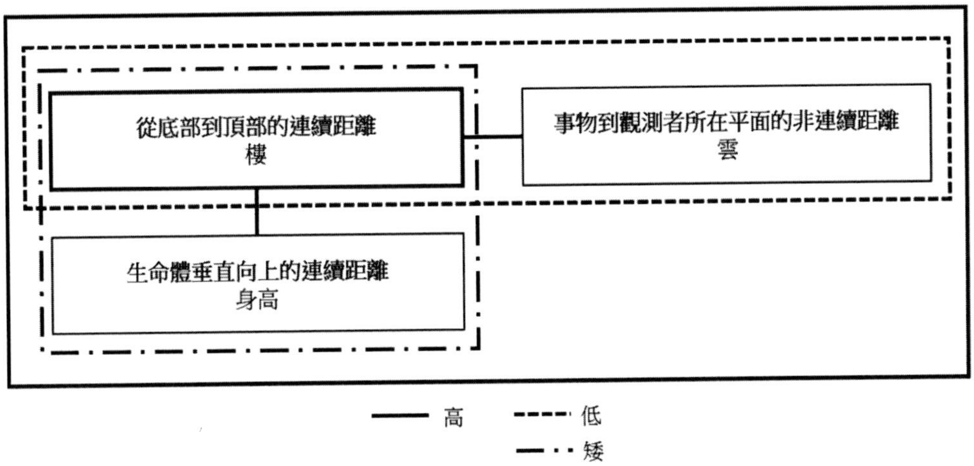

| 從底部到頂部的連續距離
樓 | 事物到觀測者所在平面的非連續距離
雲 |
| 生命體垂直向上的連續距離
身高 | |

—— 高 ----- 低
—·—· 矮

　　漢語用「高」一個詞對應「HIGH」的概念，而用「低」和「矮」兩個詞對應「LOW」的概念。漢語「高」能夠覆蓋所有的框架，而「低」只可以描述「從底部到頂部的連續距離」和「事物到觀測者所在平面的非連續距離」，「矮」則可以描述「從底部到頂部的連續距離」和「生命體垂直向上的連續距離」。

　　具體例句如下：

1. 從底部到頂部的連續距離

（52）a. 希望史玉柱為珠海爭光，將巨人大廈建為中國第一高樓。

　　　b. 她朝下面的一層樓望。那兒已經空了。這層樓很低，而且隔她不遠。

　　　c. 向東走了不遠，我發現一幢矮樓門口有人在好奇地打量著我，於是朝那裏走去。

（53）您看到了遠處那長滿荊棘的矮山嗎？

（54）克羅馬農人頭骨的特點是長頭與寬臉相結合，眼眶低矮成角形，鼻樑高，狹窄的鼻子在臉平面上顯得特別地突出。

（55）我發現兩側的眉毛高低不一。

2. 事物到觀測者所在平面的非連續距離

（56）太陽升上高高的<u>雲天</u>，迎賓鑼鼓奏得羅東沸沸揚揚。

（57）片片<u>白雲</u>低低地纏繞在半山腰，似乎伸手就能夠著。

3. 生命體垂直向上的連續距離

（58）美國隊<u>個子</u>高，投籃技術好；而我們的隊員<u>個子</u>矮，需要尋找突破點。

（59）我的父親一看到大姐夫就搖頭，說姐夫<u>個子</u>矮，身材小，不能做重活，工分做不過人家。

（二）英語「high、tall / low」的基礎義

英語「high、tall / low」基礎義語義地圖，如圖 2.15 所示。

圖 2.15　英語「high、tall / low」的基礎義語義地圖

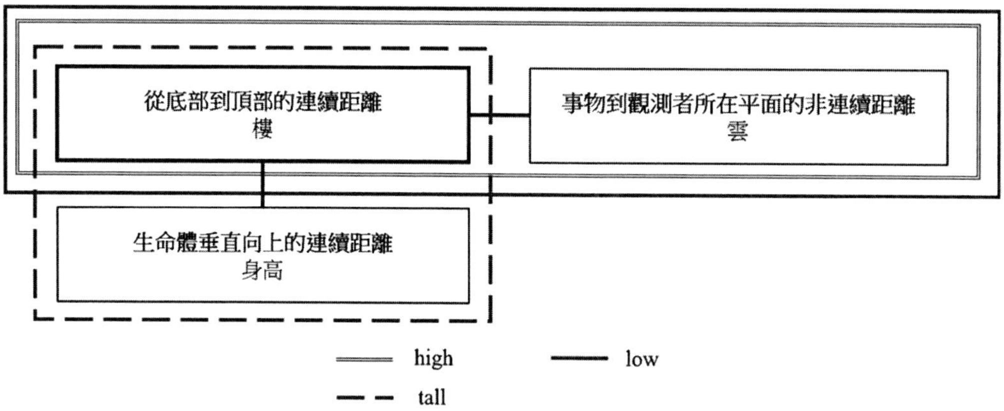

通常英語中「high」既表示維度義，也表示位置義，如英語中可以用「high」描述事物本身的高度，也可以用「high」描述雲彩距離觀測者的位置很高。英語中「low」雖然同「high」一樣既表示維度義，也表示位置義，但「low」不描述生命體垂直向上的連續距離這個維度義，如「low」不能描述人本身的身高，而用「short」來描述。

英語具體例句如下：

1. 從底部到頂部的連續距離

（60）The　Empire State Building　is　very　high（tall）.
定冠詞　　　帝國　　大廈　　是　很　　高

帝國大廈很高。

（61）She is wearing high / low heels.
她　是　穿著　　高　低　跟鞋

她穿著高 / 低跟鞋。

（62）He has　a　round face with　a　high forehead.
他 是 不定冠詞 圓 臉 和 不定冠詞 高 額頭

他圓臉，高額頭。

2. 事物到觀測者所在平面的非連續距離

（63）An　eagle circled high overhead.
一　鷹　盤旋　高　在空中

一隻鷹在高空盤旋。

（64）The　　sun　was high / low in　the　sky.
定冠詞 太陽 是 高 低 在 定冠詞 天空

太陽高高的 / 低低的掛在天空。

3. 生命體垂直向上的連續距離

（65）She is tall and thin.
她　是 高 和 瘦

她身材又高又瘦。

四、跨語言「HIGH / LOW」的基礎義對比

整體來看，我們所考察的 13 種語言「HIGH / LOW」基礎義具有較高的一致性，亞洲語言中漢語、日語、蒙古語、越南語、泰語、印尼語「HIGH / LOW」都可以形容生命體垂直向上的連續距離，只有韓語「HIGH / LOW」不能形容。漢語中「高」可以表示「HIGH」的概念，而「低」和「矮」都可以表示「LOW」的概念。通常漢語中的「高」既表示維度義，也表示位置義，如漢語中可以用「高」描述人本身的身高，也可以用「高」描述雲彩距離觀測者的位置很高。漢語中「低」通常表示位置義，如漢語中通常用「低」描述雲彩距離觀測者的位置，不能描述人的身高，而漢語中「矮」通常表示維度義，如漢語中通常用

「矮」描述人的身高，而不能描述雲彩距離觀測者的位置。

所有歐洲語言都可以描述「HIGH / LOW」的全部框架，其中英語「high」和「tall」兩個詞來表示「HIGH」的概念，「low」表示「LOW」的概念。通常英語中「high」既表示維度義，也表示位置義，如英語中可以用「high」描述事物本身的高度，也可以用「high」描述雲彩距離觀測者的位置很高。英語中「low」雖然同「high」一樣既表示維度義，也表示位置義，但「low」不能描述「生命體垂直向上的連續距離」這個維度義，如人本身的身高需要用「short」來描述。當「low」用作維度義時只能描述「從底部到頂部的連續距離」，如「low」能夠描述樓低。英語中「tall」只能用於描述維度義，如「tall」能夠描述人本身的身高，也可以描述樓自身的高度。

第三節 「DEEP / SHALLOW」基礎義

本節只討論「DEEP / SHALLOW」與「LONG / SHORT」相關的一維事物的用法「DEEP / SHALLOW」用於描述垂直向下的維度或水平前後的維度。

各國語言學家認為「DEEP / SHALLOW」基礎義可以分為「維度義」和「位置義」（Bierwisch，1967、Lyons，1977、Lang，1987、Anna Vogel，2004等），「DEEP / SHALLOW」的維度義是描述事物自身的維度，即事物自身從頂部到底部的距離，如煤層深 / 淺。而位置義是描述參照面距離事物底部的距離，如深海。漢語學界也認同這樣的分類（任永軍，2000、伍瑩，2011、周連英，2020 等）。

我們從世界語言共詞化數據庫（CLICS）中選取了「DEEP / SHALLOW」在 13 種語言中對應的核心詞作為研究對象。樣本語言中的對應詞分別為漢語（深 / 淺）、英語（deep / shallow）、德語（tief / flach）、拉丁語（altus / humilis）〔註15〕、法語（profond / peu profond）、西班牙語（profundo / poco profundo）、俄語（glubokij / neglubokiy）、蒙古語（gun / guyekhen）、泰語（luk / thuun）、韓語（gipda / yatda）、日語（fukai / asai）、越南語（sau / nong）、印尼語（dalam / dangkal）。

〔註15〕拉丁語「altus / humilis」是多義詞，可以表達「DEEP / SHALLOW」和「HIGH / LOW」義。

「DEEP」與「SHALLOW」的基礎義是「從上到下或從外到裏的距離」，參數主要與事物的空間特性相關，可以由以下一種參數描述出一種框架。

1. 是否為進入型

人會對當前所處的三維空間產生一個固定的認知，而一旦空間環境改變，人們會認為自己進入了一個新的空間。我們把用於描述人們從一個固定的空間認知進入一個全新的空間認知的形容詞定義為進入型形容詞。「DEEP／SHALLOW」可以描述人們從一個開放的空間進入一個封閉的空間或一個狹窄的空間，所以「DEEP／SHALLOW」為進入型形容詞。如「DEEP／SHALLOW」可以描述坑的深淺，當人們的視線著眼在坑外時所認知的空間是開放的，但當人們的視線轉移到坑中時，人們所認知的空間就變為封閉的，「DEEP／SHALLOW」描述的是從坑外到坑內的距離。再如「DEEP／SHALLOW」可以描述狹長的胡同，當人們的視線在胡同外時所認知的空間是開放的，但當人們的視線轉移到胡同內部時，人們所認知的空間就會變得狹窄，「DEEP／SHALLOW」描述的是胡同從外到裏的距離。

由參數組合出「DEEP／SHALLOW」相關的框架，如表 2.5：

表 2.5　「DEEP／SHALLOW」參數和框架表

參　數 框　架	是否為進入型
垂直向下的距離或水平前後的連續距離 坑／通道〔註16〕	進入型

13 種語言的「DEEP／SHALLOW」通常都用於描述事物垂直向下的距離。例句：

（66）韓語：hosu　　ga　　gipda／yatda.

　　　　　　　湖　　格助詞　　深　　　淺

　　　　湖很深／淺。

（67）法語：trou　profonde／poco profundo.

　　　　　　　　井　　　深　　　　淺

　　　　井很深／淺。

〔註16〕表 2.5 中每個框架下面舉了一個屬於這個框架裏的典型的例詞。

（68）泰語：thale　luk / thuun.

　　　　　　　海　深　淺

　　　　深／淺海。

（69）越南語：Hang　sau / nong.

　　　　　　　　洞穴　深　淺

　　　　洞穴很深／淺。

（70）英語：His　skin was cleft　with　deep lines.

　　　　　　　　他的 皮膚 是 劈開的 介詞　深　皺紋

　　　　他的皮膚布滿深深的皺紋。

（71）漢語：傷口很深／淺。

（72）日語：fukai / asai　wareme.

　　　　　　　深　淺　　縫隙

　　　　縫隙很深。

（73）德語：tief / flach　Schussel.

　　　　　　　深　淺　　碟

　　　　深／淺碟。

（74）印尼語：piring dalam / dangkal.

　　　　　　　　盤子　深　淺

　　　　盤子很深／淺。

在被調查的 13 種語言中「DEEP / SHALLOW」也可以用於描述水平前後的連續距離。例句：

（75）德語：eine　tiefe / flach　buhne.

　　　　　　　不定冠詞　深　淺　舞臺

　　　　舞臺很深／淺。

（76）西班牙語：armario profundo / peu profond.

　　　　　　　　　衣櫃　　深　　　淺

　　　　衣櫃很深／淺。

（77）韓語：seolab　i　gipda / yatda.

　　　　　　　抽屜 主格助詞 深　淺

　　　　抽屜很深／淺。

（78）漢語：a. 楊玲的家在一條深深的胡同裏。

　　　　　　b. 這條胡同很淺，拐了個彎兒就出來了。

13 種語言「DEEP／SHALLOW」都能描述「垂直向下的距離或水平前後的連續距離」，因此可以得到，13 種語言的「DEEP／SHALLOW」語義地圖，如圖 2.16 所示：

圖 2.16　「DEEP／SHALLOW」的基礎義語義地圖

垂直向下的距離或水平前後的連續距離
坑／通道

第四節　「FAR〔註17〕／NEAR〔註18〕」基礎義

本節只討論「FAR／NEAR」與「LONG／SHORT」相關的一維事物的用法。我們把從世界語言共詞化數據庫（CLICS）中選取的「FAR／NEAR」在 13 種語言中對應的核心詞作為研究對象。樣本語言中的對應詞分別為漢語（遠／近）、英語（far、distant／near、close）、德語（weit／nah）、拉丁語（longinquus／propinquus）、法語（lointain、distant／proche）〔註19〕、西班牙語（lejos／cerca）、俄語（dalokij／blizkij）、蒙古語（khol／oir）、泰語（klay／klai）、韓語（meolda／gakkabda）、日語（toi／chikai）、越南語（xa／gan）、印尼語（jauh／dangkal）。

一、參數與框架

「FAR」和「NEAR」的基礎義是「空間中任意兩點之間距離的大小」，參數主要與事物的空間特性相關，可以由以下一種參數描述出兩種框架。

1. 度量的準確度

劉桂玲（2017）指出，英語表示「FAR」概念的「distant」與漢語表示「FAR」

〔註17〕 斯瓦迪士 207 核心詞列表中「FAR」對應的詞「far」，在美國當代英語語料庫（簡稱 COCA）中，「far」搭配單數名詞的詞頻為 36806，而「distant」的詞頻只有 23257，所以本書用「far」作為英語「FAR」的對應詞。

〔註18〕 斯瓦迪士 207 核心詞列表中「NEAR」對應的詞「near」，在美國當代英語語料庫（簡稱 COCA）中，「near」搭配單數名詞的詞頻為 497851，而「close」的詞頻只有 268198，所以本書用「near」作為英語「NEAR」的對應詞。

〔註19〕 世界語言共詞化數據庫（CLICS）中，法語「FAR」概念對應的詞有三個詞「lointain、distant、eloigne」，其中「lointain」和「distant」兩者都可以表示基礎義的「空間中任意兩點之間距離的大小」，但「eloigne」常用於引申義，如「離得遠的、差得遠的」，因此筆者不考慮。

概念的「遠」都可以描述精確的量度。〔註 20〕筆者認同劉桂玲的觀點，並通過對 13 種語言語料庫的檢索和母語者的調查發現「FAR／NEAR」在描述距離時可以有兩種方式，一種是描述精確的距離，如「從當前位置到某一點距離 5 公里遠」，這裡的「遠」描述的就是一個精確的距離；另一種是描述模糊的距離，如「從當前位置距離某一點很遠」，這裡的「遠」描述的是一個大概、模糊的距離。13 種語言中大部分語言的「FAR」和「NEAR」都可以分別用一個詞來表示兩種描述距離的方式，但某些語言「FAR／NEAR」可以用不同的詞來分別描述間隔距離是模糊的還是精確的，如英語和法語。

由參數組合出「FAR／NEAR」相關的框架，如表 2.6：

表 2.6 「FAR／NEAR」參數和框架表

參　數 框　架	度量的準確度
模糊的間隔距離 路程〔註 21〕	模糊
精確的間隔距離 2 公里	精確

下面對各個框架做詳細的說明。

（一）模糊的間隔距離

13 種語言「FAR／NEAR」都可以描述空間中兩點間模糊的間隔距離，例如歐洲語言中英語的「far、distant」和法語的「lointain、distant」對應「FAR」，而英語的「near、close」和法語的「proche」對應「NEAR」。

（79）英語：a. The　hill　commands　a　　fine　distant view.
　　　　　　　　定冠詞　山　　眺望　不定冠詞　美麗　遠　景
　　　　　　從這座山上可以眺望美麗的遠景。

　　　　　b. come from　　a　　**far** country.
　　　　　　　　來　　自　不定冠詞　遠　　國家
　　　　　　來自一個遙遠的國家。

〔註20〕劉桂玲：《認知語義視角下英、漢空間量度形容詞對比研究》，碩士學位論文，東北師範大學外文系，2017 年，第 41 頁。

〔註21〕表 2.6 中每個框架下面舉了一個屬於這個框架裏的典型的例詞。

  c. His house is very **near（close）**.

   他的 房子 是 很 近

  他的房子很近。

（80）法語：a. pays lointain / proche.

     國家 遠 近

   遙遠 / 鄰近的國家。

  b. commerce Nord-Sud sur des marches **distant**.

    貿易 北 南 介詞 不定冠詞 市場 遠

   南北兩個貿易市場距離遠。

（81）印尼語：rumahku jauh / dangkal dari sekolah.

      家 遠 近 離 學校

  我家離學校很遠 / 近。

（82）蒙古語：surguuli khol / oir.

     學校 遠 近

  學校很遠 / 近。

（二）精確的間隔距離

  13 種語言中大部分的「FAR / NEAR」可以描述空間中兩點間精確的間隔距離，只有漢語「FAR / NEAR」中的「近」不可以描述「精確的間隔距離」。但需要注意的是，並不是每一個「FAR / NEAR」都能描述「精確的間隔距離」，如英語和法語中「FAR」只在對應「distant」時才能描述「精確的間隔距離」，英語的「far」和法語的「lointain」此時則無此對應的用法。英語「NEAR」對應的「near、close」和法語「NEAR」對應的「proche」都可以描述精確的間隔距離。

（83）英語：a. The airport was about 20 kilometres distant.

    定冠詞 機場 是 大約 20 公里 遠

   機場在大約 20 公里遠的地方。

  b. The **nearest**〔註22〕 bank is five miles away.

    定冠詞 最近 銀行是 五 英里 外

   最近的銀行在五英里外。

〔註22〕英語「near」的最高級表示最近的意思。劉桂玲（2017：42）指出，由於「near」不做定語，與最高級「nearest」搭配的通常是與生活所需相關的地點詞。

c. If　you do that, do not cut　the　leaves any **closer**〔註23〕

如果　你 做 那樣 做 不要 剪 定冠詞 葉子 任何　近

than two and　a　half centimeters from　the　bulb.

比　2 和 不定冠詞 一半　釐米　從 定冠詞 鱗莖

在剪葉子時，不要剪掉鱗莖附近 2.5 釐米以內的葉子。

（84）法語：Ma maison en est ecole 2 kilometres distant / proche.

我　家　離 是 學校　2公里　遠　近

我家離學校 2km 遠 / 近。

（85）日語：Ie　kara gakko made 1km toi / chikai.

家　從　學校　到 1km 遠　近

從家到學校 1km 遠 / 近。

二、「FAR / NEAR」基礎義語義地圖的構建

本書考察的 13 種語言「FAR」和「NEAR」都可以描述「模糊的間隔距離」，所以我們將這個框架作為起始的節點。

1. 模糊的間隔距離

我們考察的 13 種語言裏 11 種語言的「FAR」和「NEAR」都對應一個描述模糊的間隔距離和精確的間隔距離的詞。但英語和法語是比較特殊的。英語「far」和「distant」兩個詞對應「FAR」的概念，英語「near」和「close」兩個詞對應「NEAR」的概念，但「distant」和「near、close」都可以描述「模糊的間隔距離」和「精確的間隔距離」，而「far」只能描述「模糊的間隔距離」。法語「lointain」和「distant」兩個詞對應「FAR」的概念，而「proche」一個詞對應「NEAR」的概念。法語「distant」和「proche」既可以描述「精確的間隔距離」，也可以描述「模糊的間隔距離」，但「lointain」不能描述「精確的間隔距離」。此外，13 種語言中大部分語言的「NEAR」都能同時描述「模糊的間隔距離」和「精確的間隔距離」；只有漢語「近」只可以描述「模糊的間隔距離」，不可以描述「精確的間隔距離」。所以我們將這兩個框架分別作為獨立的節點展開分析。

〔註23〕英語「close」比較級。

2. 模糊的間隔距離——精確的間隔距離

通過分析語言數據，我們得到 13 種語言的「FAR／NEAR」語義地圖，如圖 2.17 所示：

圖 2.17　「FAR／NEAR」的基礎義語義地圖

（一）漢語「遠／近」的基礎義

漢語「遠／近」語義地圖，如圖 2.18 所示。

圖 2.18　漢語「遠／近」的基礎義語義地圖

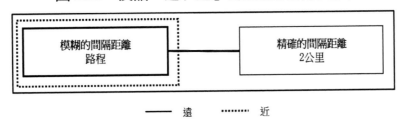

漢語的「遠」既可以描述「模糊的間隔距離」也可以描述「精確的間隔距離」，而「近」只能描述「模糊的間隔距離」，具體例句如下。

1. 模糊的間隔距離

（86）有的司機為多賺錢，近路不走，走遠路。

（87）他極其心慌意亂：既受遠途旅行、陌生世界和戰爭的魅力吸引，又滿懷離別一切的痛苦和不能生還的模糊不安。

2. 精確的間隔距離

（88）她要去離縣城 25 公里遠的農村看望多病的父親。

（二）英語「far、distant／near、close」的基礎義

英語「far、distant／near、close」語義地圖，如圖 2.19 所示。

圖 2.19　英語「far、distant／near、close」的基礎義語義地圖

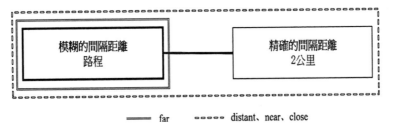

英語具體例句如下：

1. 模糊的間隔距離

（89）The   telescope reveals many distant <u>stars</u> to   our   sight.
　　　定冠詞　望遠鏡　顯現　許多　　遠　　星球 介詞 我們 眼前

　　　望遠鏡把許多遙遠的星球顯現在我們的眼前。

（90）His   <u>company</u> is very far / near、close.
　　　他的　　公司　是　很　遠　近

　　　他的公司很遠 / 近。

2. 精確的間隔距離

（91）The   town   is <u>five miles</u> distant from here.
　　　定冠詞　城鎮　是　五 英里　　遠　　離 這裡

　　　那個城鎮離這裡有五英里遠。

（92）The   nearest〔註24〕 town   is   <u>ten miles</u>   away.
　　　定冠詞 最近　　　　城鎮 是 十 英里　　遠

　　　最近的城鎮離這裡有十英里遠。

（93）Unless you change   the   name of   your store and   relocate   to
　　　除非　你　改變 定冠詞　名 介詞　你的　店 並且　搬到　　　介詞

　　　no closer〔註25〕 than <u>five miles</u> away.
　　　不　近　　　　比　5 英里　以外

　　　除非你改變店名並且搬到遠於 5 英里以外的地方。

三、跨語言「FAR / NEAR」的基礎義對比

　　從上述分析，我們得出被調查的 13 種語言的「FAR / NEAR」都可以描述「模糊的間隔距離」，這體現了「FAR / NEAR」無論是在歐洲語言還是亞洲語言中都具有相似的認知。在描述「精確的間隔距離」這個框架時，大部分亞洲語言和歐洲語言的「FAR / NEAR」都可以描述，而漢語只能用「遠」來描述，不能用「近」。

〔註24〕英語「near」的最高級表示最近的意思。
〔註25〕英語「close」比較級。

第五節　一維空間維度形容詞基礎義的跨語言對比

通過上述研究，可以看出「LONG／SHORT」通常描述一維的點到點的距離。在空間維度形容詞中，可以描述一維的點到點的距離的形容詞還有「HIGH／LOW」、「DEEP／SHALLOW」和「FAR／NEAR」。基於前面 2.1 節～2.4 節對四組形容詞基礎義的分析，我們將「LONG／SHORT」「HIGH／LOW」「DEEP／SHALLOW」和「FAR／NEAR」的參數進行歸納，總結得出如下五種參數：維度在空間中的方向、是否為生命體、是否為連續、是否為進入型、度量的準確度。

根據這些參數可以看出「LONG／SHORT」「HIGH／LOW」「DEEP／SHALLOW」和「FAR／NEAR」都是描述一維距離的空間維度形容詞，但它們描述的側重點不同。

圖 2.20　一維空間維度形容詞基礎義概念的語義地圖

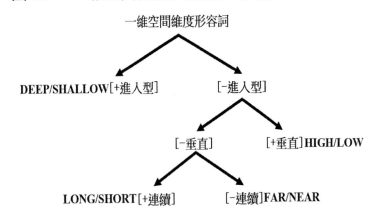

如圖 2.20 所示，在這些描述一維距離的空間維度形容詞中，「DEEP」與「SHALLOW」是進入型的形容詞，而其他三種空間維度形容詞都是非進入型的。在非進入型的空間維度形容詞中，「HIGH／LOW」描述的維度在空間中的方向都是垂直的，而「LONG／SHORT」和「FAR／NEAR」可以描述任意方向的維度，但「LONG／SHORT」通常用於描述連續的距離，「FAR／NEAR」通常用於描述非連續的距離。

根據上述提到的五種參數，我們將 2.1 節到 2.4 節描述的框架組合出如下表：

表 2.7　一維空間維度形容詞的參數和框架表

參數 框架	維度在空間中的方向	是否為生命體	是否為連續	是否為進入型	度量的準確度
長條狀事物 頭髮〔註26〕	任意方向	生命體或非生命體	連續	非進入型	模糊或精確
生命體垂直向上的連續距離 身高	垂直方向	生命體	連續	非進入型	模糊或精確
從底部到頂部的連續距離 樓	垂直方向	生命體或非生命體	連續	非進入型	模糊或精確
事物到觀測者所在平面的非連續距離 雲	垂直方向	非生命體	非連續	非進入型	模糊或精確
垂直向下的距離或水平前後的連續距離 坑／通道	任意方向	生命體或非生命體	連續	進入型	模糊或精確
模糊的間隔距離 路程	任意方向	非生命體	非連續	非進入型	模糊
精確的間隔距離 2 公里	任意方向	非生命體	非連續	非進入型	精確

　　基於 2.1 到 2.4 節對四組空間維度形容詞基礎義的分析，我們得到「LONG／SHORT」包含「長條狀事物」和「生命體垂直向上的連續距離」兩個框架；「HIGH／LOW」包含「生命體垂直向上的連續距離」「從底部到頂部的連續距離」和「事物到觀測者所在平面的非連續距離」三個框架；「DEEP／SHALLOW」包含「垂直向下的距離或水平前後的連續距離」框架；「FAR／NEAR」包含「模糊的間隔距離」和「精確的間隔距離」兩個框架。

一、一維空間維度形容詞的基礎義關係

　　Bierwisch（1967）提出了空間維度形容詞具有消極和積極的語義特徵。他認為「LONG、HIGH、WIDE、FAR」等屬於積極義，「SHORT、LOW、NARROW、NEAR」等屬於消極義。〔註27〕我們基於 Bierwisch 的觀點將描述一維距離的

〔註26〕表 2.7 中每個框架下面舉了一個屬於這個框架裏的典型的例詞。
〔註27〕Bierwisch, *Some semantic universals of German adjectivals*. Foundations of Language 3, 1967, pp. 32~34.

空間維度形容詞「LONG ／ SHORT」「HIGH ／ LOW」「DEEP ／ SHALLOW」和
「FAR ／ NEAR」按積極義和消極義分成兩組進行討論。

根據上文對「LONG ／ SHORT」「HIGH ／ LOW」「DEEP ／ SHALLOW」和
「FAR ／ NEAR」描述框架的闡述，我們用圖 2.21 到 2.24 展示出這四組描述一
維的空間維度形容詞的框架。本節首先考察描述一維距離的空間維度形容詞的
積極義「LONG、HIGH、DEEP、FAR」。

圖 2.21 亞洲語言表示「積極義」的空間維度形容詞基礎義語義地圖

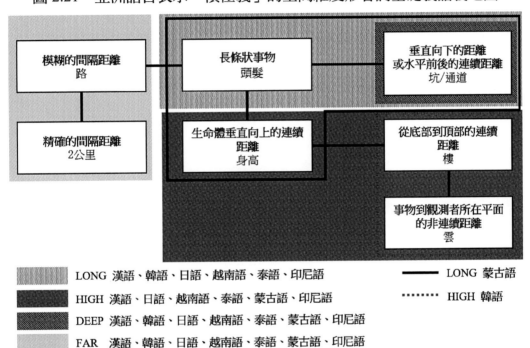

如圖 2.21 所示，在被調查的 13 種語言中，7 種亞洲語言的「LONG」都
可以描述「長條狀事物」和「垂直向下的距離或水平前後的連續距離」，其中
蒙古語的「LONG」還可以描述「生命體垂直向上的連續距離」，是亞洲語言
「LONG」的特例。漢語、日語、越南語、泰語、蒙古語、印尼語 6 種亞洲語
言的「HIGH」都可以描述「生命體垂直向上的連續距離」「從底部到頂部的連
續距離」和「事物到觀測者所在平面的非連續距離」，只有韓語的「HIGH」不
能描述「生命體垂直向上的連續距離」，只能描述「從底部到頂部的連續距離」
和「事物到觀測者所在平面的非連續距離」，是亞洲語言「HIGH」的特例。所
有亞洲語言的「DEEP」都可以描述「垂直向下的距離或水平前後的連續距離」，
所有亞洲語言的「FAR」都可以描述「模糊的間隔距離」和「精確的間隔距離」。

　　根據上述總結我們發現所有亞洲語言在描述「水平前後的連續距離」時，「LONG」與「DEEP」都會產生交叉，如漢語中「長」和「深」都可以搭配胡同表示「胡同」縱向的長度。亞洲語言中只有蒙古語的「LONG」在描述「生命體垂直向上的連續距離」時與「HIGH」產生交叉，與其他亞洲語言不同。

圖 2.22　歐洲語言表示「積極義」的空間維度形容詞基礎義語義地圖

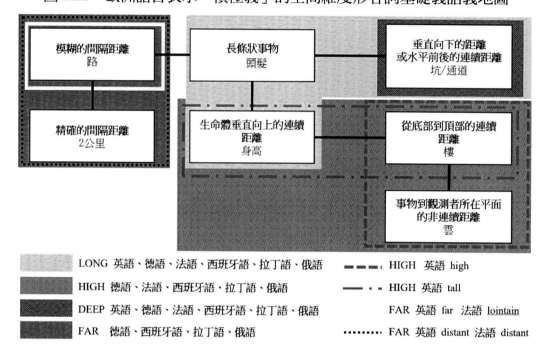

　　如圖 2.22 所示，在被調查的 13 種語言中，6 種歐洲語言「LONG」都可以描述「長條狀事物」和「生命體垂直向上的連續距離」。德語、法語、西班牙語、拉丁語、俄語 5 種歐洲語言的「HIGH」都可以描述「從底部到頂部的連續距離」「事物到觀測者所在平面的非連續距離」和「生命體垂直向上的連續距離」。而英語「high」和「tall」兩個詞對應「HIGH」的概念，英語「high」可以形容「從底部到頂部的連續距離」和「事物到觀測者所在平面的非連續距離」，英語「tall」可以形容「從底部到頂部的連續距離」和「生命體垂直向上的連續距離」。所有歐洲語言的「DEEP」都可以描述「垂直向下的距離或水平前後的連續距離」，德語、西班牙語、拉丁語和俄語都用一個詞對應「FAR」的概念，它們都可以描述「模糊的間隔距離」和「精確的間隔距離」。英語和法語用兩個詞來對應「FAR」的概念：英語「FAR」對應「far」與「distant」，法語「FAR」對應「lointain」與「distant」。

英語的「distant」和法語的「distant」都可以描述「模糊的間隔距離」和「精確的間隔距離」，但英語的「far」和法語的「lointain」只能描述「模糊的間隔距離」。

通過上述分析，我們發現歐洲語言「FAR」的語義地圖與亞洲語言大致相同。13 種語言的「FAR」都可以描述「模糊的間隔距離」和「精確的間隔距離」。德語、法語、西班牙語、拉丁語、俄語 5 種歐洲語言「HIGH」與漢語、日語、越南語、泰語、蒙古語、印尼語 6 種亞洲語言「HIGH」覆蓋的基礎義基本相同，都可以描述「從底部到頂部的連續距離」「事物到觀測者所在平面的非連續距離」和「生命體垂直向上的連續距離」。英語是歐洲語言中的特例，英語用兩個詞來對應「HIGH」的概念，英語「high」既可以描述「從底部到頂部的連續距離」，也可以描述「事物到觀測者所在平面的非連續距離」，但英語「high」不能描述「生命體垂直向上的連續距離」，英語中描述「生命體垂直向上的連續距離」必須用「tall」。歐洲語言的「LONG」與亞洲語言的「LONG」都可以描述「水平前後的連續距離」，並且都與「DEEP」產生交叉，這體現了亞洲語言和歐洲語言對於「LONG」這個概念的共同認知。但歐洲語言的「LONG」與亞洲語言的「LONG」也存在較大差異，歐洲語言「LONG」既可以描述「長條狀事物」，還可以描述「生命體垂直向上的連續距離」。歐洲語言「LONG」在描述「生命體垂直向上的連續距離」時與「HIGH」在詞義上有交叉，但亞洲語言僅有蒙古語有相同的用法。其他亞洲語言「LONG」都不能描述「生命體垂直向上的連續距離」。歐洲語言與亞洲語言在「LONG」和「HIGH」用法上的區別體現了描述一維距離的空間維度形容詞在跨語言、跨地域上的差異。英語和法語「FAR」與其他歐洲語言不同，英語「far」和法語「lointain」僅能描述「模糊的間隔距離」。這與其他歐洲語言和亞洲語言的「FAR」描述的詞義不一致，說明即使在同一個地區、同一語系中，不同的語言也具有細微的差異。

圖 2.23　亞洲語言表示「消極義」的空間維度形容詞基礎義語義地圖

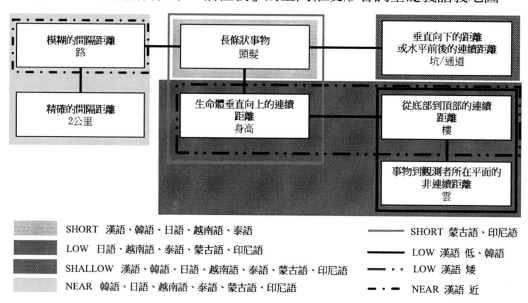

SHORT	漢語、韓語、日語、越南語、泰語	SHORT	蒙古語、印尼語
LOW	日語、越南語、泰語、蒙古語、印尼語	LOW	漢語 低、韓語
SHALLOW	漢語、韓語、日語、越南語、泰語、蒙古語、印尼語	LOW	漢語 矮
NEAR	韓語、日語、越南語、泰語、蒙古語、印尼語	NEAR	漢語 近

　　其次，分析描述一維空間維度形容詞的消極義「SHORT、LOW、SHALLOW、NEAR」。如圖 2.23 所示，在被調查的 13 種語言中，7 種亞洲語言「SHORT」都可以描述「長條狀事物」，蒙古語和印尼語「SHORT」還可以描述「生命體垂直向上的連續距離」。日語、越南語、泰語、蒙古語、印尼語 5 種亞洲語言的「LOW」都可以描述「從底部到頂部的連續距離」「事物到觀測者所在平面的非連續距離」和「生命體垂直向上的連續距離」。漢語「低」和「矮」兩個詞對應「LOW」這一個概念：漢語「低」可以描述「從底部到頂部的連續距離」和「事物到觀測者所在平面的非連續距離」，不能描述「生命體垂直向上的連續距離」；而漢語「矮」僅可以描述「生命體垂直向上的連續距離」和「從底部到頂部的連續距離」，不能描述「事物到觀測者所在平面的非連續距離」。韓語「LOW」能描述「從底部到頂部的連續距離」和「事物到觀測者所在平面的非連續距離」，不能描述「生命體垂直向上的連續距離」。所有亞洲語言的「SHALLOW」都能描述「垂直向下的距離或水平前後的連續距離」，而大部分亞洲語言的「NEAR」都可以描述「模糊的間隔距離」和「精確的間隔距離」。只有漢語的「近」能描述「模糊的間隔距離」，不能描述「精確的間隔距離」。

　　根據上述總結可以看出，漢語、日語、越南語、泰語、韓語 5 種亞洲語言的「SHORT」不與「LOW」在詞義上產生交叉，只有蒙古語和印尼語的「SHORT」在描述「生命體垂直向上的連續距離」時與「LOW」的詞義產生交叉。所有

亞洲語言的「SHORT」都不能描述「水平前後的連續距離」，只有「SHALLOW」可以描述。這體現了亞洲語言「SHORT」與「LONG」認知上的不同。在 7 種亞洲語言中，僅有韓語的「LOW」不能描述「生命體垂直向上的連續距離」，其他語言都可以。

圖 2.24　歐洲語言表示「消極義」的空間維度形容詞基礎義語義地圖

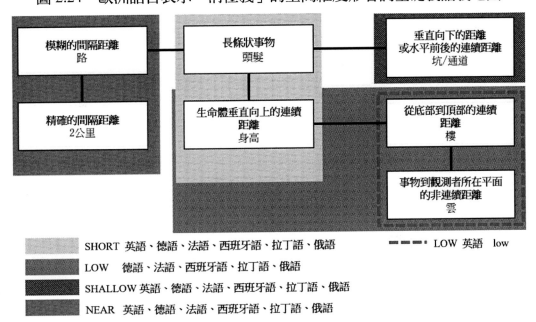

如圖 2.24 所示，在被調查的 13 種語言中，6 種歐洲語言「SHORT」都可以描述「長條狀事物」和「生命體垂直向上的連續距離」。德語、法語、西班牙語、拉丁語、俄語 5 種歐洲語言「LOW」都可以描述「從底部到頂部的連續距離」「事物到觀測者所在平面的非連續距離」和「生命體垂直向上的連續距離」。英語「low」只能描述「從底部到頂部的連續距離」和「事物到觀測者所在平面的非連續距離」，不能描述「生命體垂直向上的連續距離」。6 種歐洲語言的「SHALLOW」都能描述「垂直向下的距離或水平前後的連續距離」，「NEAR」都能描述「模糊的間隔距離」和「精確的間隔距離」。

通過上述分析，我們發現歐洲語言「SHALLOW」與「NEAR」覆蓋的基礎義和亞洲語言基本相同。所有 13 種語言的「SHALLOW」通常都描述「垂直向下的距離或水平前後的連續距離」，而其中大部分語言的「NEAR」都能描述「模糊的間隔距離」和「精確的間隔距離」，只有漢語「近」不可以描述「精確的間隔距離」。德語、法語、西班牙語、拉丁語、俄語 5 種歐洲語言「LOW」與日語、越南語、泰語、蒙古語、印尼語 5 種亞洲語言「LOW」的

基礎義基本相同，都可以描述「從底部到頂部的連續距離」「事物到觀測者所在平面的非連續距離」和「生命體垂直向上的連續距離」。但英語是歐洲語言中的特例，英語「low」的詞義與亞洲語言中的韓語「najda（低）」的詞義一致，都只能描述「從底部到頂部的連續距離」和「事物到觀測者所在平面的非連續距離」，不能描述「生命體垂直向上的連續距離」。歐洲語言中的「SHORT」與亞洲語言中的「SHORT」有較大不同，歐洲語言「SHORT」既可以描述「長條狀事物」，還可以描述「生命體垂直向上的連續距離」。歐洲語言的德語、法語、西班牙語、拉丁語、俄語「SHORT」在描述「生命體垂直向上的連續距離」時與「LOW」在詞義上有交叉，但亞洲語言僅有蒙古語和印尼語有相同的用法。其他亞洲語言「SHORT」都不能描述「生命體垂直向上的連續距離」。歐洲語言與亞洲語言在「SHORT」和「LOW」用法上的差異體現了描述一維距離的空間維度形容詞在跨地域、跨語言上的差異。

經過上面對 13 種語言「LONG／SHORT」「HIGH／LOW」「DEEP／SHALLOW」和「FAR／NEAR」的調查，我們得出如下結論，在描述「水平前後的連續距離」這個框架時，無論是亞洲地區還是歐洲地區的「DEEP」都能描述與「LONG」一致的詞義，但「SHALLOW」與「SHORT」的詞義互不相交。這體現了不同地域不同語言在描述「水平前後的連續距離」時的共性。而在描述「生命體垂直向上的連續距離」這個框架時，亞洲語言和歐洲語言存在明顯的差異，通常亞洲語言的「LONG／SHORT」不能描述這個框架，而只能用「HIGH／LOW」來描述。「LONG／SHORT」和「HIGH／LOW」在「生命體垂直向上的連續距離」這個框架上不產生交叉，亞洲語言中只有蒙古語和印尼語的「LONG／SHORT」可以和所有歐洲語言的「LONG／SHORT」和「HIGH／LOW」一同描述「生命體垂直向上的連續距離」這個框架，歐洲語言的「LONG／SHORT」和「HIGH／LOW」在這個框架上產生交叉。13 種語言分屬於不同語系，突顯了「LONG／SHORT」在描述「生命體垂直向上的連續距離」如身高時的差異，主要來自於地域的不同而非語系的不同。

同時 13 種語言中「LONG」與「DEEP」的交叉和「LONG／SHORT」與「HIGH／LOW」的交叉也和空間維度形容詞本身的特點相關。「LONG」通常描述連續的距離，而「DEEP」描述的是一個封閉或狹窄的空間。兩者在描述空間特點上並不矛盾，「LONG」關注的是事物本身一點到另一點的距離，而

「DEEP」關注的是從封閉或狹窄的空間外部到內部的距離。當「LONG」描述的起點在進入狹窄空間的一端,而終點在離開狹窄空間的一端時,「LONG」描述的就是整個狹窄空間的長度,這與「DEEP」要描述的從狹窄的空間外部到內部的距離一致,所以兩者在描述狹窄空間時都可以使用。如漢語中,可以使用「長」來描述一個通道的長度,也可以用「深」來描述。但當人們無法觀測離開空間的一端時,只能使用「DEEP」而不能使用「LONG」。如可以用「DEEP」描述坑很深,但不能用「LONG」來描述,因為這時坑是一個封閉的空間不存在離開的一端。「HIGH / LOW」通常描述垂直的距離,而「LONG / SHORT」描述對象時並不關心方向。所以「LONG / SHORT」也可以描述垂直方向上的距離。因為「LONG / SHORT」通常描述連續距離,所以在描述垂直方向上的距離時,「LONG / SHORT」僅可以描述垂直方向上的連續距離,「HIGH / LOW」既可以描述連續距離,也可以描述非連續距離。「LONG / SHORT」和「FAR / NEAR」描述空間距離時詞義互補,「LONG / SHORT」描述連續距離,「FAR / NEAR」描述非連續距離,因此兩組詞在 13 種語言中並不產生交叉。「HIGH / LOW」通常描述垂直向上的距離,因為地球重力的原因,垂直向上的空間總是開闊的,不存在封閉或是狹窄的空間,而「DEEP / SHALLOW」通常描述垂直向下的距離。因此「HIGH / LOW」與「DEEP / SHALLOW」這兩組詞在描述垂直距離時詞義互補,但並不產生交叉。

第六節 「LONG」的引申義

從第一節基礎義的對比中可以看出,「LONG / SHORT」在很多語言中都是很穩定的核心詞。根據 MLexT 的理論,詞語的基礎義和引申義之間具有密切的聯繫。有關語義節點的整理與上文基礎義相同,也包含語義節點的確定和節點的排列與連接這兩個工作。首先是語義節點的確定。我們在 13 種語言「LONG / SHORT」基礎義中考察的典型對象是一維突顯的事物,因此「LONG / SHORT」引申義採用一維的「長條狀事物」這個基礎義作為節點。其次是節點的排列和連接。在構建概念空間的過程中,我們發現各語言空間維度形容詞「LONG / SHORT」形成的語義鏈並不是雜亂無章的,而是有一定邊界和規律的。總體可歸納出「LONG」可以從空間域到時間域、從空間域到數量域、從

空間域到評價域，這三大路徑。下文將逐一進行分析。

一、「LONG」引申義語義地圖的構建

（一）時間域

「LONG」最普遍的用法是描述一維事物中水平軸上的維度，這同一維的時間正好相似，因此當描述時間時「LONG」具有比其他維度形容詞更大的優勢。「LONG」從空間域引申到時間域有 6 個義項：「時間久」「長壽」「（文章、演說等）過長」「（呼吸、歎氣）長」「長音」「（葡萄酒）餘味」，筆者認為這些事物都與時間有關聯。

1. 長條狀事物——時間久

空間中兩點間的連續距離長體現在時間上表示耗時長。時間通常被認為是除三維空間以外的第四個維度。例如路程長除了空間上連續距離的長度長，也同時意味著人走過這段路程消耗的時間長。所以，由表示空間概念的長可以引申出表示時間概念的長。我們調研的 13 種語言都具有「長時間」「長久」「長期」等引申義，這表明 13 種語言都具有共同的認知。時間具有一維性，而「LONG」通常描述一維突顯的事物，因此各語言表現出了類似的深層聯繫。

（94）法語：long　voyage.

　　　　　　長　　旅行

　　　長途旅行。

（95）韓語：ireon yeogaekgi　ui　hangsoksigan eun maeu gilda.

　　　　　　這種　　客機　格助詞　續航時間　詞尾　很　長

　　　這種客機的續航時間很長。

（96）印尼語：jangka　panjang.

　　　　　　　時間　　　長

　　　長時間。

（97）泰語：klangkhuen yaaw.

　　　　　　夜　　　　長

　　　長夜。

2. 長條狀事物——長壽

我們調研的 13 種語言中普遍存在這種現象，一個人活得越久，大家就會說

這個人的壽命長。

（98）德語：lang　　Lebensdauer.

　　　　　　　長　　　壽命

　　　　壽命長。

（99）日語：Onna no heikin jumyo wa　　otoko yori nagai

　　　　　　女人　的　平均　　壽命 助詞 男人　比　長

　　　　女人的平均壽命比男人長。

（100）西班牙語：vida **largo**

　　　　　　　　壽命　長

　　　　壽命長。

3. 長條狀事物——（文章、演說等）過長

文章篇幅長意味著內容多，需要閱讀的時間也就越長。我們調研的 13 種語言中普遍存在這樣的認知。有些學者認為篇幅屬於數量域，指內容上的豐富，但我們認為「篇幅、內容」的長短既與空間域關聯，也與時間域關聯，「篇幅、內容」包含的內容越多，人們閱讀所花費的時間也就越長；反之內容少佔用的頁面空間就少，人們閱讀所需要的時間也就變少。因此筆者更傾向於把篇幅歸入時間域。

（101）韓語：i　munjang eun　　pyeonpogi neomu **gilda**.

　　　　　　這　文章　詞尾　　篇幅　　過　長

　　　　這篇文章篇幅過長。

（102）日語：Naiyo　ga　　**nagai**.

　　　　　　內容　格助詞　長

　　　　內容很長。

（103）德語：**lang**　　rede.

　　　　　　長　演說

　　　　長的演說。

4. 長條狀事物——（呼吸、歎氣）長

空間中兩點間的距離長體現在時間上可以表示呼吸持續的時間長。我們調研的 13 種語言中普遍存在這樣的引申。呼吸持續的時間長可以進一步引申為深度呼吸。

（104）俄語：**dlinnyj** dykhaniye.

　　　　　　　長　　　　呼吸

長呼吸。

（105）日語：Kokyu　ga　**nagai**.

　　　　　　呼吸　格助詞　長

呼吸很長。

（106）印尼語：**panjang** napas.

　　　　　　　　長　　　呼吸

長呼吸。

5. 長條狀事物──長音

「LONG」用來描述聲音，是因為聲音具有沿著時間軸延伸的特性。我們調研的 13 種語言中普遍存在這樣的引申。

（107）法語：syllable **long**.

　　　　　　　音　　長

長音。

（108）西班牙語：vocal **largo**.

　　　　　　　　元音　　長

長元音

（109）越南語：am **dai**.

　　　　　　　音　長

長音。

6. 長條狀事物──（葡萄酒）餘味

有些語言中的「LONG」在時間上的引申還可以抽象到味道上。葡萄酒的味道在嘴裏停留久了，意味著酒的餘味綿長。

（110）法語：　vin　**long** en bouche.

　　　　　　　葡萄酒　長　裏　嘴

葡萄酒的味道留在嘴裏。

（111）德語：**lang** derWein.

　　　　　　長　葡萄酒

葡萄酒餘味綿長。

（二）數量域

「LONG」在空間中表示兩點間的距離長。當剝離空間概念後「LONG」可以表示數量多。

1. 長條狀事物——（粥、湯）濃稠、黏著

「LONG」在數量上的引申可以抽象為描述粥或湯的濃稠和黏著。液體中分子數量多意味著液體的濃度高，尤其濃度高的粥和湯用勺子搖起會形成長長的絲。

（112）德語：Sauce **lang**.

　　　　　醬汁　　長

　　　稠醬汁

（113）法語：sauce **longue**〔註28〕.

　　　　　醬汁　　長

　　　稠醬汁

（三）評價域

除了描述數量上的多之外，「LONG」也可以擴展到對人的評價。一方面，「LONG」作為多，可以表示積極的評價；另一方面，當多到令人無法忍受時，「LONG」也會變成消極的評價。

1. 長條狀事物——某事做得特別好

有些語言中「LONG」在數量上的多體現在能力上可以表示一個人有過人之處，或擅長某一種能力，如漢語、印尼語、西班牙語、英語。

（114）漢語：有些學生長於思考抽象的概念、定理、法則。

（115）印尼語：leher **panjang**.

　　　　　模仿　　長

　　　長於模仿的。

（116）西班牙語：**largo**　de manos.

　　　　　長　於　手

　　　擅於偷盜。

2. 長條狀事物——某事做得特別好——狡猾的、機靈的

當「LONG」在評價域可以引申為「某事做得特別好」時，我們還可以進

〔註28〕法語形容詞「long」的活用形。

一步引申為「狡猾的、機靈的」。當一個人可以長時間在某件事情上做得非常出色，在外人評價中這個人就會是一個機靈的人。而當一個人總在一些不太正面的事情上做得特別好，那麼給人的印象就是一個狡猾的人。

（117）西班牙語：esta　mujer　es　muy **largo**.
　　　　　　　　 那個　　女人　　是　　很　　長

　　　　　那個女人很狡猾。

（118）印尼語：**panjang** akal.
　　　　　　　　長　　計謀

　　　　　狡猾的計謀。

通過分析語言數據，我們總結出來的「LONG」引申義的語義地圖，如圖2.25：

圖 2.25　「LONG」的引申義語義地圖

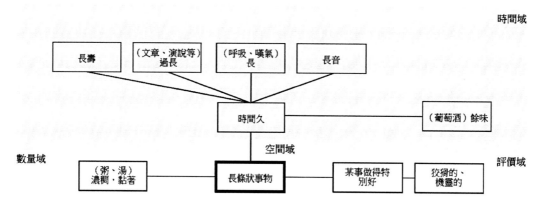

從「LONG」的引申路徑，我們可以看出「LONG」的引申義符合人類通過自身向外延伸的認知規律。從空間域出發，「LONG」的引申路徑分為三大方向：從空間域到時間域、從空間域到數量域和從空間域到評價域。我們認為從空間域到時間域和從空間域到數量域反映的是具體到抽象的人類認知規律，而從空間域到評價域的引申反映的是人類的認知向外部世界的投射。

二、漢語「長」的引申義

通過考察漢語「長」的引申義，發現這些含義都與基礎義有相關性。其分布情況如圖2.26。

圖 2.26 漢語「長」的引申義語義地圖

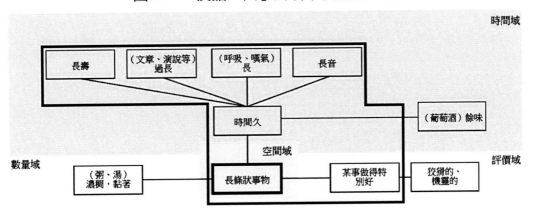

（一）時間域

1. 時間久

（119）如果是乾燥的地方，耗時就更長。

（120）片長 108 分鐘滿頭的煙味，不是我想要的味道。

（121）站在這裡不會立地成佛，躺著肯定會夜長夢多。

（122）暗語在中國有很長的歷史，早在唐代便有各種行業秘語。

（123）之後，日本進入了封建社會，日本天皇制也進入了在歷史上為期不
長的一段鼎盛時期。

（124）一件事消耗時間越長，它持續時間就越長。

2. 長壽

（125）中醫養生素食未必助長壽。

3.（文章、演說等）過長

（126）楊虎城和宋子文相繼在會上表發了長篇演說。

（127）你的報告比經理的講話還長，這不是喧賓奪主嗎？

4.（呼吸、歎氣）長

（128）每週至少練習 4 次，每次 10 分鐘，每種姿勢保持 5 次長呼吸。

5. 長音

（129）長音需要把聲音拉長，同樣需要消耗更多的時間。

（130）大一點的蟾蜍，或者更有天分，也許能夠擴展音階，發出長音。

（131）聞砧聲搗，蛩聲細，漏聲長。

（二）評價域

1. 某事做得特別好

（132）對於每個小孩，他都要報以和藹的一瞥，或說一句逗趣的話，顯得既長於交際又明白分寸。

（133）每當這時，長於想像，富於創意的徽因會很快地畫出草圖。

三、英語「long」的引申義

通過考察英語「long」的引申義，主要包含從空間域向時間域和從空間域向評價域這兩個引申路徑，得到其分布情況如下圖 2.27。

圖 2.27　英語「long」的引申義語義地圖

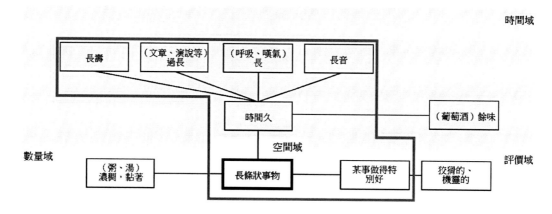

（一）時間域

1. 時間久

（134）Nurses have to work **long** hours.

　　護士　需要　工作　長　時間

護士需要長時間工作。

（135）China is a great country with a **long** history.

　　中國　是 不定冠詞 偉大　國家　和　不定冠詞 長　歷史

中國是一個歷史悠久的偉大國家。

2. 長壽

（136）People who smoke too much may not live **long**.

人 關係代詞 吸煙 太 多 可能 不 活 長

吸煙過多的人可能活不長。

3.（文章、演說等）過長

（137）The report was written in **long**, opaque sentences.

定冠詞 報告 是 書寫 裏 長 難懂 句子

報告中的句子又長又難懂。

（138）He delivered a **long** speech.

他 發表了 不定冠詞 長 演說

他發表了一場很長的演說。

4.（呼吸、歎氣）長

（139）Your breath is really **long**.

你的 呼吸 是 真的 長

你的呼吸真的很長。

5. 長音

（140）**long** musical note.

長 音符

長音符。

（二）評價域

1. 某事做得特別好

（141）英語：He was **long** on promises.

他 是 長 介詞 許諾

他長於許諾。

第七節　跨語言「LONG」的引申義對比

我們將 13 種語言「LONG」引申義語義地圖主要在以下兩個圖中進行說明。

圖 2.28　亞洲語言「LONG」的引申義語義地圖

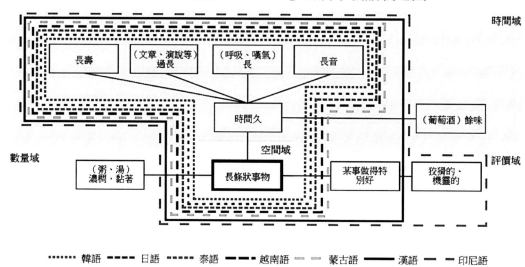

如圖 2.28 所示，在被調查的 13 種語言中，7 種亞洲語言「LONG」都可以從空間域引申到時間域，包括「時間久」「長壽」「（文章、演說等）過長」「（呼吸、歎氣）長」「長音」五個框架，而且它們的引申路徑相同，這說明在同一地域中跨語言存在普遍的一致性。其中韓語、日語、泰語、越南語、蒙古語「LONG」僅可以從空間域引申到時間域。另外，漢語和印尼語的「LONG」可以從空間域引申到評價域，但只有印尼語可以描述「狡猾的、機靈的」的含義。這也表明從空間域引申到評價域在多數語言中存在差異，不具有普遍性。

圖 2.29　歐洲語言「LONG」的引申義語義地圖

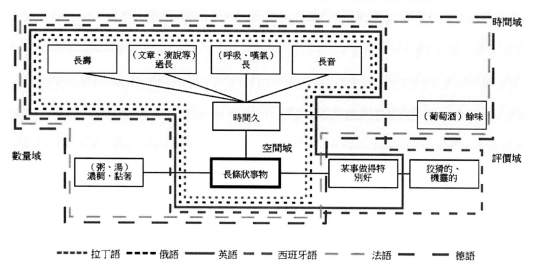

圖 2.29 反映歐洲語言「LONG」的引申義情況。所有歐洲語言「LONG」

都可以從空間域引申到時間域。其中拉丁語、西班牙語、英語、俄語「LONG」在時間域上的引申義具有與亞洲語言相同的五個框架。而在法語和德語中，「LONG」還可以表示因葡萄酒停留在舌尖太久，導致餘味殘留在口中很長時間，即框架「（葡萄酒）餘味」。在從空間域引申到評價域時，西班牙語「LONG」既可以表示「某事做得特別好」，還可以表示「狡猾的、機靈的」，而英語的「LONG」只可以表示「某事做得特別好」的含義。在從空間域引申到數量域中，法語和德語「LONG」包含「（粥、湯）濃稠、黏著」的引申義。

　　如圖 2.28～圖 2.29 所示，被調查的 13 種語言中，6 種歐洲語言「LONG」從空間域到時間域的引申和 7 種亞洲語言的引申框架完全相同，這說明不同地域的不同語言在時間域上具有較高的一致性，體現了跨語言的共性。亞洲語言中漢語和印尼語的「LONG」和歐洲語言中英語和西班牙語的「LONG」都可以從空間域引申到評價域。印尼語和西班牙語的「LONG」都包含「狡猾的、機靈的」和「某事做得特別好」的含義，而漢語和英語的「LONG」僅存在「某事做得特別好」義。由此可見「LONG」從空間域到評價域的引申雖然沒有時間域的引申那麼普遍，但是引申路徑上也有一定的共性，而所有亞洲語言「LONG」的引申義不包含時間域的框架「（葡萄酒）餘味」和數量域的「（粥、湯）濃稠、黏著」，體現了亞洲語言和歐洲語言的差異。

第八節　「SHORT」的引申義

　　我們在 13 種語言「LONG／SHORT」基礎義中考察的典型對象是一維突顯的事物，因此「SHORT」的引申義採用一維的「長條狀事物」這個基礎義作為節點。總體可歸納出「SHORT」可以從空間域到時間域、從空間域到數量域、從空間域到認知域。下文將逐一進行分析。

一、「SHORT」引申義語義地圖的構建

（一）時間域

1. 長條狀事物——時間短

空間中兩點之間的距離短體現在時間上則表現為事情佔用的時間短。被調研的 13 種語言的「SHORT」都具有「時間短」的引申義。例句：

（142）英語：Try　a **short** trip　to　the　coastline.

　　　　　　　嘗試 不定冠詞　短　旅行 介詞 定冠詞　海邊

　　　　試試去海邊短途旅行。

（143）法語：Les　jours　de l'hiver sont **courts**〔註29〕.

　　　　　　定冠詞 白天　的　冬天　是　　短

　　　　冬季白天很短。

（144）印尼語：kredit jangka **pendek**.

　　　　　　　貸款　　期　　短

　　　　短期貸款。

2. 長條狀事物——短命

　　一件事消耗的時間越短，說明它持續的時間就越短。當持續時間短與人的生命相關聯時「SHORT」的引申義就能夠描述人的壽命不長。被調研的 13 種語言的「SHORT」都具有「短命」的引申義。

（145）西班牙語：La　bebida　le　**corto**　la　vida.

　　　　　　　　定冠詞　酒　　他　短　代詞　壽命

　　　　酒精縮短了他的壽命。

（146）泰語：xayu **san**.

　　　　　　　命　短

　　　　短命。

（147）日語：jumyo　ga　**mijikai**.

　　　　　　　壽命　格助詞　短

　　　　壽命短。

3. 長條狀事物——（說話或寫文章）簡短

　　文章篇幅短所包含的內容就少，需要閱讀的時間也就越短。被調研的 13 種語言的「SHORT」都具有「（說話或寫文章）簡短」的引申義。

（148）德語：**kurz** erklaren.

　　　　　　　短　說明

　　　　簡短說明。

〔註29〕法語「court」的活用形。

（149）蒙古語：**bogino** yaria.

　　　　　　　短　　小說

簡短的小說。

（150）西班牙語：discurso **corto**.

　　　　　　　　　演講　　短

簡短的演講。

4. 長條狀事物──（呼吸、脈搏）過速的

當持續時間短與呼吸相結合時「SHORT」的引申義可以形容呼吸間隔時間短，呼吸困難、短促。這個引申義在被調研的 13 種語言中普遍存在。

（151）印尼語：**pendek**　napas.

　　　　　　　　短　　氣

氣短。

（152）德語：Atem **kurz**

　　　　　　　呼吸　　短

呼吸短促。

5. 長條狀事物──短音

因為聲音有沿時間延伸的特性，所以「SHORT」可以描述聲音持續的時間短。這個引申義在被調研的 13 種語言中也普遍存在。

（153）西班牙語：son **corto**.

　　　　　　　　　音　　短

短音。

（154）越南語：nguyen am **ngan**.

　　　　　　　　元　音　短

短元音。

（155）英語：**short** vowels.

　　　　　　　短　　音

短元音。

6. 長條狀事物──迅速、敏捷

在一些語言中「SHORT」可以用來描述動作的敏捷，當動作迅速、敏捷時，完成動作所需要的時間就很短。有此用法的語言有英語、俄語、法語、德語。

（156）俄語：**korotkij** udar

　　　　　　短　　出擊

　　迅速果斷的出擊

（157）法語：Il　est　**court** dans decisions.

　　　　　　他 冠詞　短　於　決定

　　他很快做出決定。

（158）德語：eine Sache **kurz** abtun.

　　　　　　一　事　短　解決

　　迅速地解決了一件事。

（二）數量域

1. 長條狀事物——不充足、缺少、資產少

在調研的 13 種語言中除越南語外，其他語言的「SHORT」都可以引申到數量域表示「不充足、缺少、資產少」。

（159）英語：The team　was five players **short**.

　　　　　　　那 球隊 是 五　球員　缺少

　　那個球隊缺少五名球員。

（160）法語：Le diner　est　　　un　peu　**court**.

　　　　　　　這 晚餐 指示代詞 量詞 有點　短

　　這頓晚餐有點不夠。

（161）印尼語：**pendek** tali.

　　　　　　　短　錢

　　錢不足。

（162）西班牙語：comida **corto**.

　　　　　　　　食物　短

　　食物不多。

（三）認知域

1. 長條狀事物——記憶力或知識欠缺

某些語言裏「SHORT」形容數量上的少可以體現在人的認知上，表示一個人的見識少，思想淺薄。有此用法的語言有漢語、韓語、泰語、印尼語、蒙古語、日語、法語、西班牙語等。例句：

（163）德語：ein **kurzes**〔註30〕 Gedachtnis.

　　　　　　冠詞　　短　　　　　　記性

　　　記性差。

（164）印尼語：**pendek** ingatan.

　　　　　　　　短　　想法

　　　想法短缺。

（165）日語：Sai　　ga　**mijikai**.

　　　　　才藝　格助詞　短

　　　才藝不足。

（166）韓語：geuneun yeongeo sillyeog　i　**jjalda**.

　　　　　　他的　　英語　　水平　格助詞　短

　　　他的英語水平很差。

2. 長條狀事物——（性格）脾氣急躁的

在一些語言中「SHORT」的引申義可以用來形容人的粗暴無禮或冷淡的態度。無論是行為的無禮還是態度的冷淡，反映的都是消極的情緒，如英語、德語、日語。

（167）英語：My boyfriend has　a　**short** temper.

　　　　　我　　男朋友有　冠詞　短　脾氣

　　　我男朋友脾氣暴躁。

（168）德語：alles **kurz** und　klein schlagen.

　　　　　　全　短　所以　小　扔

　　　把小東西氣得全都扔了。

（169）日語：Ki　　ga　**mijikai**.

　　　　　脾氣　格助詞　短

　　　脾氣暴躁。

3. 長條狀事物——近視

有些語言中的「SHORT」的引申義可以用來描述視力的近視。當近視時，視力所及的範圍變小。從實際的眼睛「近視」，「SHORT」還可以進一步描述抽象的概念，即人在思想上的短視，如泰語、法語、西班牙語、英語。

〔註30〕德語「kurz」的活用形。

（170）泰語：sayta **san**.

視力　　短

近視

（171）法語：vue **courte**〔註31〕.

視力　短

近視。

（172）西班牙語：**corto** de vista.

短　定冠詞 視點

近視。

（173）英語：I'm not **short** sighted.

我　不是　短　視力

我不是近視。

　　根據上述 13 種語言「SHORT」的引申路徑構建出「SHORT」的引申義語義地圖，如圖 2.30 所示：

圖 2.30 「SHORT」的引申義語義地圖

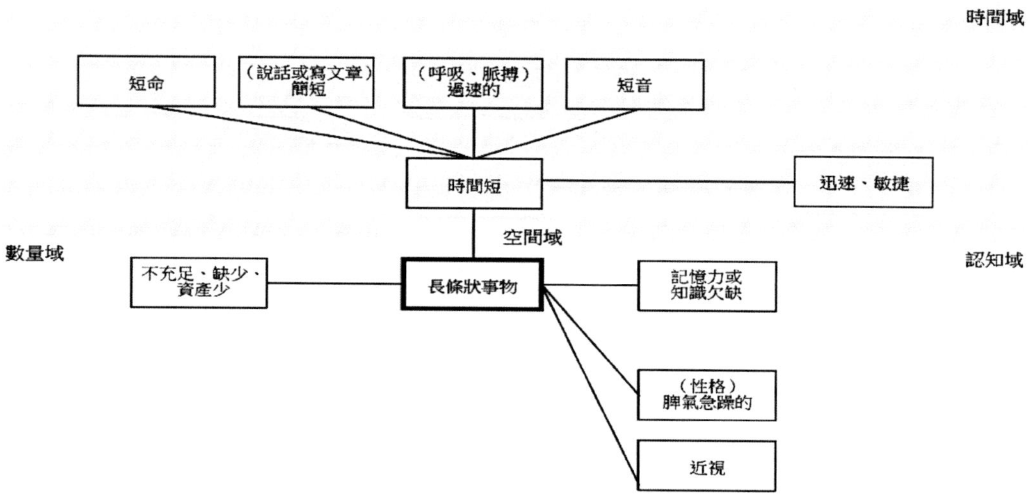

　　這些引申義可以歸納為三個路徑：從空間域到時間域、從空間域到數量域、從空間域到認知域。下文將逐一進行分析。

二、漢語「短」的引申義語義地圖

　　我們通過考察漢語「短」的引申義，發現這些含義都與基礎義有相關性，

〔註31〕法語「court」的活用形。

其分布情況如圖 2.31。

圖 2.31　漢語「短」的引申義語義地圖

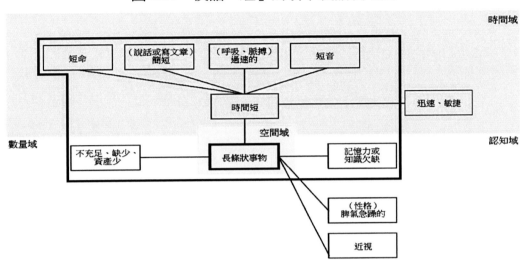

（一）時間域

1. 時間短

（174）樣品消耗量少、檢測耗時短。

（175）出現臨床症狀病程最短一月。

（176）漫漫長夜又總是苦短。

2. 短命

（177）除社會、環境、疾病等諸多原因造成人不能活到預期壽命外，造成人類短命的還有一條生理上的重要原因。

3.（說話或寫文章）簡短

（178）有一位作家他寫的一篇短文章，還是 20 世紀 80 年代初，在《人民日報》發表了。

4.（呼吸、脈搏）過速的

（179）經常氣短或心跳加快嗎？

5. 短音

（180）短音發出的聲音短，同樣消耗時間就少。

（二）數量域

1. 不充足、缺少、資產少〔註32〕

（181）別人都來了，就短他一個人了。

（182）這套書還短一本。

（三）認知域

1. 記憶力或知識欠缺

（183）他也學會算計人了，這並不說明他見識短。

三、英語「short」的引申義語義地圖

我們通過考察英語「short」的引申義，得到其分布情況如圖 2.23。

圖 2.32　英語「short」的引申義語義地圖

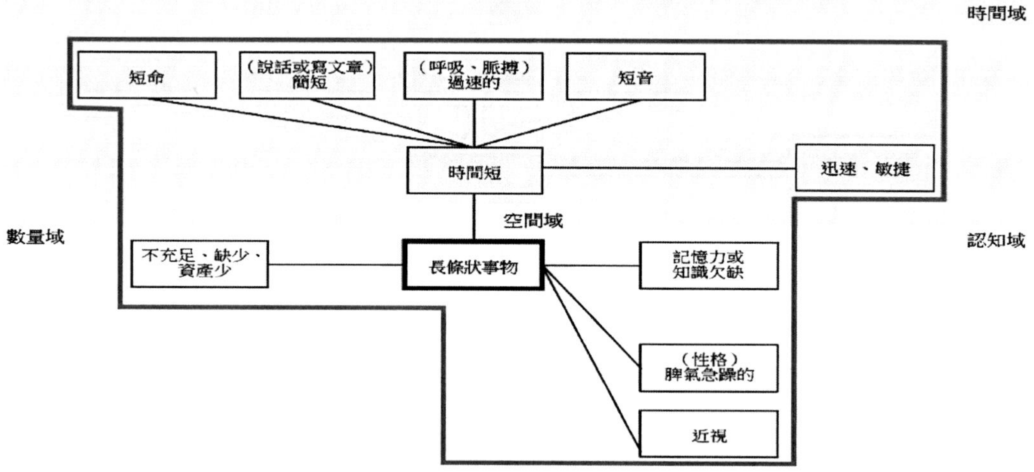

（一）時間域

1. 時間短

（184）They are currently taking　a　**short** break　in　Spain.
他們 是　 目前　 正在 不定冠詞 短　 假 介詞　西班牙
他們目前正在西班牙休短假。

（185）　A　**short** time later　they sat　down　to　eat.
不定冠詞 短　時間 之後 他們　坐　　下　介詞　吃
過了一小會兒，他們坐下來吃東西。

〔註32〕在《現代漢語詞典》（第7版）中的釋義為動詞，在其他語言中都為形容詞詞義。

2. 短命

（186）He published only three slim volumes of verse in his **short** life.

他 出版過 只 3 薄 卷 介詞 詩集 裏 他的 短 壽命

在他短暫的一生裏，他只出版過3卷薄薄的詩集。

3.（說話或寫文章）簡短

（187） The meeting concluded with a **short** speech.

定冠詞 會議 結束 以 不定冠詞 短 演說

會議以一次簡短的演說結束。

（188） The **short** story is a difficult art form to master.

定冠詞 短篇 小說 是 一種 難 藝術 形式 介詞 掌握

短篇小說是一種很難掌握的藝術形式。

4.（呼吸、脈搏）過速的

（189）She felt **short** of breath and flushed

她 感到 短 介詞 呼吸 和 臉紅

她感到呼吸困難，臉頰緋紅。

5. 短音

（190）This is a **short** sound. Don't draw long when you pronounce

這 是 不定冠詞 短 音 不要 拉 長 時 你 發音

it.

這個

這是個短音，發這個音時不要拉長。

6. 迅速、敏捷

（191）He made **short** work of his lunch.

他 做 短 工作 屬於 他的 午飯

他三下兩下吃完午飯。

（二）數量域

1. 不充足、缺少、資產少

（192）I am six dollars **short**.

我 是 六 美元 短

我缺六美元。

（三）認知域

1. 記憶力或知識欠缺

（193）She has　　a　　very **short** memory.
　　　　她　有　不定冠詞　很　　短　　記性
　　　　他的記性很差。

2.（性格）脾氣急躁的

（194）　The　policeman was very **short** with him.
　　　　定冠詞　　　警察　是　很　　短　　對　他
　　　　那個警察對他很無禮。

3. 近視

（195）I'm　not **short** sighted.
　　　　我　不是　短　　視力
　　　　我不是近視。

第九節　跨語言「SHORT」的引申義對比

圖 2.33　亞洲語言「SHORT」的引申義語義地圖

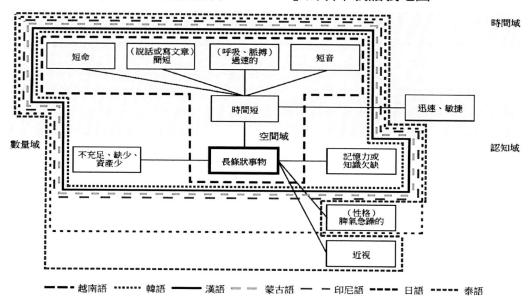

圖 2.33 反映亞洲語言「SHORT」的引申義情況。所有亞洲語言的「SHORT」都可以從空間域引申到時間域，包括「時間短」「短命」「（說話或寫文章）簡短」「（呼吸、脈搏）過速的」「短音」五個框架。在從空間域引申到認知域中，

除越南語外，其他亞洲語言的「SHORT」都有「記憶力或知識欠缺」的義項。此外，「（性格）脾氣急躁的」是只見於日語的框架，「近視」是只見於泰語的框架。在從空間域引申到數量域中，漢語、韓語、日語、蒙古語、泰語、印尼語的「SHORT」都可以形容「不充足、缺少、資產少」，而越南語「SHORT」沒有這個引申義。在被調查的 13 種語言中，7 種亞洲語言「SHORT」從空間域到時間域具有相同的引申路徑，這說明在同一地域中存在跨語言的一致性。漢語、韓語、日語、蒙古語、泰語、印尼語的「SHORT」能從空間域引申到數量域。日語和泰語的「SHORT」可以從空間域引申到認知域。這體現了「SHORT」從空間域引申到數量域、評價域和認知域時，引申義出現了語言差異，從空間域引申到評價域反映了人對外部世界做出的反映，從空間域引申到認知域是外部世界在人頭腦中的反饋，在這些域上的引申差異反映出人類認知的差異。

　　下面圖 2.34 反映歐洲語言「SHORT」的引申義情況。所有歐洲語言的「SHORT」同亞洲語言都可以從空間域引申到時間域，都包含「時間短」「短命」「（說話或寫文章）簡短」「（呼吸、脈搏）過速的」「短音」這五個框架，這說明了即使不在同一地域裏，不同的語言也具有引申義上的一致性，體現了跨語言的共性。而在俄語、法語、德語和英語中，「SHORT」的引申義還可以表示「迅速、敏捷」的義項。

圖 2.34　歐洲語言「SHORT」的引申義語義地圖

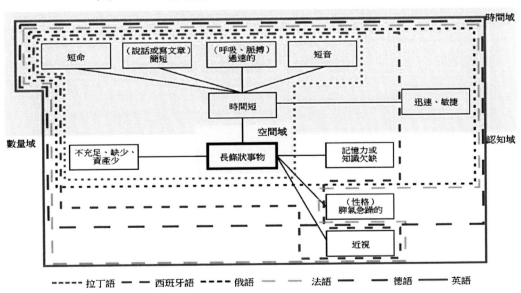

在從空間域引申到認知域中，西班牙、英語、德語、法語、俄語的「SHORT」都有表示「記憶力或知識欠缺」的框架，而英語、德語「SHORT」的引申義還包含「（性格）脾氣急躁」。此外，英語、西班牙語和法語「SHORT」的引申義中還有「近視」的含義。在從空間域到數量域的引申中，所有歐洲語言「SHORT」都可以形容「不充分、缺少、資產少」這一框架。

通過上面對 13 種語言「LONG／SHORT」引申義的研究，我們發現「LONG」和「SHORT」都能從空間域引申到時間域和從空間域引申到數量域。被調研的語言包含這兩個引申路徑中的大部分義項，並且無論是哪一個地域，哪一個語系中的語言都包含「時間的長短」「壽命的長短」「內容篇幅的長短」「呼吸的長短」「聲音的長短」和「不充足」六個框架。這些跨語言的共同引申體現了人類在時間和數量上具有共同的認知。

「LONG」與「SHORT」在認知上最大的差別是：「LONG」能從空間域引申到評價域，體現了人類認知中從內向外的投影，如漢語、印尼語、西班牙語、英語「LONG」的引申義都有表示「某事做得特別好」的含義。而「SHORT」則能從空間域引申到認知域，體現了人類向自身內部的投影，比如亞洲語言中的漢語、韓語、日語、蒙古語、泰語、印尼語的「SHORT」和歐洲語言中的西班牙、英語、德語、法語、俄語的「SHORT」都可以表示「記憶力或知識欠缺」。泰語「SHORT」可以表示「近視」，英語、德語「SHORT」可以表示「（性格）脾氣急躁的」。雖然「LONG／SHORT」引申的路徑不同，但都反映出人類共同的「近取諸身、遠取諸物」的認知規律。而從引申義的數量分布上看，其他地區的語言並不像漢文化一樣具有「長為積極義，短為消極義」的特點。雖然「LONG」和「SHORT」都能從空間域引申到時間域和從空間域引申到數量域，但兩者也有細微的差異。從空間域引申到時間域，「LONG」在法語和德語中可以表示「（葡萄酒）餘味」，「SHORT」在俄語、法語、德語和英語中都可以表示「迅速、敏捷」。從空間域引申到數量域，「LONG」在法語和德語中都可以表示「（粥、湯）濃稠、黏著」而「SHORT」沒有相對應的表達。

第十節　小結

　　本章分析了「LONG」與「SHORT」基礎義和引申義的用法，描述了其基礎義和引申義跨語言的共性和個性。「LONG／SHORT」基礎義常常與一維線條狀事物、二維平面事物、三維具有突顯維度的事物搭配。在被調查的 13 種語言中基礎義基本一致。但當「LONG／SHORT」描述「生命體垂直向上的連續距離」時，被調查語言呈現出明顯的地域差異。在亞洲地區的語言中，「LONG／SHORT」除蒙古語和印尼語外，其他語言都不能形容「身高」。在印尼語中只有「SHORT」可以用來形容「身高」，而蒙古語中「LONG／SHORT」都可以。在歐洲地區的語言中，它們幾乎都可以形容「身高」，只有英語不能描述。英語中只能用「SHORT」來描述「身高」。我們在 13 種語言「LONG／SHORT」基礎義中考察的典型對象是一維突顯的事物，「LONG／SHORT」引申義均從一維的「長條狀事物」這個基礎義引申而來。這證明了詞語的基礎義和引申義之間具有密切的聯繫。在被調查的 13 種語言中，亞洲語言和歐洲語言的「LONG／SHORT」在從空間域引申到時間域中具有相似的路徑。這體現了「LONG／SHORT」引申義在時間域上具有跨地域，跨文化的共性。而亞洲語言和歐洲語言「SHORT」的引申義在從空間域到數量域的引申也具有跨語言的共性，但「LONG」從空間域引申到數量域時呈現出很強的不一致性。「LONG」與「SHORT」在認知上最大的差別是：「LONG」能從空間域引申到評價域，體現了人類認知中從內向外的投射，而「SHORT」則能從空間域引申到認知域，體現了人類向自身內部的投射。在相同的認知域下，不同地域、不同語系的語言反映出的細微差異體現了跨地域認知上的差異。

第三章 「WIDE / NARROW」
語義跨語言對比

　　「WIDE」與「NARROW」通常用來描述事物的「寬度」，在多數語言中用於表示事物橫向距離的大小。本章將全面而詳細地分析「WIDE / NARROW」的基礎義和引申義，並在此基礎上探索「WIDE / NARROW」的引申義及其演變機制和過程。我們從世界語言共詞化數據庫（CLICS）中選取了「WIDE / NARROW」在 13 種語言〔註1〕中對應的核心詞作為研究對象。樣本語言分別為漢語（寬／窄）、英語（wide，broad／narrow）、法語（large／etroit）、拉丁語（latus／angustus）、西班牙語（ancho／estrecho）、德語（breit、weit／schmal、eng）、俄語（sirokij／uzkij）、韓語（neolda／jopda）、日語（hiroi／semai）、泰語（kwang／khep）、印尼語（lebar／sempit）、越南語（rong／hep）、蒙古語（orgong／narjing）。

第一節 「WIDE / NARROW」基礎義

　　筆者查詢了 13 種語言「WIDE」與「NARROW」的對應詞在詞典或語料庫中的釋義，保留至少在兩種語言中存在的義項。經整合分析確定，「WIDE」共有 29 種不同但相關的語義，其中滿足要求的有 13 種，占總體的 45%，參見下

〔註1〕除漢語、英語外，其他各語言「WIDE / NARROW」義形容詞及例句均參照詞典規範轉寫為拉丁字母。

頁表 3.1。其餘的 15 種語義為某個語言「WIDE」義形容詞所獨有。〔註2〕而「NARROW」共有 21 種語義，其中滿足要求的有 15 種，占總體的 71%，參見下頁表 3.2。其餘的 6 種語義為某個語言「NARROW」義形容詞所獨有。〔註3〕

　　基礎義的框架都與空間相關，比如表 3.1 中的「橫向的距離大」和「有邊界的面積大」等意義。而引申義的框架是基礎義通過隱喻、轉喻等機制引申出來的，如表 3.1 中的「胸懷寬闊」和「眼界開闊」等，這些引申義與空間無明顯聯繫。由於詞典中並沒有對本章中的基礎義框架給出詳細的解釋和示例，筆者通過 13 種語言的語料庫找出對應本章基礎義框架的內容，整理出與「WIDE」與「NARROW」搭配的名詞，並對其基礎義進行驗證。之後又找到了這些組合中名詞指稱對象的典型特徵，進而由這些典型特徵組成了文中的框架。

表 3.1　各語言「WIDE」的語義清單〔註4〕

語言 語義		漢	泰	越	印尼	英①〔註5〕	英②〔註6〕	蒙	德①〔註7〕	德②〔註8〕	拉丁	俄	西	法	韓	日
基礎義	橫向的距離大	＋	＋	＋	＋	＋	＋	＋	＋	（＋）	＋	＋	＋	＋	＋	＋
	有邊界的面積大	＋	＋	＋		＋	＋	＋	（＋）	（＋）	＋	＋	＋	＋	＋	＋

〔註2〕 例如，德語形容詞「breit」有〈醉了〉義（er war vollkommen breit.「他完全醉了」）；德語「weit」有〈遠的，遙遠的〉義（der Weg dahin ist weit.〔定冠詞＋路＋那裏＋助動詞＋寬〕「到那裏去路途遙遠」）和〈高（程度），快（進展）〉義（wie weit seid ihr？〔什麼程度＋寬＋有＋你們〕「你們（這個項目）進展到什麼程度了？」）；法語有〈雄渾的；遒勁；渾厚的〉義（touche large.〔筆觸＋寬〕「遒勁的筆觸」）；俄語有〈手勢和腳步〉義（sirokij shag.〔寬＋步幅〕「步幅很大」）等。

〔註3〕 例如，印尼語有〈沒耐心的；脾氣爆的〉義（sempit hati.〔窄＋心胸〕）；德語「schmal」有〈薄〉義，（ein schmaler Band Gedichte.〔不定冠詞＋窄＋封皮＋詩集〕）「詩集的封皮很薄」）；法語有〈（繩子）繫緊〉義，（faire un noeud etroit.〔做＋一＋繩子＋窄〕）「把繩子綁緊了」）等。

〔註4〕 通過 13 種語言詞典的釋義可以看出「WIDE / NARROW」都有「橫向距離大小」的釋義，以這個釋義為基準找到各語言「WIDE / NARROW」對應的詞，比如英語「wide、broad」和「narrow」都包含「橫向距離」的釋義，同樣德語「breit、weit / schmal、eng」也都包含「橫向距離」的釋義。但法語「寬」對應的詞裏「spacieux」「vaste」不包含「橫向距離」只有面積的含義，所以不納入本書中。

〔註5〕 「①」表示英語的「wide」。

〔註6〕 「②」表示英語的「broad」。

〔註7〕 「①」表示德語的「breit」。

〔註8〕 「②」表示德語的「weit」。

		漢	泰	越	印尼	英	蒙	德①	德②	拉丁	俄	西	法	韓	日
	無邊際的面積大	+	+		+	+	+		+	+	+			+	+
	（身體）粗						(+)				(+)	+	+		
	（衣服等）寬鬆的	(+)			+				+	+	+	+	+		
	（衣袖等）寬大	+	+	+	+		+		+	+	+	+	+	+	+
	睜大的、全張開的		+	+	+				+	+	+		+		
引申義	範圍大的	+	+	+	+	+	+	+	+	+	+		+	+	+
	交際面廣	+	+	+	+		+	(+)	+	+			+	+	+
	胸懷寬闊	+	+	+		+	+	(+)	+	+			+	+	+
	眼界開闊	+	+	+	(+)	+	(+)	(+)	+	+			+	+	+
	寬裕、富餘	+									+		+		
	差距、缺口				(+)	+									

表3.2　各語言「NARROW」的語義清單

語言 / 語義		漢	泰	越	印尼	英	蒙	德① 〔註9〕	德② 〔註10〕	拉丁	俄	西	法	韓	日
基礎義	横向的距離小	+	+	+	+	+	+	+	+	+	+	+	+	+	+
	有邊界的面積小	+	+	+	+	+	+	+	+	+	+	+	+	+	+
	無邊界的面積小														
	（身體）細					+	(+)				+	+	+		
	（衣服等）緊的	(+)			+	+				+	(+)	+	+		
	（衣袖等）窄小	(+)	+	+	+	+	+			+	(+)	+	+	(+)	(+)

〔註9〕　「①」表示德語的「schmal」。

〔註10〕　「②」表示德語的「eng」。

引申義	（種類或數目）有限的、範圍小的	+	+	+	+	+	+	+	+	+	+	+	+	+
	交際面窄	+	+	+	+	+					+		+	+
	（心胸）不開闊	+	+	+	+	+	+	(+)	(+)	+	+	+	+	
	思想狹隘	+	+	+	+	+	+		+	(+)	+	(+)	+	(+)
	（生活）不寬裕	+			+		+		+	+	+	+	+	
	嚴格的；準確的							+			+	+		
	擠的、密集的		(+)					+		(+)	(+)			
	關係親密的							+		(+)	+	+		
	詳細；仔細				+	(+)								

　　以上兩個表中的「＋」代表該語言的詞典中有對應的意思，「（＋）」表示經過語料庫或母語者的調查核對後補充，留空表示無此對應的意思。下面用歐洲地區中的英語和亞洲地區中的漢語來說明文中的框架。

　　本章在英語語料庫以「wide、broad／narrow」這三個詞為檢索詞進行統計，我們從篩選得到的「wide、broad／narrow」的共 1000 條語料中發現，「wide」有 436 條表示基礎義，「broad」有 186 條表示基礎義，「narrow」有 378 條表示基礎義。其中與「wide、broad／narrow」搭配的名詞主要有四類：一類是道路類，如「馬路、街道、走廊、胡同、溝路」等，「wide」共有 186 條，約占其基礎義的 43%，「broad」共有 20 條，約占 11%，「narrow」共有 192 條，約占 51%；二類是身體部位類，在描述身體部位時，搭配身體部位有所不同，「wide」通常搭配與「眼睛、嘴、鼻子、額頭」等，共有 82 條，約占其基礎義的 19%。「broad」通常用於描述的身體部位為「背部、肩膀、胸膛」等，共有 54 條，約占 29%。「narrow」通常搭配的身體部位有「眼睛、肩膀、背部、胸膛」等，涵蓋了與「wide」和「broad」兩個詞相反的含義，共有 64 條，約占 17%；三類是家具類，如「門、黑板、沙發、書桌」等二維事物和三維事物，「wide」共有 108 條，約占其基礎義的 25%，「broad」共有 12 條，

約占 6%，「narrow」共有 76 條，約占 20%；四類是面積類，包含有邊界的面積和無邊界的面積，其中與房屋類搭配表示有邊界的面積，如「房間、廚房、客廳」等，「wide」共有 34 條，約占其基礎義的 8%，「broad」共有 24 條，約占 13%，「narrow」共有 46 條，約占 12%。而與開闊的表面搭配表示無邊界的面積，如「草原、平原、海洋」等，「wide」共有 26 條，約占其基礎義的 6%，「broad」共有 76 條，占 41%。

同樣通過漢語語料庫篩選得到的共 500 條「寬／窄」的語料中，「寬」有 129 條表示基礎義，「窄」有 95 條表示基礎義。其中，通常與「寬／窄」搭配的是道路、通道類事物，如「馬路、隧道、長廊、胡同」等，「寬」共 92 條，約占其基礎義的 70%，「窄」共 70 條，約占 74%；其次是帶狀物和身體部位類，如「褲帶、皮帶、肩膀、額頭、臉、手掌」等，「寬」共 24 條，約占其基礎義的 19%，「窄」共 20 條，約占 21%；然後是二維事物類「門、窗、屏幕、黑板」等，「寬」共 10 條，約占其基礎義的 8%，「窄」共 4 條，約占 5%；最後是三維事物類「床、沙發、書桌、凳子」等，「寬」共 3 條，約占其基礎義的 3%，「窄」共 1 條，約占 1%。

此外，我們對其他 11 種語言「WIDE／NARROW」的詞義也在語料庫中進行了檢索，得出了「WIDE／NARROW」通常描述事物的類型為「道路類、帶狀物類、身體部位類、家具類」等。

本書研究對象為空間維度形容詞，因此筆者採用三維空間座標系進一步描述「WIDE／NARROW」在主觀認知和客觀認知中描述的對象。在數學中，三維空間座標系是由 X 軸、Y 軸和 Z 軸組成的，分別代表三維空間的三個維度。如圖 3.1 所示，X 軸和 Y 軸組成了三維空間的水平方向平面 xy，而 Z 軸表示三維空間的垂直方向。本書採用大寫字母表示座標軸並使用兩個軸的小寫字母組合表示由兩個軸組成的平面，如 xy 是由 X 軸和 Y 軸組成的平面。

圖 3.1　三維空間座標系示意圖

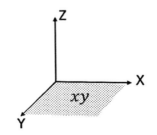

　　Bierwisch（1967）曾指出對「WIDE」與「NARROW」有兩種不同的理解，即考慮觀察者的方位和不考慮觀察者的方位兩種識別模式。〔註11〕我們認同他的觀點。他所提到的「觀察者」或「使用者」可以理解為本書中相對於人所處環境的方位軸。當考慮「觀察者」的方向時，「WIDE / NARROW」用「橫向維度」來度量，當不需要考慮「觀察者」的方向時，「WIDE / NARROW」以事物中各維度的比例大小來度量。描述對象在這種情況下通常放置於水平平面中，長度是這個描述對象最大的維度，寬度與長度在同一平面中並垂直於長度，是這個事物的最小的水平維度。「WIDE」與「NARROW」通常情況下形容事物的橫向距離大小，但「橫向」這個方位是由人的主觀認知決定的。通常人會把自身面對的方向視為前方，把自身背對的方向視為後方，把自身左邊方向視為左方，把自身右邊方向視為右方。人的前方和後方可以統一稱為縱向，而人的左方和右方可以統一稱為橫向。根據「WIDE / NARROW」的兩種識別模式，筆者把這兩種識別模式分別定義為「基於人為判斷的主觀認知」和「基於事實的客觀認知」。

　　在「基於人為判斷的主觀認知」中，無論當前維度是否為事物最小的水平維度，「WIDE / NARROW」都形容以人的視線為中心，向左右兩邊延展的橫向距離的大小，如「WIDE / NARROW」形容屏幕時表示屏幕中橫向距離的大小，此時橫向的維度是屏幕的最大水平維度。在「基於人為判斷的主觀認知」的示意圖（圖 3.2）中，圖 3.2（a）表示觀測者從 Y 軸觀察垂直放置於三維座標系中的 *xz* 平面，X 軸表示人主觀認知的橫向距離，Z 軸表示平面中最小的維度，「WIDE / NARROW」形容的是平面在 X 軸上的距離。圖 3.2（b）表示觀測者從 Y 軸觀察水平放置於三維座標系中的 *xy* 平面，X 軸既表示人主觀認知的橫向距離也表示平面中最小的水平維度，「WIDE / NARROW」形容的是平面中 X 軸上的距離。

〔註11〕Bierwisch, *Some semantic universals of German adjectivals*. Foundations of Language 3, 1967, pp. 18.

圖 3.2　基於人為判斷的主觀認知的示意圖

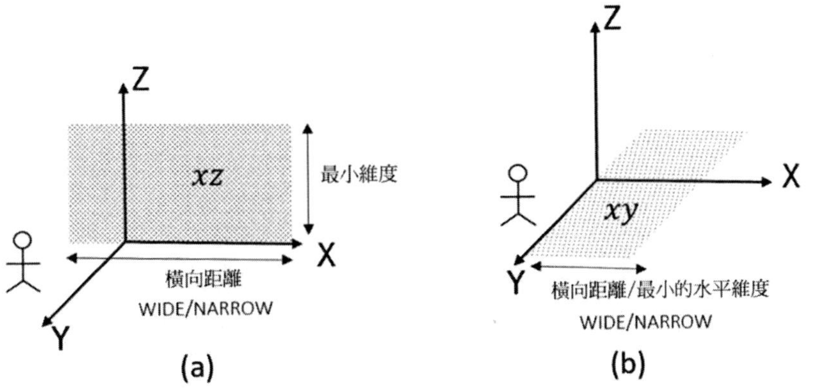

在基於事實的客觀認知中，「WIDE／NARROW」表示的是事物中最小的水平維度，如「WIDE／NARROW」形容皮帶時，表示的是皮帶中最小的水平維度的長短。在基於事實的客觀認知的示意圖 3.3 中，把描述對象平面 xy 水平放入三維空間座標系中，觀測者從任意位置觀察事物時，「WIDE／NARROW」始終形容這個事物中最小的水平維度。圖 3.3（a）表示 xy 平面水平放置於三維座標系中，觀測者從 Y 軸進行觀察，X 軸既表示人主觀認知的橫向距離也表示平面中最小的水平維度，「WIDE／NARROW」形容的是平面在 X 軸上的距離。圖 3.3（b）表示 xy 平面水平放置於三維座標系中，觀測者從 X 軸進行觀察，Y 軸表示人主觀認知的橫向距離，X 軸表示平面中最小的水平維度，「WIDE／NARROW」形容的是平面在 X 軸上的距離。

圖 3.3　基於事實的客觀認知的示意圖

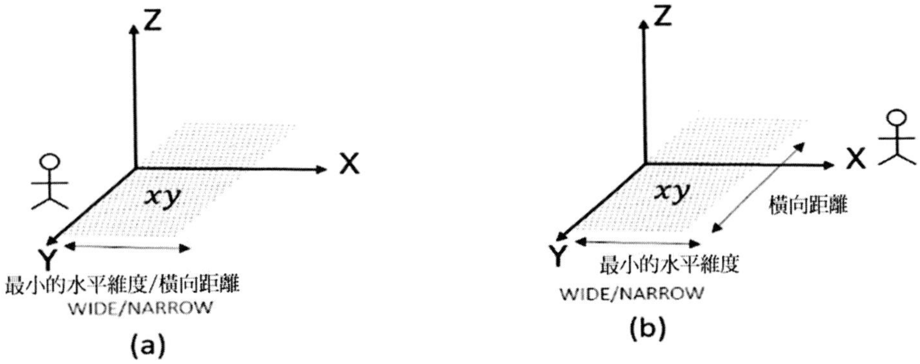

接下來，我們將基於「WIDE／NARROW」的這兩種識別模式並結合 MLexT 理論進一步研究「WIDE／NARROW」的基礎義。通過查找相關語料庫，本書基於 MLexT 理論總結出與「WIDE／NARROW」空間特性相關的六個參數，分別為：對象的維度、對象的形狀、度量的方式、維度在空間中的方

向、內部度量或外部度量、是否有邊界。這六個參數體現了「WIDE／NARROW」描述對象的語義特徵。

下面我們將對這些參數進行詳細說明。

一、參數

「WIDE」和「NARROW」的基礎義是「空間中橫向的距離大小」，根據事物的空間特性可以歸納出六個參數，這六個參數又可以依照一定的邏輯組合出八種框架。

（一）對象的維度

三維空間中的事物形狀可以使用三個維度來描述，線條狀事物是一維的，平面狀事物是二維的，立體事物是三維的。伍瑩（2011）指出「WIDE」和「NARROW」在空間維度中必須依賴於另外一個維度，可以是對象的長度也可以是對象的高度。[註12] 所以在實際使用中「WIDE」和「NARROW」可以形容二維事物或三維事物，但不能形容一維事物。如「WIDE／NARROW」可以形容道路，道路可以被看作是一個二維的平面，它的主要功能是供人和車輛通過，所以在水平方向上的延展，即長度，是最被人注意的維度，之後才是道路的寬度。在道路這個場景中，寬度依賴於長度。再如「WIDE／NARROW」可以形容窗戶，窗戶也可以看作是一個二維的平面，它的主要功能是透過窗戶看到外邊的景色。因為窗戶通常是垂直的平面，而人又是垂直站立的，所以通常會最先注意到窗戶的高度，之後才是窗戶的寬度。在窗戶這個場景中，寬度依賴於高度。

（二）對象的形狀

在空間中的事物都具有一定的形狀，本研究通過詞典和語料庫分析了大量「WIDE／NARROW」搭配的對象發現「WIDE／NARROW」形容的事物通常為平面。我們按這些平面所在事物的形狀將它們分成以下幾類：長方形的平面、三維事物中突顯的平面、圓柱形或半圓柱形突顯的截面、任意形狀的平面。「WIDE／NARROW」最常搭配的是二維事物的長方形平面，如道路、

[註12] 伍瑩：《現代漢語空間維度形容詞語義系統研究》，博士學位論文，武漢大學中文系，2011 年，第 58 頁。

通道、橋面。三維事物在空間中至少有三個軸，當「WIDE / NARROW」搭配三維事物時，形容的對象是這個三維事物中一個突顯的平面。例如，三維事物特指圓柱形或半圓柱形時，形容的對象是這個圓柱形或半圓柱形中突顯的截面。「WIDE / NARROW」還可以形容事物所佔據的面積，這個面積是以人的觀察點為中心向四周擴散的任意形狀的平面。下面分別具體介紹「WIDE / NARROW」所描述對象的形狀。

1. 長方形的平面

長方形的兩個邊可以明顯區分出大小，較長的邊被認為是長度，較短的邊被認為是寬度。在基於事實的客觀認知中，「WIDE / NARROW」總是形容最小的水平維度，如皮帶、布條等帶狀事物，這些事物總是明顯地有一邊長，而另一邊短，人們用「WIDE / NARROW」來形容最短的一邊。如下圖 3.4 所示。

圖 3.4　皮帶在三維空間座標系中的示意圖

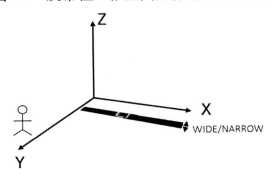

而在基於人為判斷的主觀認知中，「WIDE / NARROW」還可以形容長方形中面向觀測者的橫向的距離。如當人們面對屏幕時無論橫向的距離在實際長度上是否小於垂直的距離，通常都會把屏幕的橫向距離認為是屏幕的寬度。如下圖 3.5 所示。

圖 3.5　屏幕在三維空間座標系中的示意圖

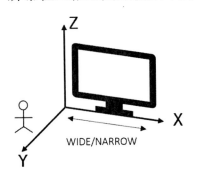

2. 三維事物中突顯的平面

「WIDE／NARROW」可以形容三維事物中突顯的一個平面的橫向距離。如沙發可以看作是一個長方體，為方便人們落座，它突出的一個面為朝上的凹下去的面。「WIDE／NARROW」可以形容這個凹下去的平面的橫向距離，如圖 3.6（a）所示，人在 Y 軸進行觀測，則 X 軸表示沙發凹下去的平面的橫向距離。如圖 3.6（b），橫向距離是基於人為判斷的主觀認知，那麼當人在 X 軸進行觀測時，Y 軸就會表示沙發凹下去的平面的橫向距離。

圖 3.6　沙發在三維空間座標系中的示意圖

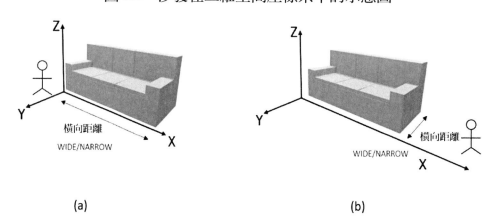

再如茶几也可以看作是一個長方體，其朝上的一個面凸起以提供給人們擺放東西，這個凸起的平面是茶几中突顯的一面。「WIDE／NARROW」可以形容這個凸起平面的橫向距離。如圖 3.7（a）所示，人站在 Y 軸的方向上進行觀測，則 X 軸表示茶几凸起平面的橫向距離。如圖 3.7（b）所示，當人站在 X 軸的方向上進行觀測時，Y 軸就會表示茶几凸起平面的橫向距離。

圖 3.7　茶几在三維空間座標系中的示意圖

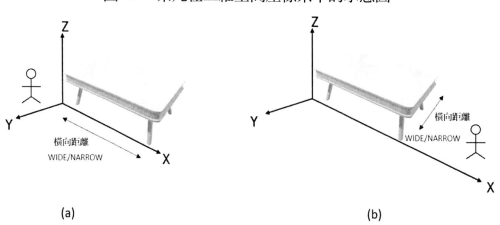

　　而人臉上的鼻子也可以看成從圓形的臉上凸起的部分，也可以用「WIDE」與「NARROW」來形容。如圖 3.8 所示，人在 Y 軸進行觀測，則 X 軸表示鼻子凸起平面的橫向距離。通常人們都會從身體的正面觀察人臉，因此在實際使用場景下「WIDE／NARROW」不會出現從 X 軸進行觀測的情況。

圖 3.8　鼻子在三維空間座標系中的示意圖

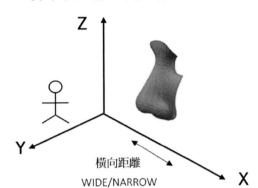

3. 圓柱形或半圓柱形的截面

　　圓柱形或半圓柱形突顯的面是它們的截面，「WIDE／NARROW」可以形容它們的截面。通常圓柱形或半圓柱形不能用「WIDE／NARROW」形容，如「筆」「柱子」「燈管」「瓦片」等。但「WIDE／NARROW」可以形容圓柱形或半圓柱形截面直徑的大小。人們通常觀測圓柱形或半圓柱形時會首先注意水平的距離，因此它們的截面是突顯的面，突顯截面的直徑也是截面上突顯的水平維度，如「井口」「洞口」「隧道」等。「井口」和「洞口」都可以看作是圓柱形的一面凹陷下去形成的入口，如圖 3.9 所示，人在 Y 軸上從井口的外邊觀測，X 軸則是截面的直徑，也是截面突顯的水平維度。

圖 3.9　井在三維空間座標系中的示意圖

而「隧道」可以看作是半個圓柱形，它突出的面是作為其入口的截面，如圖 3.10 所示，人站在 Y 軸上從隧道外邊觀測，X 軸則是截面最小的水平維度，即截面的直徑。這些凹陷截面的直徑都可以使用「WIDE／NARROW」來形容。

圖 3.10　隧道在三維空間座標系中的示意圖

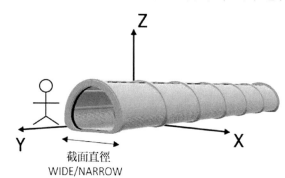

4. 任意形狀的平面

當人們觀察某些開闊或封閉的事物時，如「平原」「草原」「操場」，會以立足點為中心向四周觀察，在頭腦中建立一個平面，「WIDE／NARROW」可以形容以立足點為中心建立的平面的面積大小。這個平面的形狀取決於人的主觀認知，可以是方形也可以是圓形，或是一個不規則的形狀。如圖 3.11 所示，當人們立足於 X 軸、Y 軸和 Z 軸的交匯點向四周觀察，並在頭腦中建立一個由 X 軸和 Y 軸組成的 xy 平面時，「WIDE／NARROW」形容的就是這個平面的面積大小。

圖 3.11　「WIDE／NARROW」形容平原時在三維空間座標系　　　　中的示意圖

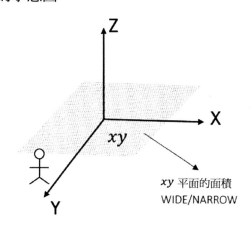

（三）度量的方式

由上文得知「WIDE / NARROW」的基礎義為橫向的距離，也是「WIDE / NARROW」形容事物時最常用的維度，另一個常用的維度是「WIDE / NARROW」形容事物中最小的水平維度。當「WIDE / NARROW」形容圓柱形或半圓柱形的截面時，截面的直徑也可以看成是水平的維度。事物的橫向距離、最小的水平維度和截面的直徑度量的都是一維線形的量，橫向距離度量的是觀察者左右兩邊點到點的距離，最小的水平維度則是度量三個維度中最小的一個維度，而直徑是截面中心到兩端的直線距離，三者在度量時都只涉及一維的值。「WIDE / NARROW」還可以用於度量面積，面積在三維空間中涉及兩個維度的值，所以在空間中面積表示為二維的量。伍瑩（2011）系統地闡述了「WIDE / NARROW」在形容事物的橫向距離和最小的水平維度時的語用，但對於「WIDE / NARROW」形容面積義，論文並沒有給出明確的解釋，我們將在框架說明中對這一點進行詳細闡述。〔註13〕

（四）維度在空間中的方向

三維空間座標系中的三個軸可以組成兩個方向，即水平方向和垂直方向。「WIDE / NARROW」描述的對象可以是處在水平方向的，如地毯，也可以是處在垂直方向的，如黑板。如圖 3.12 所示，在三維空間座標系中由 X 軸和 Y 軸組成了水平方向的平面 *xy*，Z 軸與平面 *xy* 垂直，因此通常事物在 X 軸和 Y 軸上的距離被認為是水平方向，而在 Z 軸上的距離被認為是垂直方向。

圖 3.12 「WIDE / NARROW」形容的對象在三維空間座標系中方向的示意圖

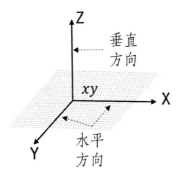

〔註13〕伍瑩：《現代漢語空間維度形容詞語義系統研究》，博士學位論文，武漢大學中文系，2011 年，第 57 頁。

（五）內部度量或外部度量

如果「WIDE／NARROW」描述的是三維事物，那麼「WIDE／NARROW」既可以描述外部的情況，也可以描述內部的情況。人們通常觀察的都是事物的外部，所以大部分情況下「WIDE／NARROW」描述的都是事物外部的橫向距離或最小的水平維度，如「鼻子」「隧道」等。在一些情況下，「WIDE／NARROW」也會被用於描述事物內部最小的水平維度，如「裙子」「鞋」「褲腿」等，這些對象基本都是可以穿戴在人身上的物品，人感受到這些物品的內部空間。

（六）是否有邊界

這裡的邊界是指人眼所能看到的邊界。事物自身的邊界和人眼所能看到的邊界並不相同。事物自身的邊界是事物在空間中實際存在的邊界，這個邊界可能在人的視線範圍內，如「床」，也可以在人的視線範圍外，如「草原」。我們把邊界在人視線範圍內的事物定義為「有邊界」，把邊界在人視線範圍外的事物定義為「無邊界」。

二、框架

以上六個參數按照一定的邏輯可以組合出「WIDE／NARROW」的框架，如表3.3所示：

表3.3 「WIDE／NARROW」基礎義的參數和框架表

參數　　框架	對象的維度	對象的形狀	度量的方式	維度在空間中的方向	內部度量或外部度量	是否有邊界
二維平面的橫向距離 道路〔註14〕	二維	長方形的平面	橫向距離	水平	無	有
二維平面最小的水平維度或二維垂直面的橫向距離 皮帶／屏幕	二維	長方形的平面	最小的水平維度或橫向距離	水平或垂直	無	有
三維事物中突顯平面的橫向距離 鼻子	三維	具有一個突顯表面的三維事物	橫向距離	水平或垂直	外部	有

〔註14〕表3.3中每個框架下面舉了一個屬於這個框架裏的典型的例詞。

圓柱形突顯截面內部的直徑 褲腿	三維	圓柱形突顯的截面	截面的直徑	水平或垂直	內部	有
無邊界的平面的面積 草原	二維	任意	面積	水平	無	無
有邊界的平面的面積 房間	三維	任意	面積	水平	內部	有
有邊界的垂直面的面積 嘴	三維	任意	面積	垂直	外部	有
身體部位的截面的面積 腰	三維	圓柱形突顯的截面	面積	水平或垂直	外部	有

下面對各個框架做詳細的說明。

（一）二維平面的橫向距離

「WIDE／NARROW」最常搭配的事物是二維平面，用來形容這個平面在朝向觀測者一側的橫向距離的長短，如「道路」「街道」「走廊」「胡同」「河流」等。這些對象都具有連接並讓人或交通工具通過的功能，所以觀察方向與人、物通過的方向相同。「WIDE／NARROW」則描述與通過方向垂直的橫向距離。

（1）英語：We　turned into a　big　**wide**（**broad**）／**narrow**　road.
　　　　　　我們　　轉　入　一　大　　　寬　　　窄　　　路
　　　　我們轉入一條寬闊／狹窄的馬路。

（2）法語：passer　par　un　couloir **large**／**etroit**
　　　　　穿過　介詞　一　走廊　　寬　　窄
　　　　穿過寬闊／狹窄的走廊。

（3）印尼語：Jalan itu **lebar**／**sempit**.
　　　　　　道路　這　寬　　窄
　　　　道路很寬／窄。

（4）德語：a.　ein　　**breiter**〔註15〕／**schmale**〔註16〕　gang.
　　　　　不定冠詞　　寬　　　　　　窄　　　　　走廊
　　　　走廊很寬／窄。

〔註15〕德語「breit」的活用形。
〔註16〕德語「schmal」的活用形。

b. die　　**weiter**〔註17〕 / **enge**〔註18〕　straza.

　　定冠詞　　　寬　　　　窄　　　道路

道路很寬／窄。

「WIDE／NARROW」不僅能形容二維平面的橫向距離，還可以形容圓柱形或半圓柱形突顯截面外部的直徑。如圖 3.13 所示，可以把圓柱形或半圓柱形突顯截面外部的直徑看成二維平面上的橫向距離。「下水道」「山洞」「水管」等都可以視為圓柱形事物。

圖 3.13　把圓柱形中突顯截面外部的直徑當作是二維平面的橫向距離的示意圖

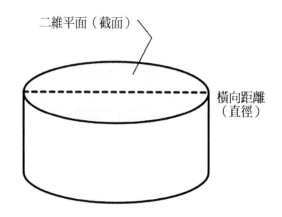

（5）拉丁語：Cuniculus **latus** / **angustus**.

　　　　　　　 隧道　　寬　　　窄

隧道很寬／窄。

（6）英語：　The　　ditch was so **wide**（**broad**）/ **narrow**.

　　　　　定冠詞　溝　是　真　　　寬　　　　窄

這個溝真寬／窄。

（7）西班牙語：cueva　　**ancho** / **estrecho**.

　　　　　　　 洞窟　　　寬　　　窄

洞窟很寬／窄。

（8）日語：gesuido　　ga　**hiroi** / **semai**.

　　　　　下水道　格助詞　寬　　窄

下水道很寬／窄。

〔註17〕德語「weite」的活用形。
〔註18〕德語「eng」的活用形。

（9）德語： die hohle **breit**（**weit**）／**schmal**（**eng**）．

定冠詞 洞窟 寬 窄

洞窟很寬／窄。

同樣，衣服中開口的部位，如「領口」「袖口」「褲腿口」也可以看成是一個圓柱形的內凹截面。「WIDE／NARROW」也與這些衣服中的「口子」搭配形容截面的直徑大小。如圖 3.14 所示，「WIDE／NARROW」可以形容衣服袖口從外部度量的直徑大小。

圖 3.14 「WIDE／NARROW」形容衣服袖口從外部度量的示意圖

具體例句如下：

（10）越南語：ong tay ao rong／hẹp.

口 袖 寬 窄

袖口很寬／窄。

（11）日語：Sode haba no hiroi／semai koto.

袖 筒 格助詞 寬 窄 外套

袖筒寬／窄的外套。

（12）泰語：Seux khx kwang／khep.

領口 寬 窄

寬／窄的領口。

（二）二維平面最小的水平維度或二維垂直面的橫向距離

在某些實際情景中，無論平面在水平方向還是垂直方向，人們都是從客觀認知上理解「WIDE／NARROW」描述的維度，即最小的水平維度，如帶狀物「皮帶」「鞋帶」「綢帶」等和身體部位「肩膀」「後背」「臉」「眼皮」「手掌」

等。

（13）英語：She wore a wide（broad） / narrow belt round her waist.

　　　　　　她　戴了　一　　　寬　　　窄　腰帶　間　他的　腰

　　她腰間繫著一條寬 / 窄腰帶。

（14）法語：ceinture large / etroit.

　　　　　　腰帶　　寬　　窄

　　腰帶寬 / 窄。

（15）西班牙語：cinta ancho / estrecho.

　　　　　　綢帶　寬　　　窄

　　綢帶寬 / 窄。

（16）蒙古語：gutlyn udees orgong / narjing.

　　　　　　鞋　帶　　　寬　　窄

　　鞋帶寬 / 窄。

（17）泰語：lai　kwang / khep.

　　　　　　肩膀　寬　　窄

　　寬 / 窄的肩膀。

（18）西班牙語：El ancho / estrecho　de　　espalda.

　　　　　　他　寬　　窄　定冠詞　背

　　他的背很寬 / 窄。

（19）德語：breite〔註19〕 / schmale〔註20〕　Gesicht.

　　　　　　寬　　　　窄　　　　臉

　　臉寬 / 窄。

「WIDE / NARROW」還可以與二維垂直平面的事物搭配，用來描述這個平面在朝向觀測者一側的橫向距離的長短，如「屏幕」「黑板」「門」「窗戶」等。

（20）俄語：sirokij / uzkij ekran.

　　　　　　寬　　窄　屏幕

　　很寬 / 窄的屏幕。

（21）日語：Kokuban　ga　　hiroi / semai.

　　　　　　黑板　格助詞　寬　　窄

　　黑板很寬 / 窄。

〔註19〕德語「breit」的活用形。
〔註20〕德語「schmal」的活用形。

（22）德語： Die Fenster　in diesem Haus sind breit / schmal.

　　　　　　　定冠詞 窗戶 介詞　那　　家　有　寬　　窄

那家的窗戶很寬 / 窄。

（23）越南語：Cua so rong / hẹp qua！

　　　　　　　窗戶　　寬　　窄　很

窗戶很寬 / 窄。

（24）英語：She crossed to　　the　wide（broad）window and looked out.

　　　　　　她　走到 介詞 定冠詞　　寬　　　窗子 連詞　看　外

她走到寬寬的窗子前朝外看。

（25）韓語：neolbeun〔註21〕/ jobeun〔註22〕　mun.

　　　　　　　　寬　　　　　窄　　　門

寬 / 窄門。

（三）三維事物中突顯平面的橫向距離

「WIDE / NARROW」也可以形容三維立體事物，但被形容的事物都具有明顯的特徵，即具有一個突顯的表面，如身體部位「鼻子」「額頭」「臀部」等。這些身體部位可以視為一個具有突顯表面的三維事物，與上面被視為平面的「肩膀」等有明顯的區別。

（26）英語：He has a round face, a wide / narrow nose, and brown eyes.

　　　　　　他 有 一　圓　臉 一 寬　　窄 鼻子 和　棕色 眼睛

他有一張圓臉，寬鼻子和棕色眼睛。

（27）俄語：sirokij / uzkij lob.

　　　　　　　寬　　窄 額頭

寬 / 窄額頭。

（28）越南語：mong rong / hẹp.

　　　　　　　臀部 寬　窄

臀部很寬 / 窄。

（29）韓語：geunyeoneun ima　ga　　neolda / jopda.

　　　　　　　她的　　額頭 格助詞　寬　　窄

她的額頭很寬 / 窄。

〔註21〕韓語「neolda」的活用形。
〔註22〕韓語「jopda」的活用形。

　　「WIDE ／ NARROW」還可以與家具類「沙發」「床」「凳子」「茶几」等搭配。比如可以把「沙發」「長凳」看作是長方體中間凹下去的一個方便人們坐下的平面，這個凹下去的平面是這些事物中突顯的平面，而「茶几」放在地面上，高於地面以供人們擺放東西的平面是「茶几」中突顯的平面。前面提到，根據人的主觀認知判斷，從不同的角度觀察會得出不同的橫向距離，如從茶几、沙發和凳子的四周觀察，無論它們的突顯表面維度的實際長短如何，「WIDE ／ NARROW」都是形容人們面向它們時橫向的距離。

（30）德語：Hier ist ein breite〔註23〕 ／ schmale〔註24〕　das Sofa.

　　　　　　這裡 有 一　　　　寬　　　　窄　　　　　沙發

　　　　　這裡有一張很寬／窄的沙發。

（31）韓語：neolbeun〔註25〕 ／ jobeun〔註26〕　chimdae leul　olmgida.

　　　　　　　　寬　　　　　　窄　　　　　床　格助詞　挪

　　　　　把寬大／狹窄的床挪一下。

（32）英語：She is reading　a　book sitting on　　a　　**wide ／ narrow**

　　　　　　她 在 讀 不定冠詞 書　坐 介詞 不定冠詞　　寬　窄

　　　　　bench　in　the　　park.

　　　　　凳子　介詞 定冠詞　公園

　　　　　她坐在公園裏寬寬／窄窄的凳子上讀書。

（四）圓柱形突顯截面內部的直徑

　　當「WIDE ／ NARROW」形容三維事物的突顯截面時，既可以從外部度量，如上文中提到的「隧道」「下水道」「洞口」「管口」，也可以從內部度量三維事物截面的直徑，如「褲子」「裙子」「鞋」「襪子」等，通常這些對象都被人們穿在身上，所以人們會比較在意事物的內部寬度，同時這些事物通常被認為是一個圓柱形，如衣服的胸圍和腰圍、鞋子和襪子的前部，並且它們也都具有一個突顯的截面，即使人的身體部位能夠進入其中的「口子」。「WIDE ／ NARROW」形容的是從事物的突顯截面向內測量的直徑。

〔註23〕德語「breit」的活用形。
〔註24〕德語「schmal」的活用形。
〔註25〕韓語「neolda」的活用形。
〔註26〕韓語「jopda」的活用形。

圖 3.15 「WIDE / NARROW」形容內部度量的示意圖

內部度量（衣服的胸圍）

如圖 3.15 所示，同樣是衣服上的「口子」，「WIDE / NARROW」形容衣服的袖口時是從衣服的外部來度量袖子截面的直徑，而「WIDE / NARROW」形容衣服的胸圍時是從衣服的內部來度量衣服是否合身。

（33）英語：Wear wide / narrow leg pants.

　　　　　　穿　　寬　　窄　　腿　　褲

　　　　穿褲腿寬鬆 / 緊身一點的褲子。

（34）西班牙語：vestido ancho / estrecho.

　　　　　　連衣裙　　寬　　窄

　　　　寬鬆 / 緊身的連衣裙。

（35）越南語：giay rong / hep.

　　　　　　鞋　寬　窄

　　　　鞋很大 / 小。

（五）無邊界的平面的面積

當「WIDE」修飾開闊的平面時，某些語言可以表示這個平面的面積的大，如「草原」「平原」「田野」「大海」等。這些對象的邊界往往超出人們的視線範圍，可以視為無邊界的平面。在漢語中「寬」不能用來獨立形容無邊界的平面的面積，而需搭配「寬」的下位詞使用，如「寬闊」「寬廣」等，或者其他合成詞「廣闊」「廣大」「遼闊」等。該框架在大多數語言中，只能用「WIDE」來形容，不能用「NARROW」。

（36）英語：the wide（broad）plains of the West.
　　　　　定冠詞　　　寬　　　　平原　介詞　定冠詞　西部

西部廣闊的平原。

（37）蒙古語：orgong　tal.
　　　　　　　寬　　田野

廣闊的田野。

（38）拉丁語：latissimae〔註27〕 solitudines.
　　　　　　　寬　　　　　　　　原野

遼闊的原野。

（39）俄語：sirokij ocean.
　　　　　　寬　　海洋

廣闊的海洋。

（六）有邊界的平面的面積

在一些特定場景下，「WIDE／NARROW」還可以形容一些有邊界的平面的面積大小，這些對象的邊界都在人們的視線範圍內，如房屋類「房間」「客廳」「公寓」「庭院」「陽臺」「船艙」「候車室」等。當人們觀測這些房屋類事物的面積時，通常會從它的內部進行度量。

（40）印尼語：kamarnya lebar／sempit kecil.
　　　　　　　房間　　寬　　窄　很

房間很寬／窄。

（41）法語：la chambre est large／etroit.
　　　　　　這　屋子　是　寬　　窄

這間屋子很寬／窄。

（42）日語：niwa　　ga　hiroi／semai.
　　　　　　庭院　格助詞　寬　窄

庭院很寬／窄。

（七）有邊界的垂直面的面積

有一些語言裏，「WIDE」可以形容（眼睛）睜大的和（嘴）張開，如德語、英語、俄語、法語、拉丁語、泰語、越南語。當眼睛睜開或嘴張開時，眼睛和

〔註27〕拉丁語「latus」的活用形。

嘴就會在臉部佔據一定範圍，而臉通常可以看成一個垂直面，「WIDE」則形容這個範圍在垂直面上的面積大小。

（43）德語：vor　uberraschung blieb sein mund weit offen.

　　　　　　介詞　　驚訝　　著　他　嘴　寬　開

　　　　他驚訝得張大了嘴巴。

（44）英語：She stared　at　him with wide eyes.

　　　　　　她　　瞪　介詞　他　介詞　寬　眼睛

　　　　她睜大了眼睛瞪他。

（45）俄語：sirokij raskrytymi glazami.

　　　　　　寬　　　睜　　　　眼睛

　　　　睜大雙眼。

（46）法語：ouvrir une large bouche.

　　　　　　開　一　寬　嘴

　　　　張開一張大嘴。

（47）拉丁語：latus ore tango caseus.

　　　　　　　寬　嘴　吃　奶酪

　　　　張開嘴吃奶酪。

（48）泰語：xa pak kwang tem.

　　　　　　嘴　開　寬　全

　　　　嘴張開。

（49）越南語：ngap　rong mieng ra.

　　　　　　　打哈氣 寬　嘴　著

　　　　張著嘴打哈氣。

（八）身體部位的截面的面積

在法語、西班牙語、德語、俄語中，「WIDE / NARROW」可以形容身體部位截面的面積大小，如「腰」「骨頭」等。在蒙古語只能用「NARROW」來形容身體部位的截面的面積小。

（50）法語：Il　a　une　taille　large / etroit.

　　　　　　他 有 一　腰　　寬　窄

　　　　他的腰很粗 / 細。

（51）西班牙語：tener　las　caderas anchas〔註28〕 / estrecha〔註29〕.

　　　　　　　　　有 人稱代詞　腰　　　寬　　　　　窄

腰很粗 / 細。

（52）德語：　Die　Knochen sind breit / schmal.

　　　　　定冠詞　　骨頭　有 寬　　　窄

骨頭很粗 / 細。

（53）俄語：sirokij / uzkij taliya.

　　　　　　寬　　窄　腰

腰很粗 / 細。

（54）蒙古語：belkhuus narjing.

　　　　　　　　腰　　　　窄

腰很細。

三、「WIDE / NARROW」基礎義語義地圖的構建

　　下面根據語義地圖模型的連續性假說，逐步構建「WIDE / NARROW」的概念空間。

　　第一步：在我們所考察的 13 種語言中，「WIDE / NARROW」都可以描述「二維平面的橫向距離」和「圓柱形或半圓柱形突顯截面的外部直徑」。圓柱形或半圓柱形突顯截面可以看作是一個二維平面，截面外部的直徑則可以看成平面中的橫向距離，所以我們將「二維平面的橫向距離」這個框架作為起始節點。

1. 二維平面的橫向距離

　　第二步：「WIDE / NARROW」可以描述兩種空間義，一種是描述二維空間的長度，即維度義，如馬路很寬 / 窄，另一種是描述事物覆蓋的面積，即面積義，如客廳很寬 / 窄。因此「二維水平的橫向距離」表示維度義，而「有邊界的平面的面積」表示面積義。我們考察的 13 種語言裏 12 種語言的「WIDE / NARROW」既可以描述「二維平面的橫向距離」也可以描述「有邊界的平面的面積」，唯獨印尼語「WIDE」只能描述「二維平面的橫向距離」。所以我們將這兩個框架分別作為獨立的節點排列如下：

〔註28〕西班牙語「ancho」的活用形。
〔註29〕西班牙語「estrecho」的活用形。

2. 二維平面的橫向距離——有邊界的平面的面積

第三步：「WIDE／NARROW」有兩種識別模式，一種是基於人為判斷的主觀認知，另一種是基於事實的客觀認知。橫向距離的度量方式屬於基於人為判斷的主觀認知，而最小的水平維度屬於基於事實的客觀認知。因此「WIDE／NARROW」既可以描述「二維平面的橫向距離」也可以描述「二維平面最小的維度」。同時「WIDE／NARROW」還可以描述二維垂直面。13 種語言中大部分語言都可以描述「二維平面最小的維度或二維垂直面的橫向距離」這個框架，只有德語「weit／eng」不能描述。因此我們將「二維平面最小的維度或二維垂直面的橫向距離」作為獨立的節點排列如下：

3. 二維平面的橫向距離——二維平面最小的維度或二維垂直面的橫向距離

第四步：具有突顯表面的三維事物可以看作是具有高度的二維平面，所以「WIDE／NARROW」不僅可以描述二維平面的橫向距離還可以描述三維事物中突顯平面的橫向距離。13 種語言中大部分語言都可以描述「三維事物中突顯平面的橫向距離」這個框架，只有德語「weit／eng」和英語「broad」不能描述。因此我們將「三維事物中突顯的平面的橫向距離」作為獨立的節點排列如下：

4. 二維平面的橫向距離——二維平面最小的維度或二維垂直面的橫向距離——三維事物中突顯平面的橫向距離

第五步：在大部分歐洲語言和亞洲語言的漢語、越南語和印尼語中，當「WIDE／NARROW」描述圓柱形突顯截面的直徑時，既可以從外部度量圓柱形突顯截面的直徑，也可以從內部度量。但德語「breit／schmal」，英語「broad」和大部分亞洲語言只能從外部度量圓柱形突顯截面的直徑。因此，我們將「圓柱形突顯截面內部的直徑」作為獨立的節點排列如下：

5. 二維平面的橫向距離——圓柱形突顯截面內部的直徑

第六步：「WIDE／NARROW」既可以形容有邊界的平面的面積，還可以形容無邊界的平面的面積。亞洲語言的韓語、日語、蒙古語和歐洲語言的拉丁語、俄語、英語「WIDE」都可以描述「無邊界的平面的面積」這個框架。德語「WIDE」對應的「weit」也可以描述框架「無邊界的平面的面積」但「breit」不可以描述。所有語言的「NARROW」都不能描述「無邊界的平面的面積」。

因此，我們將「無邊界的平面的面積」作為獨立的節點排列如下：

6. 有邊界的平面的面積——無邊界的平面的面積

第七步：「WIDE／NARROW」根據平面的方向可以從形容有邊界的平面的面積擴展到形容有邊界的垂直面的面積。亞洲語言的泰語、越南語和歐洲語言的拉丁語、俄語、法語「WIDE」都可以描述「有邊界的垂直面的面積」。英語「WIDE」對應的「wide」和德語「WIDE」對應的「weit」可以描述框架「無邊界的平面的面積」，但英語「WIDE」對應的「broad」和德語「WIDE」對應的「breit」不可以描述。所有語言的「NARROW」都不能描述「有邊界的垂直面的面積」。因此，我們將「有邊界的垂直面的面積」作為獨立的節點排列如下：

7. 有邊界的平面的面積——有邊界的垂直面的面積

第八步：「WIDE／NARROW」不僅可以形容二維平面的面積，還可以形容三維事物截面的面積，如身體部位「腰」和「手指」的截面面積。13 種語言中大部分亞洲語言的「WIDE／NARROW」都不能描述「身體部位的截面的面積」這個框架，只有蒙古語「NARROW」可以描述。而大部分歐洲語言的「WIDE／NARROW」能夠描述「身體部位的截面的面積」，只有拉丁語和英語的「WIDE／NARROW」不能描述。因此，我們將「身體部位的截面的面積」作為獨立的節點排列如下：

8. 有邊界的平面的面積——身體部位的截面的面積

通過分析語言數據，我們構擬出了「WIDE／NARROW」語義地圖，如圖 3.16 所示：

圖 3.16 「WIDE／NARROW」的基礎義語義地圖

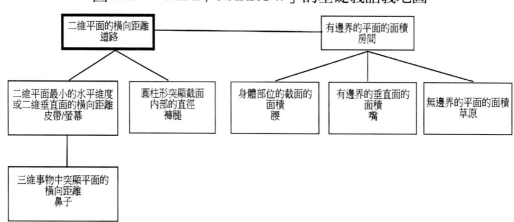

（一）漢語「寬／窄」的基礎義

漢語「寬／窄」的基礎義語義地圖，如圖 3.17 所示。

圖 3.17 漢語「寬／窄」的基礎義語義地圖

―――― 寬 ‥‥ 窄

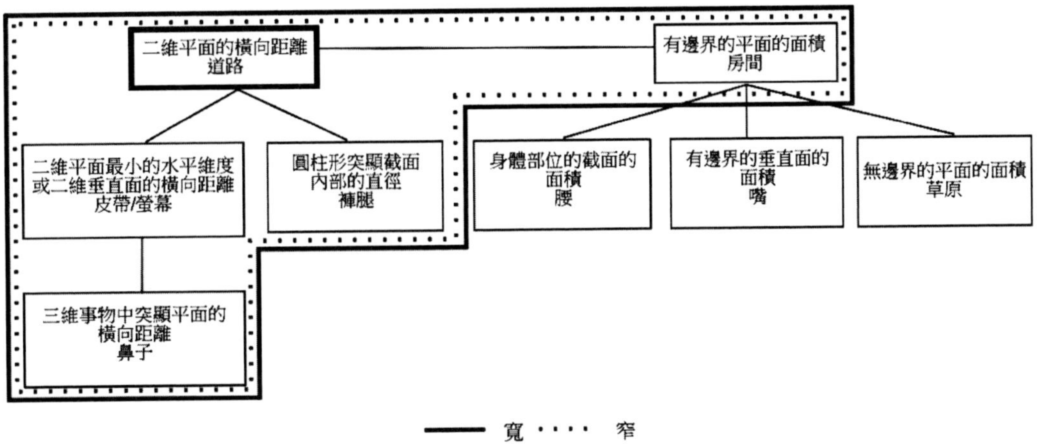

漢語「寬／窄」能覆蓋除「無邊際的平面的面積」「有邊界的垂直面的面積」和「身體部位的截面的面積」以外的其他框架。

具體例句如下：

1. 二維平面的橫向距離

（55）馬路很寬，沒紅綠燈，車子看到斑馬線都不會減速，對老人來說很危險。

（56）街道很寬，但是行人稀少，路邊只零零落落地停放著幾部車。

（57）車子老是挨著一邊兒山腳下走，路很窄。

（58）西邊是一條窄窄的小胡同。

（59）福州中心城區最寬隧道來了。

（60）先後進入窄窄的隧道，慢慢向下爬去。

（61）五臺山上有一個洞，洞口很窄。

（62）阿裴穿了件銀灰色的軟綢衣服，寬寬的袖口，她一舉杯，那袖口就滑到肘際，露出一截白皙的胳臂。

2. 二維平面最小的維度或二維垂直面的橫向距離

（63）這種新一代彩色電視機具有高清晰度的畫面、寬屏幕、高品位的音質和數字化控制 4 大特點。

（64）房間沒有窗，只有對著天井的方向，開著一扇寬寬的木門。

（65）他走到門邊窄窄的<u>窗戶</u>，向外窺看，就像麗茲做過的那樣。

（66）顧名思義，這個房間暗無天日，因為它沒有窗子，只有一扇窄窄的<u>門</u>。

（67）黑崎把繳的手槍放在衣兜裏，取下自己身上的寬<u>皮帶</u>。

（68）她抽出了一條上面掛著一隻鑽石戒指的窄窄的<u>絲帶</u>。

（69）他高高的個頭，寬寬的<u>肩膀</u>，很有男子氣概。

（70）女兒背上書包之後，我常擔心她窄窄的<u>肩膀</u>承受不起，而她卻似乎有使不完的勁，躲躲藏藏地帶幾本童話、寓言一類的課外書。

（71）我走進餐室，透過半開的門，看到夏洛特寬寬的<u>後背</u>。

（72）他那滿是皺紋的窄窄的<u>臉</u>上流露出的情感使我深感不安。

3. 三維事物中突顯平面的橫向距離

（73）他戴的一副無框眼鏡總順著他的寬<u>鼻子</u>往下滑，所以他不得不時常把它推上去。

（74）她出了許多細汗，像蝨子一樣密密麻麻地附在窄窄的<u>額頭</u>、黑眼圈周圍和翹著的上唇以及脖頸上。

（75）即使兩人坐在一張沙發上，丈夫坐著也還是挺鬆快，因為<u>沙發</u>很寬。

（76）歐陽去非拿起放大鏡對著照片：「請看這兒。」<u>桌子</u>很寬，傑克遜不得不站起來，俯過身子。

（77）公園只有一條窄窄的<u>躺椅</u>。

（78）羅蘭隔著窄窄的<u>桌子</u>看著他，眼裏漾著笑意。

4. 圓柱形突顯截面內部的直徑

（79）寬寬的<u>白色裙衫</u>把她輕輕裹住，只露出兩隻也是交叉擱著的腳尖在外面。

（80）她仍然穿著那件長達大腿的寬<u>上衣</u>，但已經拿下那頂可怕的橘色假髮。

（81）看中了一套裝，衣服很喜歡，可是<u>褲子</u>好像太窄了。

5. 有邊界的平面的面積

（82）她在眾目睽睽之下走出辦公室，走過寬寬的<u>院子</u>，推開後院小門。

（83）鍾荃目光一掃，右面街口一座門戶寬寬的<u>屋子</u>，門口插住一面錦旗，
　　　當中一頭雄鷹兀立，下面繡著萬通兩個紅色大字。

（84）她開始在窄窄的<u>客房</u>裏搜尋，試圖找出可以保護自己的工具。

（85）她們的房子前面有一個窄窄的<u>園子</u>，她們利用它種了些蔬菜。

（二）英語「wide、broad / narrow」的基礎義

英語「wide、broad / narrow」的基礎義語義地圖，如圖 3.18 所示。

圖 3.18　英語「wide、broad / narrow」的基礎義語義地圖

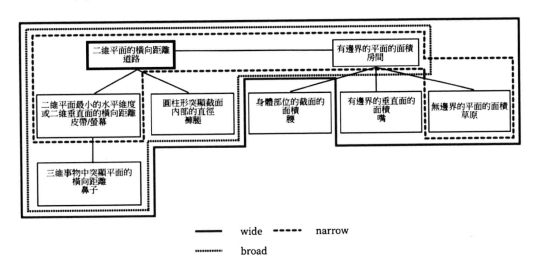

具體例句如下：

1. 二維平面的橫向距離

（86）They came to a wide（broad）/ narrow <u>river</u>.
　　　他們　　來到　一　　　寬　　　　窄　河邊
　　　他們來到了一條寬闊 / 狹窄的河邊。

（87）　The　narrow path expanded into　　a　　wide（broad）<u>road</u>.
　　　定冠詞　窄　小路　拓寬　介詞　不定冠詞　寬　　路
　　　狹窄的小路拓寬成一條大道。

（88）　The　<u>ditch</u> was so wide（broad）/ narrow.
　　　定冠詞　溝　是　真　　寬　　　窄
　　　這條溝真寬 / 窄。

（89）I'd like　my　jacket with wide / narrow <u>lapels</u>.
　　　我想要　我的　夾克　和　寬　窄　翻領
　　　我想要我的夾克有一個寬 / 窄翻領。

（90）She jerked　the broad <u>collar</u> of　　a　　　dark　　mink coat more
　　　她　　急拉　定冠詞　寬　領子　介詞　不定冠詞　深色的　貂皮　大衣　更

securely around her face.
　　嚴實　　圍在　她的　臉

她把一件深色貂皮大衣的寬領子在臉上圍得更嚴實了。

2. 二維平面最小的維度或二維垂直面的橫向距離

（91）　A　wide（broad）/ narrow <u>waistband</u> yielded support.
　　　定冠詞　　　寬　　　　窄　　腰帶　　　給　　支撐

一條寬 / 窄腰帶提供了支撐。

（92）　A　wide（broad）/ narrow zigzag　<u>ribbon</u> used as trimming.
　　　定冠詞　　　寬　　　　窄 Z字形的　緞帶　用做　裝飾

做裝飾用的 Z 字形寬 / 窄緞帶。

（93）I　want to get　a　wide-<u>screen</u> TV　for　videos.
　　　我　要　買　一　寬　屏幕　電視　為了　錄像帶

為了觀看錄像帶，我要買一部寬屏電視。

（94）She crossed to　the　wide（broad）<u>window</u> and looked out.
　　　她　走到 介詞 定冠詞　　寬　　　窗子 連詞　看　外

她走到寬寬的窗子前朝外看。

（95）Enter through　the　wide / narrow <u>gate</u>.
　　　進　通過　定冠詞　寬　　窄　門

通過寬 / 窄門進入。

（96）She has　a　broad / narrow <u>shoulder</u>.
　　　她　是 定冠詞　寬　　窄　肩膀

她的肩膀很寬 / 窄。

3. 三維事物中突顯平面的橫向距離

（97）He has a round face, a　wide / narrow <u>nose</u>, and brown eyes.
　　　他　有 一 圓　臉 一　寬　　窄　鼻子　和　棕色　眼睛

他有一張圓臉，寬寬 / 窄窄的鼻子和棕色眼睛。

（98）She is reading　a　　book sitting　on　　a　　wide / narrow
　　　她　在　看　不定冠詞　書　坐　介詞 不定冠詞　寬　　窄

bench in the park.

凳子　介詞　定冠詞　公園

她坐在公園裏寬寬／窄窄的凳子上看書。

4. 圓柱形突顯截面內部的直徑

（99）Wear wide / narrow leg pants.

穿　寬　窄　腿　褲

穿褲腿寬鬆／緊身一點的褲子。

5. 有邊界的平面的面積

（100）LEAH knelt in a corner of a wide（broad）/

莉亞　跪　裏　不定冠詞　角落　介詞　不定冠詞　寬

narrow reception room praying.

窄　接待室　祈禱

莉亞跪在一間寬大／窄小的接待室角落裏祈禱。

6. 有邊界的垂直面的面積

（101）Sam has a wide mouth.

薩姆　有　一　寬　嘴

薩姆有一張大嘴。

（102）She stared at him with wide eyes.

她　注視　介詞　他　介詞　寬　眼睛

她睜大眼睛注視他。

7. 無邊界的平面的面積

（103）the wide（broad）plains of the West.

定冠詞　寬　平原　介詞　定冠詞　西部

西部廣闊的平原。

第二節　跨語言「WIDE／NARROW」的基礎義對比

在本章所考察的 13 種語言中，大部分地區語言「WIDE／NARROW」都可以形容「二維平面的橫向距離」和「有邊界的平面的面積」這兩個重要的節點，只有亞洲語言的印尼語是特例。

圖 3.19　亞洲語言「WIDE」的基礎義語義地圖

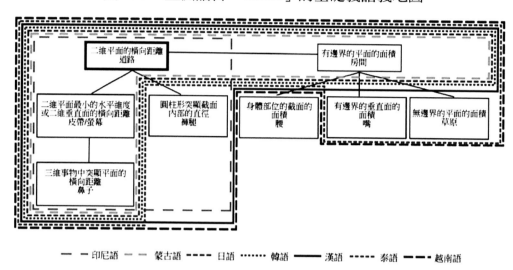

── 印尼語　── 蒙古語　--- 日語　…… 韓語　── 漢語　---- 泰語　─── 越南語

圖 3.20　亞洲語言「NARROW」的基礎義語義地圖

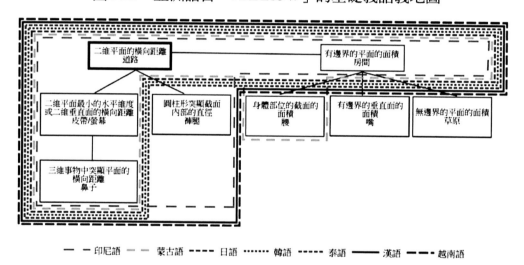

── 印尼語　── 蒙古語　--- 日語　…… 韓語　---- 泰語　── 漢語　─── 越南語

　　對於這兩個重要的節點，印尼語的「NARROW」都可以形容，但印尼語的「WIDE」只能形容「二維平面的橫向距離」，不能形容「有邊界的平面的面積」。在除印尼語外的亞洲語言和歐洲語言中，由上述兩個重要節點出發得到的框架的表現各不相同，我們將先後分別說明。

　　首先，亞洲語言「WIDE／NARROW」的基礎義語義地圖如圖 3.19 和圖 3.20 所示。「WIDE／NARROW」從「二維平面的橫向距離」這個節點出發，所有亞洲語言都可以形容「二維平面最小的水平維度或二維垂直面的橫向距離」和「三維事物中突顯平面的橫向距離」這兩個框架。亞洲語言中漢語、印尼語、越南語的「WIDE／NARROW」還可以形容「圓柱形突顯截面內部的直徑」，其他亞洲語言都不能形容。而從「有邊界的平面的面積」這個節點出發，

亞洲語言中只有泰語、越南語的「WIDE」可以形容「有邊界的垂直面的面積」和「無邊界的平面的面積」，另外蒙古語的「NARROW」可以形容「身體部位的截面的面積」，其他亞洲語言都不能形容從「有邊界的平面的面積」這個節點出發得到的框架。「WIDE」與「NARROW」在亞洲語言上的差異體現出雖然同屬一個地區，但是不同的語言具有各自民族認知的特性。

與此同時，印歐語系的羅曼語族和斯拉夫語族「WIDE / NARROW」的基礎義語義地圖如圖 3.21 和圖 3.22 所示。從「二維平面的橫向距離」這個節點出發，在本章所考察的 13 種語言中，印歐語系的羅曼語族和斯拉夫語族「WIDE / NARROW」都可以形容「二維平面最小的水平維度或二維垂直面的橫向距離」和「三維事物中突顯平面的橫向距離」這兩個框架，這與上文所述亞洲語言「WIDE / NARROW」在語義地圖上的表現相一致。

圖 3.21 印歐語系羅曼語族、斯拉夫語族「WIDE」的基礎義語義地圖

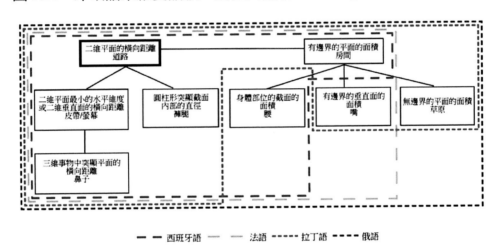

圖 3.22 印歐語系羅曼語族、斯拉夫語族「NARROW」的基礎義語義地圖

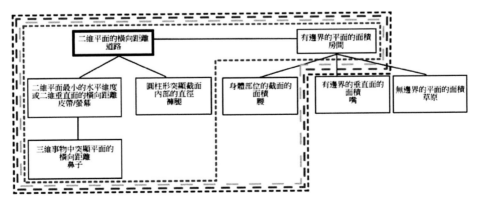

　　印歐語系的羅曼語族和斯拉夫語族「WIDE／NARROW」也都可以描述從「二維平面的橫向距離」節點得到的「圓柱形突顯截面內部的直徑」這個框架，而上文所述大多數亞洲語言不可形容這一框架。從「有邊界的平面的面積」這個節點出發，法語、西班牙語、拉丁語「WIDE」有明顯的區別，法語和西班牙語「WIDE」可以描述「身體部位的截面的面積」，而拉丁語不能。拉丁語「WIDE」可以形容「無邊界的平面的面積」，但法語和西班牙語不可以。拉丁語和法語「WIDE」都可以形容「有邊界的垂直面的面積」，但西班牙語不可以。可見，同為羅曼語系的三種語言在描述事物的面積時表現出複雜的差異性。三種語言的「NARROW」都不能描述「無邊界的平面的面積」和「有邊界的垂直面的面積」，西班牙語和法語「NARROW」可以描述「身體部位的截面的面積」，拉丁語「NARROW」則不可以描述。在羅曼語系「WIDE／NARROW」中的差異性再次說明「無邊界的平面的面積、有邊界的垂直面的面積、身體部位的截面的面積」這三個框架不具有普遍性，各個語言的差異比較大。另外，俄語「WIDE／NARROW」都可以描述從「二維平面的橫向距離」這個節點得到的所有的框架。俄語「WIDE」可以形容所有面積義，但「NARROW」只能形容「身體部位的截面的面積」。

圖 3.23　印歐語系日耳曼語族語言「WIDE」的基礎義語義地圖

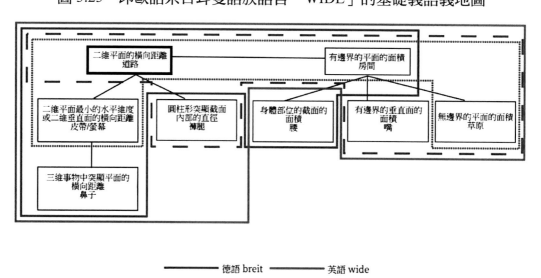

圖 3.24　印歐語系日耳曼語族語言「NARROW」的基礎義語義地圖

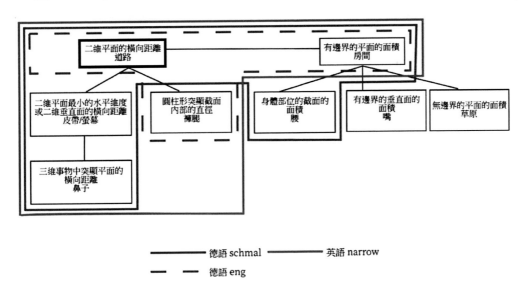

圖 3.23 和圖 3.24 是印歐語系日耳曼語族「WIDE／NARROW」的基礎義語義地圖。英語「wide」與「broad」兩個詞對應「WIDE」的概念：英語「wide」除了「身體部位的截面的面積」以外，它能夠覆蓋所有的其他框架，而英語「broad」只能形容從「二維平面的橫向距離」節點得到的「二維平面最小的水平維度或二維垂直面的橫向距離」和從「有邊界的平面的面積」節點得到的「無邊界的平面的面積」。英語「wide」包含了「broad」基礎義的所有框架。德語「breit」與「weit」兩個詞對應「WIDE」的概念：從「二維平面的橫向距離」這個節點出發，德語「briet」可以形容「二維平面最小的水平維度或二維垂直面的橫向距離」和「三維事物中突顯平面的橫向距離」這兩個框架，而德語「weit」只能形容「圓柱形突顯截面內部的直徑」這一個框架；從「有邊界的平面的面積」這個節點出發，德語「weit」可以形容「有邊界的垂直面的面積」和「無邊界的平面的面積」這兩個框架，而「briet」只能形容「身體部位的截面的面積」這一個框架。

英語「narrow」一個詞對應「NARROW」的概念，可以形容從「二維平面的橫向距離」這個節點得到的「二維平面最小的水平維度或二維垂直面的橫向距離」「三維事物中突顯平面的橫向距離」「圓柱形突顯截面內部的直徑」這三個框架，同時還可以形容「有邊界的平面的面積」這個節點。德語「schmal」與「eng」兩個詞對應「NARROW」的概念：從「二維平面的橫向距離」這個節點出發，德語「schmal」可以形容「二維平面最小的水平維度或二維垂直面

的橫向距離」和「三維事物中突顯平面的橫向距離」這兩個框架,而德語「eng」只能形容「圓柱形突顯截面內部的直徑」這一個框架;從「有邊界的平面的面積」這個節點出發,德語「schmal」只能形容「身體部位的截面的面積」這一框架,而德語「eng」不能形容從「有邊界的平面的面積」這個節點得到的任何框架。

從上文英語和德語「WIDE / NARROW」的分析,可以得到英語和德語雖同屬印歐語系的日耳曼語族,但詞義的呈現完全不同。英語「wide」與「broad」在詞義上具有包含關係,而「WIDE」對應的德語「breit」與「weit」,「NARROW」對應的「schmal」和「eng」詞義都呈現出互補的關係。

根據上面對亞洲語言和歐洲語言「WIDE / NARROW」的基礎義分析,我們可以看出雖然這些語言來自不同地域,但「WIDE / NARROW」都可以形容「二維平面的橫向距離」這個一維的量,也可以形容「有邊界的平面的面積」這個二維的量。這兩個框架是「WIDE / NARROW」最常形容的,也普遍存在於本章調查的 13 種語言中。由「二維平面的橫向距離」發展出的「二維平面最小的水平維度或二維垂直面的橫向距離」和「三維事物中突顯平面的橫向距離」也均普遍存在於亞洲和歐洲語言中。這些現象體現了語言跨地區、跨文化的共性。各地區語言的「WIDE / NARROW」在形容「圓柱形突顯截面內部的直徑」「無邊界的平面的面積」「有邊界的垂直面的面積」和「身體部位的截面的面積」時體現出的差異比較大。在實際使用場景中,「WIDE / NARROW」較少運用到這些框架中,因此各地區對於框架的概念認知存在較大差別。

「WIDE」與「NARROW」之間語義的不對稱性在跨語言中也有體現。「WIDE」形容事物的面積義時包含「有邊界的平面的面積」「無邊界的平面的面積」「有邊界的垂直面的面積」和「身體部位的截面的面積」這四個框架,而「NARROW」形容事物的面積義時只有「有邊界的平面的面積」和「身體部位的截面的面積」這兩個框架,本章調查的所有語言「NARROW」都不能形容「無邊界的平面的面積」和「有邊界的垂直面的面積」。在亞洲語言中,印尼語「WIDE」不能形容事物的面積,而「NARROW」則可以。在歐洲語言中,英語「WIDE」對應兩個詞「wide」和「broad」,但英語「NARROW」只對應一個詞「narrow」。這些都反映了「WIDE」和「NARROW」詞義的不對稱性。

第三節 「WIDE」的引申義

從 3.2 節基礎義的對比中可以看出,「WIDE / NARROW」無論是形容二維平面的橫向距離或最小的水平維度,還是形容有邊界的平面的面積,在被調查的 13 種語言中都呈現出較高的穩定性。根據 MLexT 的理論,詞語的基礎義和引申義之間具有密切的聯繫。因此「WIDE / NARROW」的引申義可以以度量平面橫向距離的「二維平面的橫向距離」和度量面積的「有邊界的平面的面積」這兩個基礎義作為節點。其次是語義節點的排列和連接。在構建概念空間的過程中,我們發現各語言空間維度形容詞「WIDE / NARROW」形成的語義鏈具有一定的規律性。總體可以歸納出「WIDE」的引申義從空間域到數量域、從空間域到心智域和從空間域到認知域,三大路徑。下文將逐一進行分析。

一、「WIDE」引申義語義地圖的構建

(一)數量域

「WIDE」最典型的用法是形容「二維平面的橫向距離長」和「有邊界的平面的面積大」。無論是「距離長」還是「面積大」,都反映了度量值很大。從度量值的大通常就會聯想到數量的多。「WIDE」形容「二維平面的橫向距離長」的空間域投射到數量域有兩種:「寬裕、富餘」和「差距、缺口」。「WIDE」形容「有邊界的平面的面積大」的空間域投射到數量域也有兩種:「大量的、廣泛的、範圍大」和「交際面廣」。

1. 二維平面的橫向距離——寬裕、富餘

空間中兩點距離長表明度量出的數值較大,剝離空間概念後「WIDE」可以表示數量多。當數量多體現在財富上可以引申為「寬裕、富餘」。如漢語、俄語、法語。例句:

(104)漢語:他雖然手頭比過去寬多了,但仍很注意節約。

(105)俄語:**shirokaya**〔註30〕 zhizn.

     寬   生活

  生活闊綽。

〔註30〕俄語「sirokij」的活用形。

（106）法語：mener　une　vie　**large**.
　　　　　　過著　冠詞　生活　　寬

過著富裕的生活。

2. 二維平面的橫向距離——差距

當把空間中兩點的距離擴大時，兩點間距離越大，意味著它們的差距越大，因此「WIDE」可以引申出差距大的詞義，如印尼語和英語。例句：

（107）印尼語：Kesenjangan antara si　kaya　dan　si　miskin semakin
　　　　　　　　　差異　　之間 冠詞 富人 連詞 冠詞　窮人　越來越

lebar.
寬

富人與窮人之間的差距越來越大。

（108）英語：There are **wide** variations　in　prices.
　　　　　　那裏　有 寬　　　差異　介詞　價格

價格的差異很大。

3. 有邊界的平面的面積——大量的、廣泛的、範圍大的

空間中平面的面積大，覆蓋的範圍就大。範圍可以從空間域的概念抽象為數量域的概念，表示抽象概念涉及的領域廣，涵蓋的範圍大。「領域廣」「範圍大」通常包含的抽象概念數量就多，進而「WIDE」可以引申出大量的、廣泛的、範圍大的詞義。

（109）德語：a.　　ein　**breites**〔註31〕 Echo finden.
　　　　　　　不定冠詞　寬　　　　反響　引起

引起廣泛反響。

　　　　　　b.　　ein　**weiter** begriff.
　　　　　　不定冠詞　寬　　概念

一個寬泛的概念。

（110）法語：faire　de **larges**〔註32〕　concessions.
　　　　　　做　介詞　寬　　　　　讓步

做出很大的讓步。

〔註31〕德語「breit」的活用形。
〔註32〕法語「large」的活用形。

（111）韓語：sobija　　ui　　seontaeg　ui　　pog　　i　　**neolda**.
消費者 格助詞　選擇　格助詞　面 格助詞　　寬

消費者的選擇面很廣。

（112）蒙古語：**orgong**　　surtalchlakh.
寬　　　　宣傳

廣泛宣傳。

4. 有邊界的平面的面積──交際面廣

「WIDE」由平面的面積大可以引申出面積覆蓋的範圍廣，體現在社交上就是交際面廣。交際面廣意味著認識的人比較多。

（113）英語：She has　　a　　**wide** circle　of friends.
她 有 不定冠詞　寬　圈 介詞 朋友

她交際面很廣。

（114）日語：kare　wa shobaigara kosai　　ga　　**hiroi**.
他　助詞　商業　　詞尾 格助詞　寬

他有廣泛的商業關係。

（115）越南語：giao thiep　　**rong**.
交際　　　寬

交際面很廣。

（二）心智域

「WIDE」從空間中表示的橫向距離長，可以引申到人自身的心智，形容心胸寬廣。空間域中，一條道路很寬，說明能行駛的車輛或通過的人流就比較多。當把人的心胸比喻為道路時，心胸很寬意味著無論是好的壞的都可以容納。

1. 二維平面的橫向距離──胸懷寬闊

（116）德語：　　ein　　**wietes**〔註33〕 Herz haben.
不定冠詞　寬　　　　心胸　有

有寬廣的心胸。

（117）英語：He can by　　the　　**broad** mind universal love each student.
他　能 以 定冠詞　寬　心　博　愛 每個 學生

他能夠以寬廣的胸懷博愛每一位學生。

〔註33〕德語「weit」的活用形。

（118）泰語：cay　　**kwang.**

　　　　　　心胸　　寬

　　　　　　心胸開闊。

（三）認知域

「WIDE」從空間中表示的橫向距離長，還可以引申到對外部世界的認知，形容眼界廣。如果窗戶很寬，那麼人眼看到的景色就會更多。通常認為眼睛是心靈的窗戶，如果把人眼比喻為窗戶，那麼窗戶越寬人眼看到的內容就越多，接收的信息量就越大，眼界自然就會變得寬廣。

1. 二維平面的橫向距離——眼界開闊

（119）西班牙語：　　Su　horizonte mental es **ancho.**

　　　　　　　　　　人稱代詞　眼界　　能力 他　寬

　　　　　　　　　　他眼界開闊。

（120）德語：Sein Gesichtsfeld ist **weit.**

　　　　　　存在　　　視野　　他　寬

　　　　　　他視野開闊。

（121）泰語：Sayta **kwang.**

　　　　　　視野　寬

　　　　　　視野開闊。

通過分析語言數據，我們構建出了「WIDE」引申義的語義地圖，如圖 3.25 所示。

圖 3.25　「WIDE」的引申義語義地圖

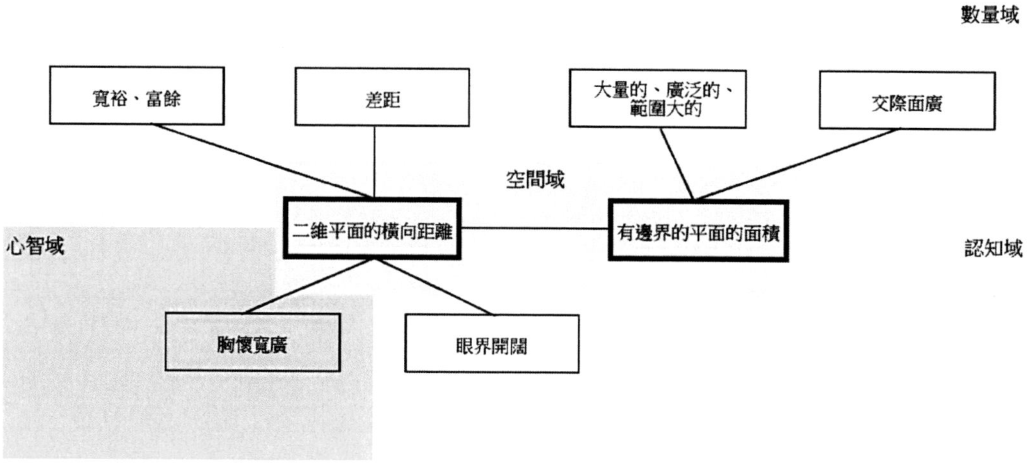

「WIDE」具有三大引申路徑：從空間域到數量域、從空間域到心智域和從空間域到認知域。

二、漢語「寬」的引申義語義地圖

通過考察漢語「寬」的引申義，其分布情況如圖 3.26。

圖 3.26　漢語「寬」的引申義語義地圖

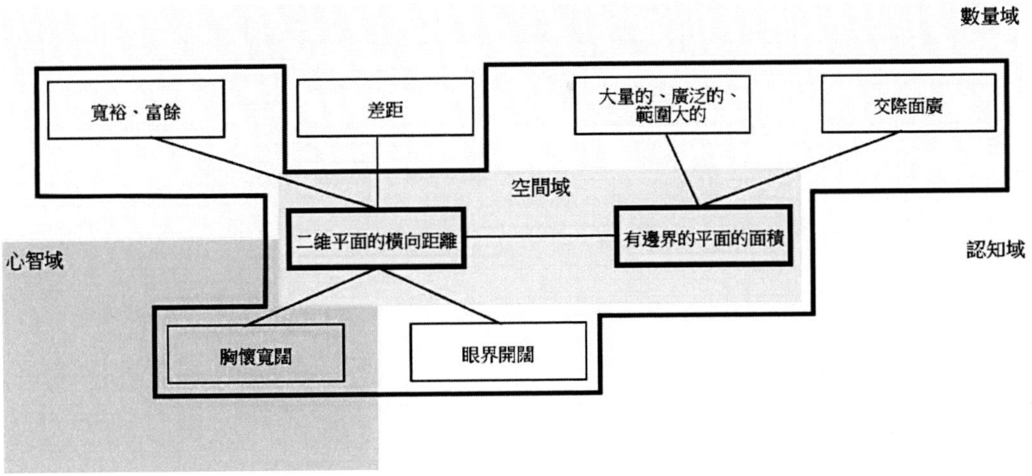

（一）數量域

1. 寬裕、富餘

（122）他雖然手頭比過去寬多了，但仍很注意節約。

2. 大量的；廣泛的；範圍大的

（123）從橫向上看，正如前面幾節所敘述的那樣，地理學的知識領域很寬。

（124）當時，有的同志認為，我們是重點工程，要什麼有什麼，計劃要打得寬一點，要快要好才能有保證，浪費一點也不算什麼。

3. 交際面廣

（125）二是他的交遊。由於他遊歷各地，交往面很寬。

（二）心智域

1. 胸懷寬闊

（126）一聞到這蔥花味兒，她立時心寬了好多。這下行了，這一天總算熬過來了。

（127）同志，給你拉拉話我倒心寬了，我索性把底根子緣由盡對你說吧。

（三）認知域

1. 眼界開闊

（128）國有企業在闊步走向市場。觀念變了，眼界寬了，出路就有了。

三、英語「wide、broad」的引申義語義地圖

通過考察英語「wide、broad」的引申義，我們發現這些引申義都與基礎義有相關。其分布情況如圖 3.27。

圖 3.27　英語「wide、broad」的引申義語義地圖

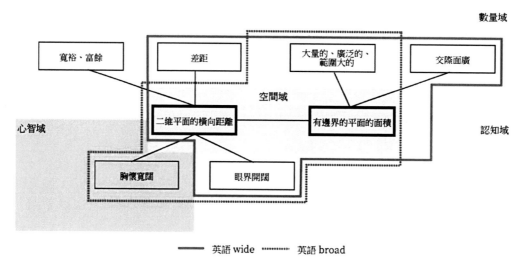

―――― 英語 wide　‥‥‥‥ 英語 broad

（一）數量域

1. 差距

wide：

（129）There are **wide** variations in　prices.
　　　那裏　是　寬　差別　介詞　價格
　　　價格的差別很大。

2. 大量的、廣泛的、範圍大的

wide：

（130）　The　festival attracts people from　　a　**wide** area.
　　　定冠詞　藝術節　吸引了　人　介詞　不定冠詞　寬　地域
　　　這個藝術節吸引了四面八方的人。

（131） Her music appeals to a **wide** audience.

她的 音樂 吸引了 介詞 不定冠詞 寬 聽眾

她的音樂吸引了大批的聽眾。

broad：

（132） There is **broad** support for the government's policies.

那裏 有 寬 支持 介詞 定冠詞 政府 政策

政策得到了廣泛的支持。

3. 交際面廣

wide：

（133） Jenny has a **wide** circle of friends.

珍妮 有 不定冠詞 寬 圈 介詞 朋友

珍妮交友甚廣。

（二）心智域

1. 胸懷寬闊

broad：

（134） a **broad**-minded person.

不定冠詞 寬 心胸 人

胸懷寬闊的人。

（三）認知域

1. 眼界開闊

wide：

（135） a person of **wide** scope.

不定冠詞 人 介詞 寬 範圍

視野開闊的人。

broad：

（136） He has a **broad** outlook.

他 有 不定冠詞 寬 世界觀

他的視野開闊。

第三節　跨語言「WIDE」的引申義對比

　　如下圖 3.28 所示，通過對 7 種亞洲語言引申義的分析，我們發現漢語可以從空間域「二維平面的橫向距離」引申到數量域的「寬裕、富餘」，印尼語可以從空間域「二維平面的橫向距離」引申到數量域的「差距」，其他亞洲語言不包含這兩個引申義。印尼語「WIDE」是亞洲語言的特例，它只能從空間域引申到數量域，而其他大部分亞洲語言「WIDE」的引申義具有較高的一致性。漢語、韓語、蒙古語、日語、越南語、泰語都可以由空間域引申到數量域、心智域和認知域。其中從空間域引申到心智域和認知域的引申義都包含從「二維平面的橫向距離」引申出的「胸懷寬闊」和「眼界開闊」。在空間域到數量域的引申中，漢語、韓語、蒙古語、日語、越南語、泰語都可以從「有邊界的平面的面積」引申出「大量的、廣泛的、範圍大的」和「交際面廣」。

圖 3.28　亞洲語言「WIDE」的引申義語義地圖

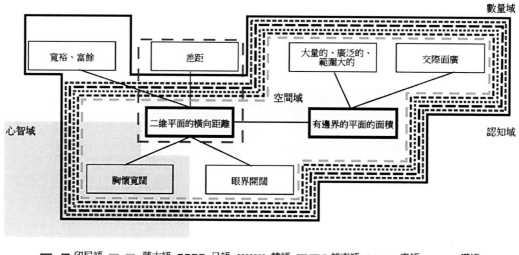

　　大部分亞洲語言「WIDE」的基礎義既可以描述「二維平面的橫向距離」也可以描述「有邊界的平面的面積」，它們的引申義也與基礎義一樣從這兩個節點引申而來。而印尼語「WIDE」的基礎義不能描述「有邊界的平面的面積」這個節點及從這個節點得到的任何框架。因此相應的印尼語「WIDE」引申義只有從空間域「二維平面的橫向距離」引申到數量域的「差距」。這與其他大多數亞洲語言「WIDE」的引申義和基礎義的差異表現一致。

　　圖 3.29 反映的是歐洲語言羅曼語族、斯拉夫語族「WIDE」的引申義情

況。在羅曼語族的拉丁語、法語、西班牙語和斯拉夫語族的俄語中,「WIDE」的引申義都可以從空間域引申到數量域、心智域和認知域。在羅曼語族和斯拉夫語族的所有語言中,「WIDE」都不能從空間域「二維平面的橫向距離」引申到數量域的「差距」。法語與俄語「WIDE」的引申義覆蓋的框架相同,都包含從空間域的「二維平面的橫向距離」分別引申到數量域的「寬裕、富餘」、心智域的「胸懷寬闊」以及認知域的「眼界開闊」。此外,還包含從空間域的「有邊界的平面的面積」引申到數量域的「大量的、廣泛的、範圍大的」和「交際面廣」。拉丁語和西班牙語「WIDE」的引申義相對法語「WIDE」只缺少了數量域的「寬裕、富餘」,其他引申義覆蓋的框架與法語相同,因此法語「WIDE」的引申義包含了拉丁語和西班牙語「WIDE」的引申義,這一定程度上體現了兩者的親屬關係。

圖 3.29　印歐語系羅曼語族、斯拉夫語族「WIDE」的引申義語義地圖

圖 3.30 反映的是歐洲語言日耳曼語族「WIDE」的引申義情況。英語和德語與其他歐洲語言有明顯的不同,英語「wide」和「broad」的引申義都可以從空間域的「二維平面的橫向距離」引申到認知域的「眼界開闊」和從空間域的「有邊界的平面的面積」引申到數量域的「大量的、廣泛的、範圍大的」。兩者的差別是「wide」可以從空間域「有邊界的平面的面積」引申到數量域的「交際面廣」和從空間域「二維平面的橫向距離」引申到數量域的「差距」,而「broad」只可以從空間域「二維平面的橫向距離」引申到心智域的「胸懷寬闊」。結合英語「wide」與「broad」的基礎義可以得到,「wide」和「broad」

無論是基礎義，還是引申義都具有普遍的一致性，大部分情況可以通用。「wide」的引申義側重數量域，而在形容「胸懷寬闊」時，要用「broad」。

圖 3.30　印歐語系日耳曼語族語言「WIDE」的引申義語義地圖

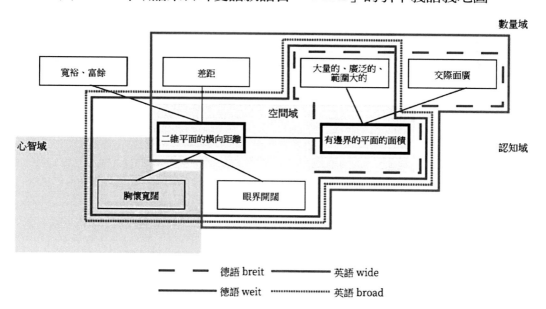

德語「breit」和「weit」的引申義都可以從空間域的「有邊界的平面的面積」引申到數量域的「大量的、廣泛的、範圍大的」。德語「weit」還可以從空間域「二維平面的橫向距離」分別引申到心智域的「胸懷寬闊」和認知域的「眼界開闊」，但德語「breit」不能描述從空間域的「二維平面的橫向距離」這個節點得到的所有框架。德語「breit」和「weit」的引申義用法差別比較大，德語「weit」在引申義中包含更多的詞義，是德語「WIDE」引申義普遍使用的詞。而德語「breit」在基礎義中包含更多的詞義，是德語「WIDE」基礎義普遍使用的詞。綜合來看，英語「wide」和「broad」的引申義結合在一起與德語「breit」和「weit」的引申義結合在一起在語義地圖上覆蓋的範圍相同。英語「broad」和德語「weit」在語義地圖中的框架相同，從整體上看英語「wide」描述的框架包含德語「breit」描述的框架。這體現了同為印歐語系日耳曼語族的英語和德語在「WIDE」的引申義上具有密切的親屬關係。

通過對上述 13 種語言「WIDE」的引申義的分析，我們發現大部分亞洲語言和大部分歐洲語言都可以引申出「胸懷寬闊」「眼界開闊」「大量的、廣泛的、範圍大的」和「交際面廣」，但在描述「寬裕、富餘」和「差距」時略有不同。亞洲語言中的漢語與歐洲語言中的法語、俄語在「WIDE」的引申義

上描述的框架完全相同，都可以描述「胸懷寬闊」「眼界開闊」「大量的、廣泛的、範圍大的」「交際面廣」和「寬裕、富餘」。而亞洲語言的韓語、日語、蒙古語、越南語、泰語與歐洲語言中的拉丁語和西班牙語在「WIDE」的引申義上描述的框架也完全相同，都可以描述「胸懷寬闊」「眼界開闊」「大量的、廣泛的、範圍大的」和「交際面廣」。亞洲語言中僅有漢語可以描述「寬裕、富餘」，其他亞洲語言無法描述此含義。而在歐洲語言中法語和俄語的「WIDE」可以描述「寬裕、富餘」，但拉丁語、西班牙語、德語和英語「WIDE」都不能描述。亞洲語言中只有印尼語「WIDE」可以描述「差距」，而歐洲語言中也只有英語「WIDE」可以描述，本章調查的其他語言都不可以。

第四節 「NARROW」的引申義

與「WIDE」一樣，「NARROW」的引申義可以採用「二維平面的橫向距離」和「有邊界的平面的面積」這兩個基礎義作為起始節點。總體可以歸納出「NARROW」從空間域到數量域、從空間域到心智域、從空間域到認知域和從空間域到情感域，四大路徑。下文將逐一進行分析。

一、「NARROW」引申義語義地圖的構建

（一）數量域

「NARROW」最典型的用法是形容「二維平面的橫向距離短」，也可以形容「有邊界的平面的面積小」。無論是「距離短」還是「面積小」，都反映了度量值很小。從度量值的小通常就會聯想到數量的少。「NARROW」形容「二維平面的橫向距離短」的空間域向數量域的引申有四種：「（生活）不寬裕」「詳細、仔細」「嚴格的、準確的」和「擠的、密集的」。「NARROW」形容「有邊界的平面的面積小」的空間域向數量域的引申有兩種：「（種類或數目）有限的、範圍小」和「交際面窄」。

1.（生活）不寬裕

（137）德語：a. Es geht bei ihm **schmal** her.

    他　過 介詞 代詞　窄　時間副詞

    他緊巴巴地過日子。

　　b.　in　**engen**〔註34〕　Verhaltnissen leben.
　　　　介詞　　窄　　　　　　生活　　過

　　過著窮困的生活。

（138）印尼語：**sempit** pintu rezeki.
　　　　　　　　窄　來源　收入

　　困難的生活。

（139）法語：vie　**etroite**.
　　　　　　　生活　窄

　　日子過得並不寬裕。

2.（種類或數目）有限的、範圍小的

（140）英語：The　shop sells only　a　**narrow** range　of　goods.
　　　　　　定冠詞 商店 出售 只 不定冠詞 窄　種類 介詞 商品

　　那家商店只出售有限種類的商品。

（141）泰語：pen　thi　yxm　rạb　kạn　ni　wng　**khep**.
　　　　　　是　範圍 同意 接受 限定 裏　圈　窄

　　在某些限定範圍的人群中是被接受的。

（142）德語：a. dass dieses Unterfangen nicht gelingen konnte, wenn
　　　　　　　　認識 此項　　冒險　　不　　可以　成功　如果

　　　　　　es　auf　einer **schmalen**〔註35〕　Basis stand
　　　　　　它 介詞 定冠詞　窄　　　　　基礎 點

　　認識到此項事業如果基礎不廣泛，便無法成功。

　　b. ihm sind **enge**〔註36〕　Grenzen gesetzt
　　　　他　是　窄　　　　　　限制　受到

　　他受到了種種限制。

（143）韓語：panmae jiyeog　i　**jopda**.
　　　　　　銷售　地區 主格助詞 窄

　　銷售地區窄。

（144）俄語：**uzkij** priyom.
　　　　　　窄 聚會

　　內部聚會。

〔註34〕德語「eng」的活用形。
〔註35〕德語「schmal」的活用形。
〔註36〕德語「eng」的活用形。

3. 交際面窄

（145）英語：He is reliant　on　　a　**narrow** circle of　narrow thinkers.

他　是　依賴　介詞　不定冠詞　窄　圈子 介詞　窄　　思想家

他依賴於小圈子裏的思想狹隘的人。

（146）日語：kosai　no　semai **hito**.

交際　格助詞　很　窄

交際很窄。

（147）俄語：**uzkij** krug.

窄　圈子

圈子很窄。

4. 嚴格的、準確的

（148）德語：　ein　　**enges**〔註37〕　Gewissen haben.

不定冠詞　窄　　　　道德　　　有

有非常嚴格的道德規範。

（149）西班牙語：**estrecho** cumplimiento.

窄　　　遵守

嚴格遵守。

（150）法語：**etroite** obligation.

窄　　義務

強制義務。

5. 詳細、仔細

（151）英語：make　　a　**narrow** search.

做 不定冠詞　窄　　搜查

仔細搜查。

（152）蒙古語：**narjing** shalgakh.

窄　　核對

仔細地核對。

〔註37〕德語「eng」的活用形。

6. 擠的、密集的

（153）西班牙語：Ibamos muy **esterchos**〔註38〕 en el autobus.
我們 很 窄 裏 冠詞 巴士
我們在很擠的公共汽車上。

（154）德語：**enge**〔註39〕 Stadte.
窄 城市
建築密集的城市。

（二）心智域

「NARROW」從空間中表示的橫向距離短，可以引申到人自身的心智，形容（心胸）不開闊。空間域中，一條道路很窄的話，說明能行駛的車輛或通過的人流就比較少。當把人的心胸比喻為道路時，心胸很窄意味著可以容納的事情很少。

1.（心胸）不開闊

（155）英語：Having a **narrow** mind, she is a very jealous
擁有 不定冠詞 窄 心胸 她 是 不定冠詞 十足 嫉妒
woman.
女人
她心胸太狹窄，是個十足的醋罈子。

（156）德語：**enges**〔註40〕 Herz.
窄 心胸
心胸狹窄。

（157）法語：avoir l' esprit **etroit**.
具有 定冠詞 心胸 窄
心胸狹窄。

（158）日語：Kokoro ga amari **semai**.
心胸 格助詞 很 窄
心胸狹窄。

〔註38〕西班牙語「estercho」的活用形。
〔註39〕德語「eng」的活用形。
〔註40〕德語「eng」的活用形。

（三）認知域

「NARROW」從空間中表示橫向距離短，還可以引申到對外部世界的認知，形容眼界很窄。如果窗戶很窄，那麼人眼看到的景色就會變少，內容也會減少，接收的信息量下降，眼界自然就會變窄。

1. 思想狹隘

（159）英語：She has　　a　　　very **narrow** view　of　　the　world.

　　　　　　她 擁有 不定冠詞　很　　 窄　視野 介詞 定冠詞 世界

　　　　她對世界的認識是非常狹隘的。

（160）德語：Sein Gesichtsfeld ist **eng**.

　　　　　　存在　　視野　　他 窄

　　　　他視野狹隘。

（161）泰語：widay thạsn **khep**.

　　　　　　視野　　　　　窄

　　　　視野狹隘。

（四）情感域

「NARROW」從空間中表示橫向距離短，還可以引申到人與人之間的感情。若把人與人之間的感情程度用距離來衡量，那麼距離越短，人與人之間的關係越親密和密切。

1.（關係）密切

（162）德語：**enge**〔註41〕 Freunde.

　　　　　　　窄　　　　　朋友

　　　　親密的朋友。

（163）西班牙語：amistad **estrecha**.

　　　　　　　　親密　　窄

　　　　深厚的友誼。

（164）法語：**etroite** collaboration.

　　　　　　　窄　　　　合作

　　　　密切合作。

〔註41〕德語「eng」的活用形。

這樣依次根據 13 種語言構建出「NARROW」的引申義語義地圖，如圖 3.31 所示：

圖 3.31 「NARROW」的引申義語義地圖

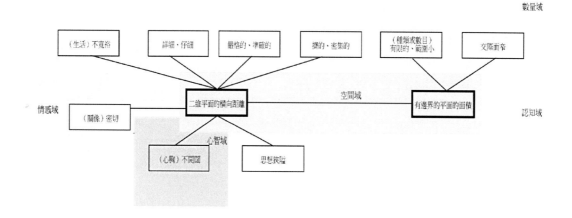

二、漢語「窄」的引申義語義地圖

通過考察漢語「窄」的引申義，其分布情況如圖 3.32。

圖 3.32 漢語「窄」的引申義語義地圖

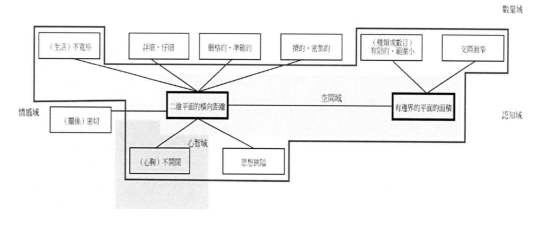

（一）數量域

1.（生活）不寬裕

（165）別看現在好了，過去他家的日子過得挺窄。

2.（種類或數目）有限的；範圍小的

（166）在從前，人類主要由一些小型的、彼此孤立的群體組成，通婚範圍很窄。

（167）如今的美術創作已經越分越細，不少畫家在一個很窄的領域裏創

作，如有位上海畫家近年只畫「火車」。

3. 交際面窄

（168）教師是個孩子王，打交道的都是未成年的孩子，交際面很窄。

（二）心智域

1.（心胸）不開闊

（169）雅萍是個很有心計的女孩子，很能幹，又聰明，只是心眼兒窄了
　　　點。

（三）認知域

1. 思想狹隘

（170）村民百姓通過黨報，能學習、瞭解更多的東西。建設社會主義現
　　　代化的新農村，眼界窄了可不行。

三、英語「narrow」的引申義語義地圖

我們考察了英語「narrow」的引申義，其分布情況如圖 3.33。

圖 3.33　英語「narrow」的引申義語義地圖

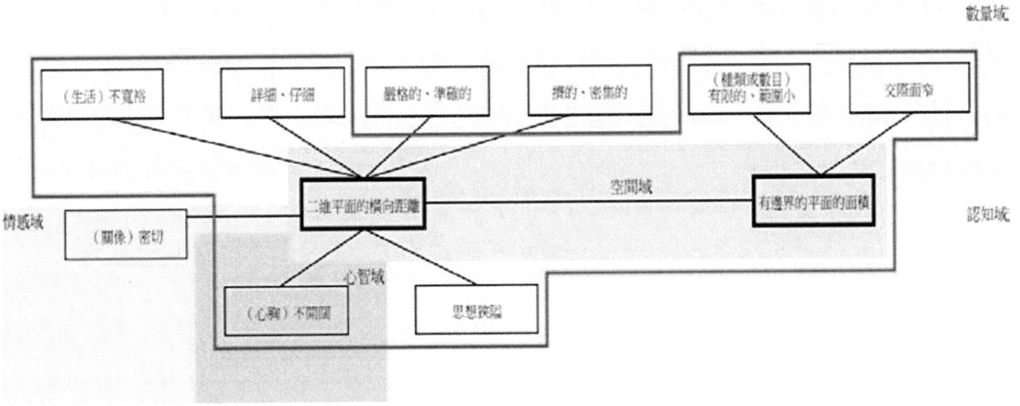

（一）數量域

1.（種類或數目）有限的、範圍小的

（171）　The　shop sells only　a　**narrow** range　of　goods.
　　　　定冠詞 商店 賣 只 不定冠詞　窄　品類 介詞　商品

　　　這家商店商品的品類有限。

（172） The　police officers **narrowed** 〔註42〕 the suspects down　to　two.
　　　定冠詞　警察　　　　　　窄　　　　定冠詞　懷疑　縮小　介詞　兩

警方將嫌疑人的範圍縮小到兩人。

2. 交際面窄

（173）　　 a　**narrow** circle of　friends
　　　不定冠詞　窄　　圈 介詞　朋友

交際面窄。

3. 詳細、仔細

（174）　　 a　**narrow** search
　　　不定冠詞　窄　　搜查

仔細搜查。

4.（生活）不寬裕

（175）He is　　in　**narrow** circumstances.
　　　他　是　處於　　窄　　　境地

他處於窮困的境地。

（二）心智域

1.（心胸）不開闊

（177）He is **narrow**-minded and intolerant.
　　　他　是　窄　　　心胸　和　不容忍的

他心胸狹窄，容不下人。

（三）認知域

1. 思想狹隘

（178）She has　　a　　very **narrow** view　of　　the　world.
　　　她　有 不定冠詞 很　　窄　　觀點 介詞 定冠詞 世界

她的世界觀是非常狹隘的。

第五節　跨語言「NARROW」的引申義對比

如下圖 3.34 所示，通過對 7 種亞洲語言「NARROW」引申義的分析，我

〔註42〕英語「narrow」的過去式。

們發現大部分亞洲語言「NARROW」的引申義具有較高的一致性。所有亞洲
語言都可以從空間域引申到數量域、心智域和認知域。在從空間域到心智域
和認知域的引申中，所有亞洲語言「NARROW」描述的框架都相同，即都可
以描述「（心胸）不開闊」和「思想狹隘」這兩個框架。

圖 3.34　亞洲語言「NARROW」的引申義語義地圖

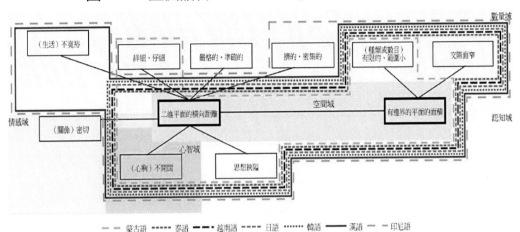

在從空間域到數量域的引申中，亞洲語言「NARROW」的表現較複雜。
所有亞洲語言「NARROW」都可以描述「（種類或數目）有限的、範圍小」，
並且大部分亞洲語言「NARROW」還可以描述「交際面窄」，只有蒙古語的
「NARROW」不能描述「交際面窄」。亞洲語言中漢語和印尼語「NARROW」
能夠描述「（生活）不寬裕」，而印尼語的「NARROW」還可以描述「擠的、
密集的」。在本章所調查的範圍中，所有亞洲語言中僅有蒙古語的「NARROW」
可以描述「詳細、仔細」。

圖 3.35　印歐語系羅曼語族、斯拉夫語族「NARROW」的引申義語義地圖

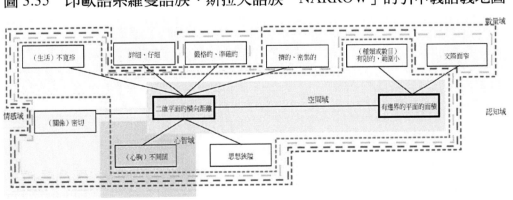

　　圖 3.35 反映歐洲語言羅曼語族、斯拉夫語族「NARROW」的引申義情況。羅曼語族和斯拉夫語族的「NARROW」都可以從空間域引申到數量域、心智域和認知域。在從空間域到心智域和認知域的引申中，羅曼語族拉丁語、法語、西班牙語的「NARROW」和斯拉夫語族俄語的「NARROW」描述的框架相同，即都可以描述「（心胸）不開闊」和「思想狹隘」這兩個框架。在從空間域到數量域的引申中，羅曼語族和斯拉夫語族「NARROW」的表現較複雜。拉丁語、法語、西班牙語和俄語「NARROW」都可以描述「（種類或數目）有限的、範圍小」和「（生活）不寬裕」這兩個框架。在此基礎上，同為羅曼語族的法語和西班牙語「NARROW」可以描述「嚴格的、準確的」，法語和俄語「NARROW」能夠描述「交際面窄」，西班牙語和俄語能夠描述「擠的、密集的」。在從空間域到情感域的引申中，法語、西班牙語和俄語「NARROW」能夠描述「（關係）密切」，拉丁語不能描述。基於對歐洲語言羅曼語族「NARROW」引申義的分析，我們認為儘管拉丁語、法語和西班牙語屬於同一個語系，但大部分引申義都存在較大差異，相一致的引申義較少。

圖 3.36　印歐語系日耳曼語族語言「NARROW」的引申義語義地圖

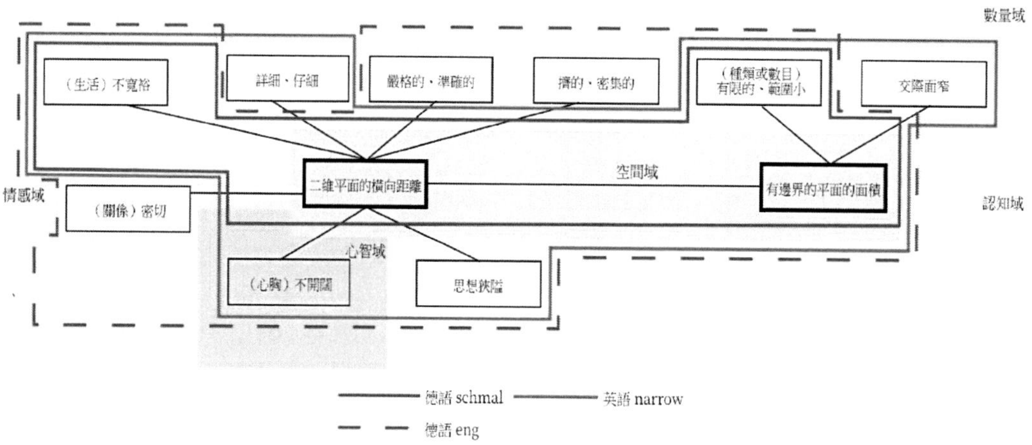

　　圖 3.36 反映的是歐洲語言日耳曼語族「NARROW」的引申義情況。英語中的引申義同基礎義一樣只對應一個詞「narrow」，而德語中的引申義同基礎義一樣對應兩個詞「schmal」與「eng」。英語「narrow」和德語「eng」都可以從空間域引申到數量域、心智域和認知域，而德語「schmal」只能從空間域引申到數量域。在從空間域到心智域和從空間域到認知域的引申中，英語「narrow」和德語「eng」描述的框架都相同，即它們都可以描述「思想狹隘」

和「（心胸）不開闊」這兩個框架。在從空間域到數量域的引申中，英語和德語「NARROW」的引申義表現較複雜。英語「narrow」和德語「schmal」「eng」都可以描述「（生活）不寬裕」和「（種類或數目）有限的、範圍小」這兩個框架。在英語和德語「NARROW」的引申義中，只有英語「narrow」可以描述「詳細、仔細」和「交際面窄」這兩個框架，同時只有德語「eng」能夠描述「擠的、密集的」和「嚴格的、準確的」這兩個框架。在從空間域到情感域的引申中，只有德語「eng」能描述「（關係）密切」，英語「narrow」和德語「schmal」都不能描述。德語「schmal」和「eng」的引申義用法差別比較大，「eng」在引申義中包含更多的詞義，是德語「NARROW」引申義普遍使用的詞。德語「NARROW」對應兩個詞「schmal」和「eng」，「schmal」的基礎義比「eng」豐富，而「eng」的引申義比「schmal」豐富，兩者在詞義上形成互補。

通過對歐洲語言和亞洲語言「NARROW」引申義的分析，我們發現被調查的 13 種語言在框架「（心胸）不開闊」和「思想狹隘」上具有相同的引申，這體現了人們對「NARROW」這個概念從具體到抽象的認知具有跨地域、跨語言的共性。而在框架「（關係）密切」和「擠的、密集的」的引申上，亞洲語言和歐洲語言有明顯的不同。大部分歐洲語言的「NARROW」都可以引申到這兩個框架，而大部分亞洲語言的「NARROW」沒有這樣的引申。這些差異也說明了「NARROW」在不同文化背景下具有不同的概念投影。

第六節　小結

本章分析了「WIDE」和「NARROW」基礎義和引申義的用法，描述了其基礎義和引申義跨語言的共性和個性。其中所考察的 13 種語言中大部分地區語言「WIDE／NARROW」都可以形容「二維平面的橫向距離」和「有邊界的平面的面積」兩個重要的節點，只有亞洲語言的印尼語是特例。在亞洲語言中，印尼語「WIDE」不能形容事物的面積，而「NARROW」則可以。在歐洲語言中，英語「WIDE」對應兩個詞「wide」和「broad」，但英語「NARROW」只對應一個詞「narrow」。這些都反映了「WIDE」和「NARROW」詞義的不對稱性。「WIDE／NARROW」基礎義「二維平面的橫向距離」和「有邊界的平面的面積」兩個框架代表「WIDE／NARROW」兩個最常用的使用場景，一個

是度量事物一維的量，另一個是度量事物二維的量，因此「WIDE／NARROW」引申義採用這兩個典型對象作為節點。這證明了詞語的基礎義和引申義之間具有密切的聯繫。在被調查的 13 種語言中，亞洲語言和歐洲語言「WIDE／NARROW」引申義在空間域向心智域、空間域向認知域的引申中都具有相似的路徑。這體現了「WIDE／NARROW」引申義在心智域和認知域上具有跨地域、跨文化的共性。而各語言「NARROW」從空間域向數量域的引申存在較大差異，體現出同一引申途徑，不同語言引申出的具體結果可能不盡相同。

第四章 「THICK / THIN」語義跨語言對比

　　「THICK / THIN」通常用來描述事物的「厚度」，在多數語言中被用於表示扁平物上下兩面的距離。本章從跨語言共詞化數據庫（CLICS）中選取了「THICK / THIN」在 13 種語言〔註1〕中對應的核心詞作為研究對象。樣本語言中的對應詞分別為漢語（厚／薄）、英語（thick／thin）、韓語（dukkeopda／yalda）、日語（atsui／usui）、泰語（naa／baang）、越南語（day／mong）、印尼語（tebal／tipis）、蒙古語（tsutsang／nimgen）、俄語（tolstyj／tonkij）、德語（dick／dunn）、西班牙語（grueso／fino）、拉丁語（crassus／tenuis）、法語（epais／mince）。

　　根據下文的研究，我們發現大部分亞洲語言「厚／薄」和「粗／細」是分開的，比如漢語和韓語等。而大部分歐洲語言「厚／薄」和「粗／細」是不區分的，所以我們在下文相關部分討論兩類語言差異時，會用「THICK（厚）／THIN（薄）」和「THICK（粗）／THIN（細）」這樣的方式來表達不同語言間使用「THICK / THIN」的差異。

〔註1〕除漢語、英語外，其他各語言「THICK / THIN」義形容詞及例句均參照詞典規範轉寫為拉丁字母。

第一節 「THICK / THIN」基礎義

筆者查詢了這 13 種語言中所選的對應詞在詞典或語料庫中的釋義，保留至少在兩種語言中存在的義項。經整合分析，「THICK」共確定 29 種不同但相關的語義，其中滿足要求的有 11 種，占總體的 38%，參見下頁表 4.1。其餘的 18 種語義為某個語言「THICK」義形容詞所獨有。〔註 2〕而「THIN」共有 23 種語義，其中滿足要求的有 13 種，占總體的 56%，參見下頁表 4.2。其餘的 10 種語義為某個語言「THIN」義形容詞所獨有。〔註 3〕

本研究把形容空間概念的語義定義為「基礎義」，而由參數組成的這些框架也都具有與空間關聯的屬性。通過對 13 種語言的調查，「THICK / THIN」可以表示扁平狀固體上下面之間的距離，其中扁平的形狀、事物的固體形態等都是空間中真實存在的。

表 4.1　各語言「THICK」的語義清單〔註 4〕

語言 / 語義		漢	泰	越	印尼	蒙	英	德	拉丁	俄	西	法	韓	日
基礎義	扁平狀事物上下面間的距離大	+	+	+	+	+	+	+	+	+	+	+	+	+
引申義	資產多、（家底）殷實	+	+	+	+	+		(+)		+				
	氣體的濃度高		+	+	+	+	+	+	+	+		+	+	+
	頭髮等密集		+	+	+		+	+	+	+	+	+		

〔註 2〕例如，德語有〈腫脹的，腫大的〉義（einen dicken Finger haben.〔不定冠詞＋厚＋手指＋是〕「一個手指腫了」）和〈懷胎的，有孕的〉義（dick sein.〔厚＋在〕「在懷孕的」）；西班牙語有〈大〉義（paquete grueso.〔箱子＋厚〕「大箱子」）；拉丁語有〈粗野的，不文明的〉義（crassus turba.〔厚＋群眾〕「粗魯的群眾」）和〈粗糙的〉義（toga crassus.〔長衣＋厚〕「粗布長衣」）等。

〔註 3〕例如，漢語有〈（土地）不肥沃〉義（土地薄，產量低）；英語有〈（微笑）不真心實意的〉義（He gave a thin smile.〔他＋給＋不定冠詞＋薄＋微笑〕他淡然一笑）和〈（光）微弱的；暗淡的〉義（the thin grey light of dawn.〔定冠詞＋薄＋灰＋介詞＋黎明〕「淺灰色的晨曦」）；西班牙語有〈（金屬）純淨的〉義（oro fino.〔金＋薄〕「純金」）和〈機靈，狡猾的〉義（El zorro es muy fino.〔定冠詞＋狐狸＋那個＋很＋薄〕「那個狐狸是很狡猾的」）等。

〔註 4〕統計表中的「＋」表示詞典上具有對應的意思，「（＋）」表示經過語料庫或母語者調查核對後的補充，留空表示無此對應的意思。最終所做的判斷和採納的材料都以母語者意見為準。

語義	漢	泰	越	印尼	蒙	英	德	拉丁	俄	西	法	韓	日
黏的、稠的						+	+	+	+	+	+		
胖的、肥的						+	+	+	+	+	+		
顏色深			（＋）	+	+	+	+	（＋）			+	+	+
味道濃	+	（＋）				+					+		
聲音渾厚			（＋）			+	+	（＋）	+				
感情深	+				+	+	+						+
遲鈍的			（＋）			+	+	（＋）	（＋）	+			

比如，在漢語中「桌上有厚厚的／薄薄的一層油」，這裡「油」雖然是液體但具有上下兩個面，例句中「THICK／THIN」表示油上下兩個面之間的距離，該語義屬於基礎義。而「油」作為液體本身具有黏稠的特性，但這個特性是與空間無明顯聯繫的屬性，不屬於基礎義。「THICK／THIN」在英語中的引申義「（湯飲等）黏的、稠的」與之類似，「thick syrups」表示糖漿的濃稠與空間概念沒有關聯，所以該語義屬於引申義。

表 4.2 各語言「THIN」的語義清單

	語義＼語言	漢	泰	越	印尼	蒙	英	德	拉丁	俄	西	法	韓	日
基礎義	扁平狀事物上下面間的距離小	+	+	+	+	+	+	+	+	+	+	+	+	+
引申義	家底少、不富裕	+		+	（＋）	+							（＋）	+
	氣體的濃度低	+	+	+	+		+	+	+	（＋）	+	+	+	+
	頭髮等稀疏、稀少		+		+	（＋）	+	+	+		+	+		+
	苗條						+	+		+	+	+		
	味道淡	+	+				+	+		（＋）				（＋）
	顏色淺			+	+		+	+				+	+	+
	聲音尖細						+	+	+	+				
引申義	感情淺	+												（＋）
	不重要、微不足道						+	+	+			+		
	精細的、細緻的								（＋）	（＋）	+			
	敏銳的、洞察入微的									+	（＋）			
	敏感的、靈敏的									+	+			

再如韓語的例句：

（1）韓語：a. **dukkeoun**〔註5〕 guleum cheung　i　malg eun haneulg wa
　　　　　　　　　　厚　　　雲　　層　主格助詞　晴朗　詞尾　天空　與

daejodoeeo omyohan Bunwigil　eul　pungginda.
　　對比　　　神秘　　氛圍　賓格助詞　　營造出

厚厚的雲層與晴朗的天空形成鮮明對比，營造出一種神秘的氛圍。

b. **dukkeoun**〔註6〕 guleum　i　taeyang eulgaligo.
　　　　　　　厚　　　　　雲　主格助詞　太陽　　遮住

厚厚的雲層遮住太陽。

例（1a）「雲層」在空間中是具有厚度的，「厚厚的雲層」形容雲層上下兩面間的距離大。而例（1b）「厚厚的雲層」表示雲中水分子的濃度高，屬於自身的屬性與基本空間義無關，是「THICK」的引申義。這裡同樣為「厚厚的雲」這樣的表述在韓語中既可以表示基礎義又可以表示引申義。又比如英語中「thick neck」的「THICK」表示脖子橫截面的面積大，屬於基礎義。而「thick man（粗壯的男人）」中「THICK」表示身體的肌肉多顯得人很粗壯，是自身的屬性與基本空間義無明顯聯繫。我們把形容事物有明顯空間維度（厚度）的語義視為基礎義，如「大氣層」等。而把沒有明確邊界的不規則形狀歸入引申義，如霧、煙、黑暗等。這些事物的邊界因為不斷變化所以很難明確界定面與面的距離，只能描述因其「濃」或「厚」導致視線無法穿透的現象，因此將不能明確邊界範圍的事物歸入引申義。由於詞典並不會對我們基礎義中的框架給出詳細的解釋和示例，因此筆者通過語料統計，整理出與「THICK／THIN」搭配的名詞，之後又找到了這些組合中名詞指稱對象的典型特徵，進而由這些典型特徵組成了文中的框架。下面用歐洲地區中的英語和亞洲地區中的漢語來說明文中的框架。

我們在英語語料庫以「thick／thin」這兩個詞為檢索詞進行統計，我們發現篩選得到的「thick／thin」的 1000 條語料中，「thick」有 286 條表示基礎義，「thin」有 330 條表示基礎義。其中，與「thick／thin」搭配的名詞主要有四

〔註5〕韓語「dukkeopda」的活用形。
〔註6〕韓語「dukkeopda」的活用形。

類：一類是形狀規則的扁平狀事物，如書、牆、被子、毛巾、衣服等，「thick」共 131 條，約占其基礎義的 46%，「thin」共 180 條，約占 55%；二類是圓柱狀事物，如鋼筋、木頭、脖子、大腿、手指等，「thick」共 124 條，約占其基礎義的 43%，「thin」共 115 條，約占 35%；三類線條狀事物，如繩子、頭髮、鐵絲、眉毛、睫毛等，「thick」共 29 條，約占其基礎義的 10%，「thin」共 30 條，約占 9%；四類形狀不規則的扁平狀事物，如雲、灰塵等，「thick」共 2 條，約占其基礎義的 1%，「thin」共 5 條，約占 1%。

同樣通過漢語語料統計，發現在篩選得到的「厚／薄」的共 500 條語料中，「厚」有 197 條表示基礎義，「薄」有 186 條表示基礎義。其中，與「厚／薄」搭配的名詞包括形狀規則的扁平狀事物，如木板、地毯、書、紙等，「厚」共 149 條，約占其基礎義的 76%，「薄」共 173 條，約占 93%；形狀不規則的扁平狀事物，如雪、雲、灰塵等，「厚」共 34 條，約占其基礎義的 17%，「薄」共 8 條，約占 4%；扁平狀的身體部位，如嘴唇、皮膚、背等，「厚」共 13 條，約占其基礎義的 6%，「薄」共 5 條，約占 3%；液體的上下平面，如油、牛奶等，「厚」共 1 條，約占其基礎義的 1%。

此外，我們對其他 11 種語言「THICK／THIN」的詞義也在語料庫中進行了檢索，得出了「THICK／THIN」通常描述事物的類型為「形狀規則的扁平狀事物、圓柱狀事物、線條狀事物、形狀不規則的扁平狀事物」等。

一、參數

「THICK」和「THIN」的基礎義是「扁平狀事物上下面距離大或小」，各個參數主要與事物的空間特性相關，可以分為以下四種：

（一）對象的形狀

「THICK／THIN」描述事物的形狀有以下三種：扁平狀事物、圓柱狀事物、線條狀事物。「THICK／THIN」描述的事物雖然都是三維事物，但在視覺上都近似於二維平面。

1. 扁平狀事物

13 種語言的「THICK／THIN」通常都用於形容具有二維表面的扁平狀事物。如圖 4.1 所示，我們將扁平狀事物放入三維空間座標系中進行說明。

圖 4.1 「THICK / THIN」描述形狀規則的扁平狀事物的示意圖

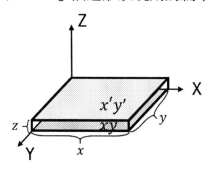

在圖 4.1 中，扁平狀事物可以由三維空間座標系的三個軸表示，若 X 軸表示事物的長度，則 Y 軸表示事物的寬度。X 軸和 Y 軸組成了在水平方位上的二維平面 *xy*，若進一步增加少量 Z 軸的垂直維度，就形成了扁平狀事物。在視覺上，人們關注的是由 X 軸和 Y 軸組成的二維平面 *xy* 以及通過 Z 軸擴展的另一個二維平面 *x'y'*。相對於這兩個平面，Z 軸上的垂直維度通常是忽略不計的。而「THICK / THIN」形容的就是 Z 軸上的維度。這些事物可以分為兩種：一是表面形狀較規則的扁平狀事物，如書、木板、布、紙、牆、外套、肉、麵包片、鞋底、窗簾、冰等。具體例句如下：

（2）越南語：sach **day** / **mong**.

     書   厚   薄

    書很厚 / 薄。

（3）俄語：**tolstyj** / **tonkij** doska.

     厚   薄   木板

    厚 / 薄木板。

（4）法語：mur **epais** / **mince**.

     牆   厚   薄

    牆很厚 / 薄。

（5）德語：**dick** / **dunn** stark.

     厚   薄   肉

    厚 / 薄的肉。

「THICK / THIN」也能用於表示表面形狀不規則的面與面之間的距離，將表面形狀不規則的事物放入三維空間座標系中，圖 4.2 可以對此進行直觀說明：

圖 4.2 「THICK / THIN」描述形狀不規則的扁平狀事物的示意圖

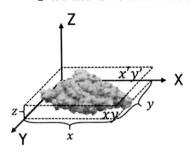

在圖 4.2 中，想像以不規則的事物的頂點為中心畫一個平面，即圖中 $x'y'$ 代表的平面，再以不規則的事物的底部最低點為中心畫一個平面，即圖中 xy 代表的平面。「THICK / THIN」描述的就是兩個平面之間的距離，即 Z 軸上的長度 z，比如大氣層、雲層等。具體例子如：

（6）英語：**thick / thin** cloud layer.

　　　　厚　　薄　雲　層

　　　　厚 / 薄的雲層。

（7）越南語：dai may **day / mong**.

　　　　　層　雲　厚　　薄

　　　　雲層很厚 / 薄。

（8）日語：**atsui / usui** kumonoso.

　　　　厚　　薄　　雲層

　　　　厚 / 薄的雲層。

2. 圓柱狀事物

某些語言裏的「THICK / THIN」，可以用來形容圓柱狀事物，比如它們通常用來描述棍子、木頭、釘子、筷子、鉛筆、杯子、管子、管道、通道等圓柱狀事物的橫截面。

圖 4.3 「THICK / THIN」描述圓柱狀事物的示意圖

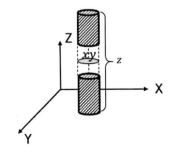

　　在圖 4.3 中，圓柱狀事物可以由三維空間座標系的三個軸表示。Z 軸為圓柱狀事物的高度或長度，X 軸和 Y 軸組成了圓柱狀事物的橫截面 xy。在視覺上，人們首先關注的是 Z 軸上的維度和事物整體的體積，而橫截面 xy 是人們次要觀察的對象。「THICK／THIN」描述的就是空間中這個次要觀察對象。例句：

　　（9）俄語：**tolstyj ／ tonkij** gvozd.

　　　　　　　　厚　　　薄　　　釘子

　　　　　很粗／細的釘子。

　　（10）印尼語：pena tebal ／ tipis.

　　　　　　　　　筆　　厚　　薄

　　　　　筆很粗／細。

　　（11）西班牙語：vaso grueso ／ fino.

　　　　　　　　　　杯子　厚　　　薄

　　　　　杯子的玻璃很厚／薄。

　　「THICK／THIN」還可以與手指、大腿、脖子、腰圍、胳膊等圓柱狀的身體部位搭配，如：

　　（12）英語：thick ／ thin finger.

　　　　　　　　厚　　薄　　手指

　　　　　粗／細的手指。

　　（13）德語：dick ／ dunn beine.

　　　　　　　　厚　　　薄　腿

　　　　　粗／細的腿。

　　（14）西班牙語：cuello grueso ／ fino

　　　　　　　　　　脖子　厚　　　薄

　　　　　脖子很粗／細。

　　（15）泰語：eu naa ／ bang.

　　　　　　　　腰　厚　　薄

　　　　　腰很粗／細。

3. 線條狀事物

　　某些語言裏的「THICK／THIN」，可以用來形容線、頭髮、辮子、毛線、繩子、針、筆劃、眉毛、眼線等線條狀事物，如圖 4.4 所示。

圖 4.4 「THICK ／ THIN」描述線條狀事物示意圖

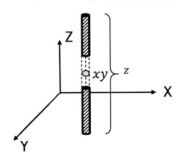

在圖 4.4 中，線條狀事物可以由三維空間座標系的三個軸表示。Z 軸為線條狀事物的高度或長度，X 軸和 Y 軸組成了線條狀事物的橫截面 xy。我們可以把線條狀事物看作是直徑比較小的圓柱狀事物，因此在視覺上與圓柱狀事物相似，甚至因為橫截面直徑小，人們更會首先關注的是 Z 軸上的維度和事物整體的體積，而忽略掉橫截面 xy。「THICK ／ THIN」描述的是這個常常在視覺上被人們忽略的橫截面 xy。

在一些語言中「THICK ／ THIN」描述的線條狀事物必須放置於一個平面中，如韓語，法語。圖 4.5 在三維空間座標系中直觀地展示了「THICK ／ THIN」所描述的平面上線條狀事物的維度。

圖 4.5 「THICK ／ THIN」描述平面上的線條狀事物——字體

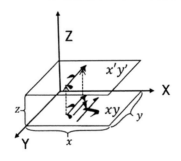

圖 4.5 表示的是在平面上的字體，通常人們會認為字體的線條只存在於由 X 軸和 Y 軸組成的水平方位的 xy 平面上。但我們也可以把字體認為是一個在 Z 軸上具有微小維度的三維事物。當字體的線條變粗時，我們可以認為字體在平行於 xy 平面的 $x'y'$ 平面上重疊了字體需要變粗的線條。在一些語言中「THICK ／ THIN」則是用來形容 xy 平面與 $x'y'$ 平面間 Z 軸上垂直方位的維度 z。例句：

（16）英語：thick ／ thin line.

　　　　　厚　　薄　線

　　很粗 ／ 細的線。

（17）泰語：sen naa / bang.

　　　　　　線　厚　薄

　　　線很粗／細。

（18）拉丁語：crassus / tenuis restis.

　　　　　　厚　　薄　繩索

　　　粗／細的繩索。

（二）對象的度量

「THICK／THIN」主要從兩個維度上來進行度量：其一是上下面的距離，可以看作是一個平面上點到點的距離，是一維的度量，其中也包含不規則表面之間的距離和由眾多條狀顆粒物聚集形成的事物的上下平面的距離；其二是橫截面的大小，當「THICK／THIN」描述圓柱狀事物時，可以用圓形的橫截面去度量。如圖 4.6 所示，在幾何中任意一個圓可以做出一個外切正方形（A）和一個內切正方形（A'），因而圓形的橫截面是一個二維的量。

圖 4.6　歐幾里得《幾何原本》第四卷「圓與正多邊形」

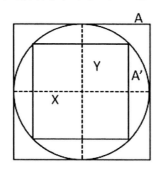

（三）非突顯維度

人們對空間中事物的認知首先是突顯的維度，之後才是非突顯維度。「THICK／THIN」可以形容三種形狀的事物，如平面上的線條狀事物、扁平狀事物、圓柱狀事物。平面上的線條狀事物通常在空間認知中視為一維的一條線。伍瑩（2011）認為，再細再小的線都是立體的三維事物〔註7〕，筆者也對此觀點表示認同。所以可以把平面上的線條狀事物看作是一個有厚度的三維事物，那麼長度則為線條狀事物的突顯維度，而寬度和厚度因為非常微小可以視為非突顯維度。如英語中的「thick／thin line（厚／薄＋線條）」，這裡

〔註7〕伍瑩：《現代漢語空間維度形容詞語義系統研究》，博士學位論文，武漢大學中文系，2011 年，第 144 頁。

「THICK／THIN」描述的是線條的上下面距離，是非突顯的維度。類似的，扁平狀事物的突顯維度是二維的平面，非突顯維度是事物的厚度。如漢語中的「厚／薄木板」，這裡「THICK／THIN」描述的是木板上下面距離，是非突顯的維度。圓柱狀事物的突顯維度是整體的三維，而非突顯維度是橫截面的大小。如俄語中「tolstyj／tonkij palka（厚／薄＋棍子）」，這裡「THICK／THIN」描述的是木棍橫截面的面積，是非突顯的維度。「THICK／THIN」表達的是上面三種形狀事物的非突顯維度的度量值，而空間認知維度則是事物的突顯維度。對於非突顯維度的表達見圖4.7。

圖 4.7　三種形狀事物突顯與非突顯維度示意圖

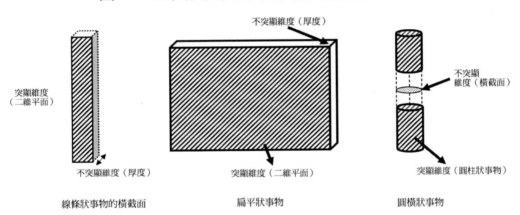

（四）是否為生命體

該參數描述當前事物是否為生命體，如人體的器官為有生命的事物，而書、木頭、毛線、繩子等則為無生命事物。

二、框架

由以上四個參數按照一定的邏輯可以組合出「THICK／THIN」的框架，如表4.3所示：

表 4.3　「THICK／THIN」參數和框架表

參　數 框　架	對象的形狀	對象的度量	非突顯維度	是否為 生命體
扁平狀事物上下面間的距離 書〔註8〕	扁平狀	上下面距離	一維	無

〔註8〕表4.3中每個框架下面舉了一個屬於這個框架裏的典型的例詞。

線條狀事物 頭髮	線條狀	橫截面的大小	一維	無
平面上的線條狀事物 眉毛	平面上的 線條狀	上下面距離	一維	無
圓柱狀事物的橫截面 木棍	圓柱狀	橫截面的大小	二維	無
圓柱狀身體部位的橫截面 脖子	圓柱狀	橫截面的大小	二維	有

下面對各個框架做詳細的說明。

（一）扁平狀事物上下面間的距離

「THICK／THIN」主要描述形狀為扁平，形態為固體的事物上下平面間的距離，如書、木板、外套、被子、冰、坐墊等事物，這種搭配在調研的 13 種語言中普遍存在，所指的厚度都是指上下兩個平面之間的實際距離。例如：

（19）日語：atsui／usui　ita.
　　　　　　　　厚　　薄　木版
　　　　厚／薄木版。

（20）英語：thick／thin　coat.
　　　　　　　　厚　　薄　外套
　　　　厚／薄的外套。

（21）西班牙語：colchon grueso／fino.
　　　　　　　　　被子　　厚　　薄
　　　　厚／薄被子。

大自然中的事物都會以固體、氣體、液體三種形態存在。「THICK／THIN」由形容扁平狀固體上下平面，很自然地擴展到形容扁平狀氣體上下面，如大氣層、雲層等，這些事物中都包含氣體成分。因為氣體自身形狀並不固定，所以對外呈現的形狀多為不規則的，上下面也並非平面。因此「THICK／THIN」描述的事物通常是不規則的上下面距離。例如：

（22）德語：dick／dunn wolken.
　　　　　　　　厚　　薄　雲
　　　　厚／薄的雲。

（23）越南語：may day／mong.
　　　　　　　　雲　厚　薄
　　　　雲很厚／薄。

由扁平狀固體的上下面距離還可以聯想到扁平液體上下面距離。有些黏稠液體具有扁平的上下表面,「THICK／THIN」可以與扁平狀液體搭配,如油、牛奶等。例句:

（24）英語:thick／thin layer of oil.
　　　　　　厚　　薄　　層 介詞 油
　　　　　　厚／薄的油層。

（25）德語:Auf der Milch sich ein dunner[註9] Film gebildet.
　　　　　　上 定冠詞 牛奶 代詞 一　薄　　　膜　結成
　　　　　　牛奶上面結成了一層薄膜。

「THICK／THIN」描述的事物通常可以由無生命的事物擴展到有生命的事物,比如身體部位中的「嘴唇、皮膚、肚皮、肩膀、背、臉皮、手掌、眼皮、耳垂」等。「THICK／THIN」可以搭配扁平狀的身體部位,描述這些身體部位兩個平面的距離。例如:

（26）法語:lobe epais／mince.
　　　　　　耳垂　厚　薄
　　　　　　耳垂厚／薄。

（27）西班牙語:cuello grueso／fino.
　　　　　　　　脖子　厚　　薄
　　　　　　　　脖子粗／細。

（28）俄語:tolstyj／tonki guby.
　　　　　　厚　　薄 嘴唇
　　　　　　很厚／薄的嘴唇。

（二）線條狀事物

某些語言中「THICK／THIN」可以描述形狀為線條狀的事物。線條雖然從宏觀上可以看成一維事物,但微觀上可以被認為是一個具有厚度的三維事物。「長度」是線條狀事物的突顯維度而「厚度」是非突顯維度。該框架就是描述線條狀事物在微觀中的厚度,例如頭髮、辮子、毛線、繩子、針、筆劃等。通過分析語言數據可知,在英語、德語、西班牙語、俄語、拉丁語、印尼語、越南語等語言中,「THICK／THIN」都可與線條狀事物搭配。例如:

―――――――――――――
〔註9〕德語「dunn」的活用形。

（29）英語：thick / thin thread.
              厚   薄   線

    粗 / 細線。

（30）德語：dick / dunn seil.
           厚   薄 繩索

    很粗 / 細的繩索。

（31）越南語：soi chi day / mong.
          毛線 厚   薄

    很粗 / 細的毛線。

（三）平面上的線條狀事物

「THICK / THIN」在某些語言中可被用來修飾平面上的一維線條狀事物，比如字的筆劃、線條、眼線、眉毛等。例句：

（32）英語：thick / thin type.
         厚   薄 筆劃

    很粗 / 細的筆劃

（33）越南語：Chi ke mat day / mong.
          線   眼   厚   薄

    眼線畫得很粗 / 細。

（34）法語：sourcil epais / mince.
        眉毛   厚   薄

    很粗 / 細的眉毛。

（四）圓柱狀事物的橫截面

某些語言裏的「THICK / THIN」可以描述圓柱狀事物的橫截面大小，比如棍子、電線、木頭、筷子、鉛筆、管子、管道等。例如：

（35）俄語：tolstyj / tonkij derevo.
         厚   薄   木頭

    粗 / 細的木頭。

（36）印尼語：pena yang tebal / tipis.
        筆 定冠詞 厚   薄

    很粗 / 細的筆。

（37）西班牙語：palo　grueso／fino.

　　　　　　　木棍　　厚　　薄

　　很粗／細的木棍。

（38）德語中：dick／dunn wurst.

　　　　　　厚　　薄　肉腸

　　很粗／細的肉腸。

（五）圓柱狀身體部位的橫截面

與「THICK／THIN」搭配扁平狀事物的語義路徑相同，在搭配圓柱狀事物時也存在由無生命到有生命的擴展的情況。某些語言裏的「THICK／THIN」還可以與手指、脖子、手腕、腰圍等圓柱狀的身體器官搭配。如：

（39）英語：thick／thin finger.

　　　　　　厚　　薄　手指

　　很粗／細的手指。

（40）德語：dick／dunn hals.

　　　　　　厚　　薄　脖子

　　很粗／細的脖子。

（41）西班牙語：cuello grueso／fino.

　　　　　　　脖子　厚　　薄

　　很粗／細的脖子。

（42）俄語：tolstyj／tonkij nogi.

　　　　　　厚　　薄　腿

　　很粗／細的腿。

三、「THICK／THIN」基礎義語義地圖的構建

下面根據語義地圖模型的連續性假說，逐步構建「THICK／THIN」的概念空間。

第一步：在我們所考察的 13 種語言中無論描述的事物是固體、氣體、還是液體，「THICK／THIN」都可以描述「扁平狀事物上下面間的距離」，所以我們將「扁平狀事物上下面間的距離」這個框架作為起始節點。

1. 扁平狀事物上下面間的距離

第二步：「THICK／THIN」不僅能描述扁平狀事物上下面間距離，還可以

描述圓柱狀事物橫截面的大小。在我們所考察的 13 種語言中，所有歐洲語言「THICK / THIN」都可以描述「圓柱狀事物的橫截面」這個框架，而大部分亞洲語言則不可以。亞洲語言只有越南語、印尼語和泰語這三種語言可以描述框架「圓柱狀事物的橫截面」。因此我們將「圓柱狀事物的橫截面」作為獨立的框架排列如下：

2. 扁平狀事物上下面間的距離——圓柱狀事物的橫截面

第三步：線條狀事物可以看成是很細的圓柱狀事物，因此「THICK / THIN」也可以描述線條狀事物的橫截面。13 種語言中，大部分亞洲語言都不能描述「線條狀事物的橫截面」這個框架，越南語、印尼語和泰語可以描述，是亞洲語言的特例。大部分歐洲語言都可以描述「線條狀事物的橫截面」這個框架，法語不能描述，是歐洲語言的特例。因此我們將「線條狀事物的橫截面」作為獨立的框架排列如下：

3. 扁平狀事物上下面間的距離——線條狀事物的橫截面

第四步：線條狀事物也可以被放置於一個平面上，因此「THICK / THIN」不僅可以描述「線條狀事物的橫截面」這個框架，還可以描述「平面上的線條狀事物」這個框架。與「線條狀事物的橫截面」相似，大部分亞洲語言都不能描述「平面上的線條狀事物」，但韓語、越南語、印尼語和泰語可以描述。所有歐洲語言都可以描述這個框架。因此我們將「平面上的線條狀事物」作為獨立的框架排列如下：

4. 扁平狀事物上下面間的距離——線條狀事物的橫截面——平面上的線條狀事物

5. 扁平狀事物上下面間的距離——平面上的線條狀事物

第五步：自然界的事物從生物的特性上可以分為無生命事物和有生命的事物。

「THICK / THIN」既可以描述無生命的圓柱狀事物，也可以描述有生命的圓柱狀事物，如人身體的部位。因此「THICK / THIN」可以描述「圓柱狀身體部位的橫截面」這個框架。13 種語言中，大部分亞洲語言都不能描述「圓柱狀身體部位的橫截面」，泰語是亞洲語言的特例。而所有歐洲語言都可以描述「圓柱狀身體部位的橫截面」這個框架。因此我們將「圓柱狀身體部位的橫

截面」作為獨立的框架排列如下：

6. 扁平狀事物上下面間的距離──圓柱狀事物橫截面──圓柱狀的身
　 體部位橫截面

通過對 13 種語言中「THICK」與「THIN」在五個語義框架中的使用情況分析，筆者進行了合併和簡化，構擬出了「THICK／THIN」語義地圖，如圖 4.8 所示。

圖 4.8 「THICK／THIN」的基礎義語義地圖

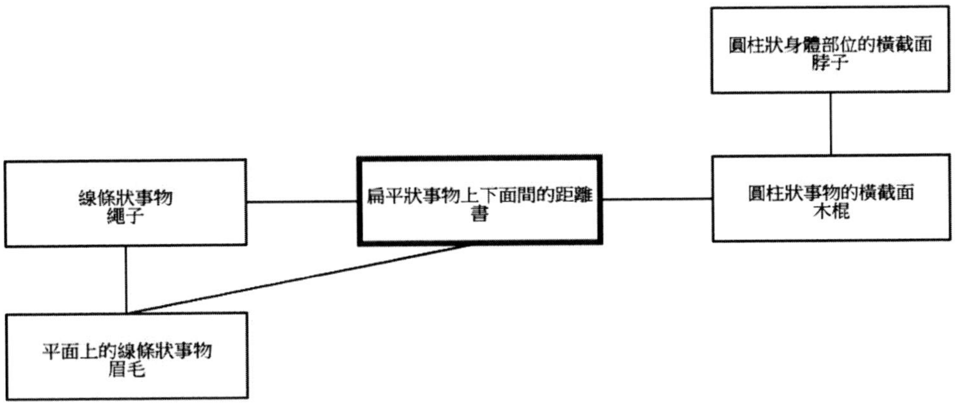

（一）漢語「厚／薄」的基礎義

漢語「厚／薄」的基礎義語義地圖如圖 4.9：

圖 4.9 漢語「厚／薄」的基礎義語義地圖

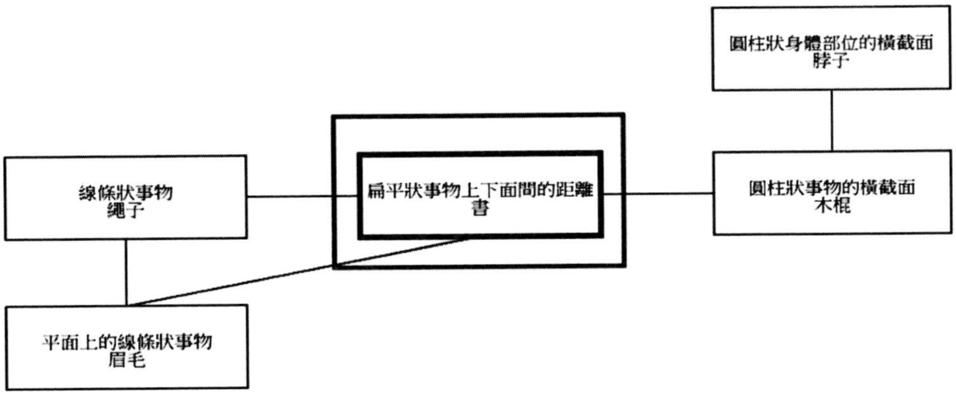

漢語「厚／薄」只能描述「扁平狀事物上下面間的距離」。「線條狀事物」「平面上的線條狀事物」「圓柱狀身體部位的橫截面」和「圓柱狀事物的橫截面」這四個框架在漢語中使用「粗／細」來形容。

漢語具體例句如下：

1. 扁平狀事物上下面間的距離

（43）這本書很厚，價錢自然也很貴。

（44）夾壁牆同外面，僅隔一層薄木板，金環的話裏面聽的很清楚。

（45）厚衣服他一般都洗三次以上。

（46）說是嘴唇厚的人天性厚哇！

（47）三點法雙眼皮適合眼皮薄而平整，眼睛長的求美人群。

（48）炸完雞腿的鍋上覆蓋著一層厚厚的油。

（49）為什麼熱牛奶時上面有一層薄薄的牛奶膜。

（50）八點半鐘，飛機穿過濃霧和厚厚雲層的重慶上空，飛往香港。

（51）天空晴朗，一片薄雲也沒有。

（二）英語「thick / thin」的基礎義

英語「thick / thin」的基礎義語義地圖如圖 4.10：

圖 4.10　英語「thick / thin」的基礎義語義地圖

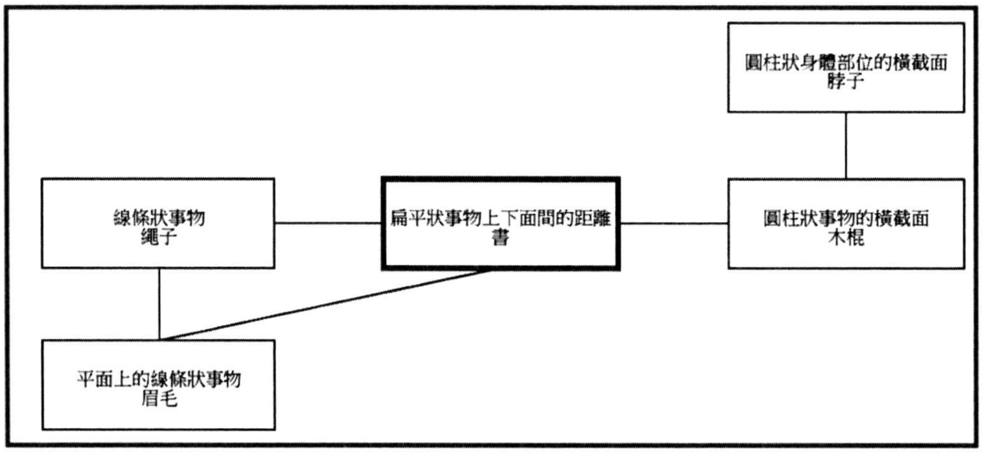

英語的「thick / thin」能夠覆蓋所有框架。

英語具體例句如下：

1. 扁平狀事物上下面間的距離

（52）Mr　Qin wrote a thick / thin book on　history and it was

　　先生 秦　寫了一 厚　薄　書 有關　歷史 和 那 是

published last year.

　　出版了　去年

秦先生寫了一本有關歷史的厚厚／薄薄的書，去年出版了。

（53）He went back to　put on a　thick／thin <u>overcoat</u>.

他　去　回介詞 穿上　一　厚　薄　大衣

他回去穿上一件厚／薄大衣。

（54）He pursed his thick／thin <u>lips</u>　as　he considered　that.

他　撅嘴 他的 厚　薄嘴唇 介詞 他　仔細思索　指示代詞

他仔細地思索著，皺起他厚厚／薄薄的嘴唇。

（55）　An　oil layer with　an　effective thickness greater than 0.5 m is

不定冠詞 油 層 和 不定冠詞 有效　厚度　大於　0.5 m 是

called　a　thick <u>oil layer</u>, otherwise it is called　a　thin <u>oil layer</u>.

稱為 不定冠詞 厚　油層　另　它是 叫 不定冠詞 薄　油 層

有效厚度大於 0.5m 的油層稱為厚油層，小於 0.5m 的油層稱為薄油層。

2. 線條狀事物

（56）Once　dry, sew everything together using some thick／thin <u>thread</u>.

一…就 乾 縫 所有的　一起　用 比較 厚　薄　線

乾了以後，用比較粗／細的縫線把所有的東西縫起來。

3. 平面上的線條狀事物

（57）Draw　a　thick <u>black line</u> across the　page.

畫 不定冠詞 厚　黑　線 跨 定冠詞 頁面

在頁面上畫一條粗黑線。

4. 圓柱狀事物的橫截面

（58）Using thick <u>pens</u>, draw a dot of colors in the middle of each circle.

用　厚　筆　畫 一 點 介詞 顏色　在…的中間　每個　圓圈

用粗筆在每個圓圈的中間畫一個顏色點。

5. 圓柱狀身體部位的橫截面

（59）　I have kind of thick／thin <u>fingers</u>.

我 有 有點　厚　薄　手指

我的手指有點粗／細。

（60）She has a　thick／thin <u>neck</u>.

她 有 一　厚　薄 脖子

她脖子很粗／細。

第二節　跨語言「THICK / THIN」的基礎義對比

　　本節將在上文構建的「THICK / THIN」基礎義語義地圖上對比不同語言「THICK / THIN」的基礎義，並詳細討論不同語言基礎義語義地圖的差異。我們將 13 種語言「THICK / THIN」基礎義語義地圖主要在以下兩個圖中進行說明。

圖 4.11　亞洲語言「THICK / THIN」的基礎義語義地圖

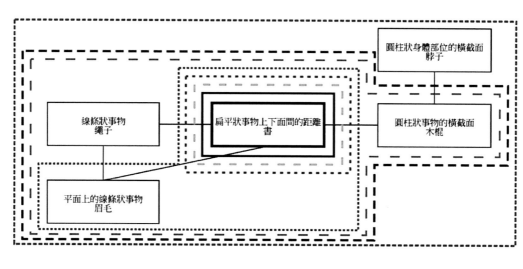

　　圖 4.11 反映的是亞洲地區的語言狀況，首先，所有亞洲語言都可以形容「扁平狀事物上下面間的距離」。其次，韓語還可以描述「平面上的線條狀事物」。在此基礎上，越南語和印尼語還可以描述「線條狀事物」「平面上的線條狀事物」和「圓柱狀事物的橫截面」。泰語可以描述全部框架。通過上面語義地圖中的框架可以看出，漢語、日語和蒙古語「THICK / THIN」基礎義的詞義都相同，具有很強的一致性。越南語與印尼語「THICK / THIN」基礎義的詞義也都相同，兩種語言也具有一致性。韓語「dukkeopda（厚）/ yalda（薄）」相對漢語、日語和蒙古語增加了「平面上的線條狀事物」框架，但不能形容「線條狀事物」框架。漢語、日語、蒙古語、越南語、印尼語和韓語「THICK / THIN」都不能形容有生命的圓柱狀事物，如身體部位的大腿、胳膊和脖子等。身體部位在印尼語中使用「besar（大）/ kecil（小）」來形容，而在越南語中不僅使用「to（大）/ nho（小）」，還使用「tho（粗）/ manh（細）」來形容。而泰語既可以形容無生命的圓柱狀事物，比如「棍子、木頭、筷子、鉛

筆」等，也可以形容有生命的圓柱狀事物，比如身體部位的手指、胳膊、腰圍、脖子等，與其他亞洲地區的語言有明顯差異。

下面圖 4.12 反映的是印歐語系的狀況，這些具有親屬關係的語言在語義地圖上呈現出明顯的一致性，可以廣泛地形容扁平狀、線條狀、圓柱狀三種形狀的事物。「THICK／THIN」在印歐語系諸語言中，既可以描述「扁平狀事物上下面間的距離」和「線條狀事物」，也可以描述「圓柱狀事物的橫截面」和「圓柱狀身體部位的橫截面」。

圖 4.12　歐洲語言「THICK／THIN」的基礎義語義地圖

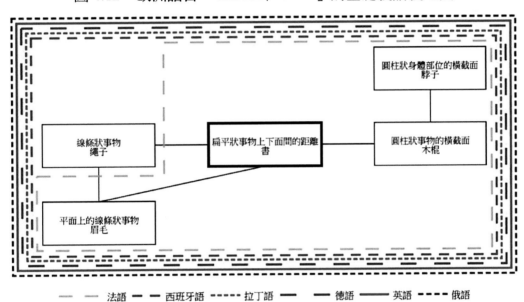

而大部分亞洲語言只能描述「扁平狀事物上下面間的距離」，所以印歐語系中「THICK／THIN」對應漢語的「厚／薄」和「粗／細」。這在其他亞洲語言與歐洲語言對比中也可以看到，是歐亞語言的明顯區別。

綜上所述，「THICK／THIN」在歐洲地區的語言中一致性較強，可以描述所有框架。只有法語例外，不能描述「線條狀事物」。「THICK／THIN」在亞洲語言中的表現較為複雜，漢語、日語、蒙古語具有一致性，它們都只能描述「扁平狀事物上下面間的距離」；韓語既可以描述「扁平狀事物上下面間的距離」也可以描述「平面上的線條狀事物」，如眉毛、眼線等；越南語和印尼語除了可以描述「扁平狀事物上下面間的距離」和「線條狀事物」，還可以描述「圓柱狀事物的橫截面」；而泰語所有框架都可以描述。「THICK／THIN」在歐洲語言和亞洲語言中都可以描述「扁平狀事物上下面間的距離」這個框

架，體現了「THICK / THIN」在跨語言上的共性。「THICK / THIN」在不同地區語言上的差異主要表現在對線條狀事物和圓柱狀事物的描述。

　　大部分亞洲語言「THICK（厚）／THIN（薄）」和「THICK（粗）／THIN（細）」是兩個詞。「THICK（厚）／THIN（薄）」只能描述「扁平狀事物」，不能描述「線條狀事物」「圓柱狀事物的橫截面」和「圓柱狀身體部位的橫截面」，對於這些事物亞洲語言用「THICK（粗）／THIN（細）」描述。而大部分歐洲語言「THICK / THIN」可以描述「扁平狀事物」「線條狀事物」「圓柱狀事物的橫截面」和「圓柱狀身體部位的橫截面」。如圖 4.13 所示。

圖 4.13　亞洲語言和歐洲語言的「THICK / THIN」的關係

在上述總結的一般規律下也存在著例外。亞洲語言中的泰語和印尼語同歐洲語言一樣，用一個詞來表示事物的厚度與粗度。但泰語在描述身體部位時還是與其他語言有所不同。泰語中形容身體四肢不能使用「naa（厚）／baang（薄）」，而是要用「yai（大）／lek（小）」，印歐語系中的語言不存在這種情況。雖然亞洲語言中越南語與印尼語形容的詞義基本相同，但兩種語言對於使用「THICK / THIN」描述事物的厚度還是粗度的理解有所不同。印尼語中描述厚度與粗度的詞都是同一個詞「tebal / tipis」，既可以描述扁平狀事物，又可以描述圓柱狀事物和線條狀事物。但在描述「圓柱狀身體部位的橫截面」時，印尼語只能使用描述大小的詞「besar（大）／kecil（小）」。越南語用「day（厚）／mong（薄）」和「tho（粗）／manh（細）」這兩個不同的詞分別描述事物的厚度和粗度，而當描述「線條狀事物」「平面上的線條狀事物」以及「圓柱狀事物的橫截面」時，兩個詞都可以使用。但在描述「圓柱狀身體部位的橫截面」時，越南語不能使用描述厚度的詞「day（厚）／mong（薄）」，只能使用描述粗度的詞「tho（粗）／manh（細）」或大小的詞「to（大）／nho（小）」。韓語與大部分亞洲語言相似，大部分情況下描述厚度的詞與描述粗度的詞是分開使用的。但韓語在描述「平面上的線條狀事物」時，可以用「dukkeopda

（厚）／yalda（薄）」表示上下面的距離，也可以用「gukda（粗）／ganeulda（細）」表示橫截面的大小。

法語與大部分歐洲語言不同，「厚／薄」與「粗／細」不是同一個詞。但在大部分情況下，法語「epais（厚）／mince（薄）」與「gros（粗）／fine（細）」都可以用來描述扁平狀事物、圓柱狀事物的橫截面、圓柱狀身體部位的橫截面和平面上的線條狀事物。法語在描述「平面上的線條狀事物」時，可以用「epais（厚）／mince（薄）」表示上下面的距離，也可以用「gros（粗）／fine（細）」表示橫截面的大小。而當描述在立體空間中的線條狀事物時，法語只能用「gros（粗）／fine（細）」來形容。這些例外體現了不同語言的個性，如圖 4.14 所示。

圖 4.14　亞洲語言與歐洲語言「THICK（厚）／THIN（薄）」與
「THICK（粗）／THIN（細）」關係示意圖

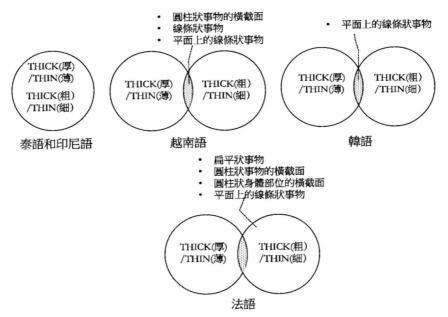

第三節　「THICK」的引申義

MLexT 已完成的項目表明，詞語的基礎義和引申義之間具有密切的關聯。「THICK／THIN」的基礎義和引申義都很豐富，這類詞可以有效地展現詞語基礎義之間的對立會直接影響其引申義的發展。此外，在基礎義中起區別作用的參數，在引申義中往往也會得到保留。與上文排列基礎義語義節點的方法相同，主要有語義節點確定和節點的排列與連接兩個工作。

首先是語義節點的確定。我們在 13 種語言「THICK／THIN」基礎義中考察的典型對象通常為「扁平狀事物上下面間的距離」，這時「THICK／THIN」描述的是對象中一維的量，即距離。而在一些語言中「THICK／THIN」也通常形容圓柱狀事物的橫截面，這時「THICK／THIN」描述的是對象中二維的量，即面積。因此「THICK／THIN」引申義採用描述對象中一維的「扁平狀事物上下面間的距離」和描述對象中二維的「圓柱狀事物的橫截面」這兩個典型的基礎義為起點。其次是節點的排列和連接。在構建概念空間的過程中，我們發現各語言空間維度形容詞「THICK」所形成的語義鏈並非是雜亂無章的，而是有一定的邊界和規律，總體可歸納出「THICK」具有四大引申路徑：從空間域向數量域、從空間域向感知域、從空間域向情感域、從空間域向心智域。

一、「THICK」引申義語義地圖的構建

（一）數量域

「THICK」無論在「扁平狀事物上下面間的距離」，還是「圓柱狀事物的橫截面」的節點上都存在「數量上多」的概念，因此從「扁平狀事物上下面間的距離」的度量值與「圓柱狀事物的橫截面」的度量值中可以抽象出「THICK」形容數量上的多。具體如下：

1. 扁平狀事物上下面間的距離——資產多、（家底）殷實、充裕

扁平狀事物上下面間的距離大意味著積累得多，從而可以表示抽象的資產多。資產多也就意味家底豐厚殷實和資金的充裕。

（61）蒙古語：khorongo tsutsang.

　　　　　　資産　　　厚

　　　資産多。

（62）俄語：tolstyj karman.

　　　　　　厚　　口袋

　　　口袋錢多。

（63）泰語：kaadtoptaen naa.

　　　　　　報酬　　　厚

　　　報酬很豐厚。

2. 扁平狀事物上下面間的距離——（自然現象）氣體的濃度高

扁平狀事物上下面間的距離大意味著所含分子的數量多。當氣體中分子的數量變多，濃度就會變大，從而形成對視覺的遮擋，讓人無法看清，猶如一堵厚牆。「THICK」可表氣體濃厚義，例如：

（64）英語：thick smoke.

　　　　　　厚　　煙

　　　　濃煙。

（65）德語：dicke〔註10〕　Luft.

　　　　　　厚　　　　空氣

　　　　混濁的空氣。

（66）日語：atsui kiri.

　　　　　　厚　　霧

　　　　濃霧。

（67）拉丁語：crassus aer.

　　　　　　　厚　　空氣

　　　　空氣混濁。

3. 扁平狀事物上下面間的距離——（頭髮或森林等）密集

當扁平狀事物的上下面之間距離大意味著所含分子變多，事物的密度變大。「THICK」表示密度時用於描述可分離的事物，比如頭髮、鬍子、森林等，表達這些事物聚合在一起的疏密度。例如：

（68）德語：dicker〔註11〕　Wald.

　　　　　　厚　　　　樹叢

　　　　茂密的樹叢。

（69）英語：thick dark hair.

　　　　　　厚　黑　髮

　　　　濃密的黑髮。

（70）法語：feuillage epais.

　　　　　　枝葉　　厚

　　　　茂密的樹葉。

〔註10〕德語「dick」的活用形。
〔註11〕德語「dick」的活用形。

（71）印尼語：tebal janggutnya.

           厚   鬍子

密叢叢的鬍子。

4. 扁平狀事物上下面間的距離——（湯飲等）黏的、稠的

當扁平狀事物的上下面之間距離大意味著事物包含的分子多，密度大。把固態事物分子的密集抽象延伸到液體則表示湯或飲料很稠，很濃。如：

（72）德語：　Der　Brei ist dick gekocht.

          定冠詞　粥　它　厚　 煮

粥煮得太稠了。

（73）英語：　The　effect will be ruined　if　the　paint　is too thick.

         定冠詞 效果　就會　破壞　如果 定冠詞 塗料　是　太　厚

塗料太稠就會破壞效果。

（74）法語：soupe epais.

           湯   厚

濃稠的湯。

5. 圓柱狀事物的橫截面——（身體）肥胖

圓柱狀事物的橫截面變大意味著橫截面的周長變大，而身體的肥胖表現在外觀上也是輪廓變大。例句：

（75）英語：see　a　thick set figure in　the　distance.

           看 一　厚　　人物　在 定冠詞　遠處

在遠處看見一個肥胖的人。

（76）法語：femme epaisse〔註12〕.

          女人　　厚

很胖的女人。

（77）西班牙語：hombre grueso.

          男人　　厚

很胖的男人。

（二）情感域

「THICK」在空間量上的積累可以引申到人類的感情，所以從空間域可以

〔註12〕法語「epais」的活用形。

引申到情感域。

1. 扁平狀事物上下面間的距離——（感情）深、關係親密

扁平狀事物上下面間的距離大意味著積累的多，可以抽象為人與人在感情上有很多的積累，自然感情就會深厚，關係就會親密。例如：

（78）德語：dick Freunde.

    厚 友情

  友情很深厚。

（79）英語：She is thick with him.

    她 是 厚 與 他

  她與他很要好。

（80）日語：atsui jogi.

    厚 友情

  友情很深厚。

（81）蒙古語：tsutsang nokhorlol.

    厚 友情

  友情很深厚。

（三）感知域

「THICK」在空間量上的積累可以引申到人類的感知。所以從空間域也可以引申到感知域。

1. 扁平狀事物上下面間的距離——（顏色）深

扁平狀事物上下面間的距離大，這種概念可以轉移到抽象的顏色中，表示視覺上顏色的濃度高，色彩深。如：

（82）德語：Tinte dick.

    墨水 厚

  墨水太深。

（83）蒙古語：tsutsang budakh.

    厚 妝

  濃妝。

（84）英語：thick muddy water

    厚 泥 水

  渾濁的泥水。

（85）拉丁語：crassus aquae

厚　　河水

河水渾濁不堪。

2. 扁平狀事物上下面間的距離——（聲音）渾厚

扁平狀事物上下面間的距離大，事物包含分子數量多也可以轉移到無形的聲波重，音頻低，表示聽覺上聲音渾厚。

（86）俄語：tolstyj golos.

厚　　聲音

渾厚的聲音。

（87）越南語：giong ay day.

嗓音 他　厚

他的聲音很粗。

（88）英語：thick voice

厚　　聲音

渾厚的聲音。

3. 扁平狀事物上下面間的距離——（味道）濃

扁平狀事物上下面間的距離大意味著所含分子的數量多，食物中味物質分子數量越多對味蕾的刺激就越大，可以引申到人的味覺，表示味道濃烈。如：

（89）漢語：酒味很厚。

（90）泰語：rot law naa.

味　酒　厚

酒味濃。

（91）德語：　die　kaffee ist　zu　dick.

定冠詞　咖啡 有 介詞　厚

咖啡很濃。

（四）心智域

「THICK」在空間量上的積累可以引申到人類的心智，所以從空間域還可以引申到心智域。

1. 圓柱狀事物的橫截面——遲鈍

圓柱狀事物的橫截面變大意味著橫截面的周長變大，在體型上表現為輪

廓變大，身體笨重，移動速度慢，再抽象到人體的心智時，表示大腦思考速度慢，思維遲鈍。例句：

（92）德語：dicke〔註13〕 stirn.

　　　　　　　　厚　　　　腦

　　　腦袋遲鈍。

（93）英語：thick fellow.

　　　　　　厚　　傢伙

　　　愚鈍的傢伙。

（94）拉丁語：sensibus crassus.

　　　　　　　感覺　　　厚

　　　反應慢。

　　這樣依次根據 13 種語言構建出「THICK」的引申義語義地圖，如圖 4.15 所示：

圖 4.15 「THICK」的引申義語義地圖

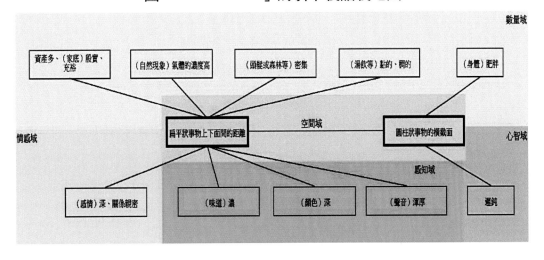

　　以上對「THICK」引申路徑的分析，我們可以得到「THICK」的引申義都是以空間域為基礎的。「THICK」作為空間維度形容詞一方面表示的是事物在維度上的空間概念，另一方面表示這個空間概念的度量值。數量域的引申強調了空間概念中的度量值。「THICK」形容數量概念的「多」與形容空間概念的「厚」有較強的關聯性，「資產多、（家底）殷實」「氣體濃」和「（頭髮或森林等）密集」都與「THICK」在空間中描述對象的一維的量有關，即與「扁平

〔註13〕德語「dick」的活用形。

狀事物上下面間的距離」相關;「(身體)肥胖」則與「THICK」在空間中描述對象的二維的量有關,即與「圓柱狀事物的橫截面」相關。

　　從「THICK」的引申路徑,我們可以看出這樣的引申符合人類把客觀世界的認知向自身延伸的規律。從空間域出發,「THICK」的引申路徑分為四大方向。空間域到數量域反映的是具體到抽象;從空間域到情感域和從空間域到感知域的投射方向都是由外向內,從空間域到情感域反映的是外部世界對人類自身感情的影響,而從空間域到感知域反映的是人類從自然世界的反饋中形成抽象的認知;從空間域到心智域反映的是人類把自然世界的事物的特徵抽象為人類自我的認知。

二、漢語「厚」的引申義語義地圖

　　考察了漢語「厚」的引申義,其分布情況如圖 4.16:

圖 4.16　漢語「厚」的引申義語義地圖

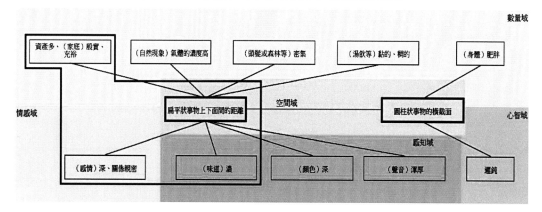

(一)數量域

1. 資產多、(家底)殷實、充裕

(95)這又是巴老對文學寶庫所貢獻的又一份厚禮。

(96)印刷廠的同志一聽,這樣的厚利條件可是件好事呀。

(二)情感域

1.(感情)深、關係親密

(97)交情很厚。

(98)他們倆從小就結下了厚誼。

（三）感知域

1.（味道）濃

（99）這茶太厚。

（100）酒味兒很厚。

三、英語「thick」的引申義語義地圖

考察了英語「thick」的引申義，其分布情況如圖 4.17：

圖 4.17　英語「thick」的引申義語義地圖

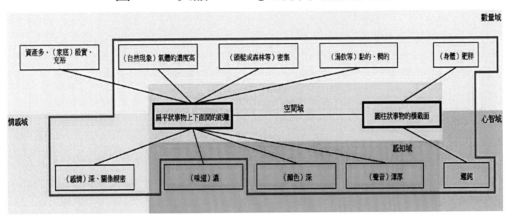

（一）數量域

1.（自然現象）氣體的濃度高

（101） The　plane crashed　in **thick** fog.
　　　　　定冠詞 飛機　墜毀　介詞 厚　霧

　　　　飛機在大霧中墜毀。

（102）**thick** smoke.
　　　　厚　　煙

　　　　濃煙

（103） The　　air　was **thick** with dust.
　　　　　定冠詞 空氣　是 厚　和 灰塵

　　　　空氣由於灰塵彌漫而悶塞。

2.（頭髮或森林等）密集

（104）**thick** dark hair.
　　　　厚　黑　髮

　　　　濃密的黑髮。

（105）**thick** forest.

　　　厚　森林

茂密的森林。

3.（湯飲等）黏的、稠的

（106）　The　mixture should be like　a　**thick** soup.

定冠詞 混合物　應該　像 不定冠詞　厚　粥

這種混合物應該像稠粥一樣。

（107）　The　effect will be ruined　if　the　paint is too **thick**.

定冠詞 效果 就會 破壞　如果 定冠詞 塗料 是 太 厚

塗料太稠就會破壞效果。

4.（身體）肥胖

（108）see　a　**thick** set figure in　the　distance.

看 不定冠詞 厚　人物 從 定冠詞 距離

遠遠地看見一個肥胖的人。

（二）情感域

1.（感情）深、關係親密

（109）　I　am very **thick** with him.

我 是 很 厚 與 他

我與他很要好。

（三）感知域

1.（顏色）深

（110）**thick** muddy water.

厚 泥 水

渾濁的泥水。

2.（聲音）渾厚

（111）　His voice was **thick** with emotion.

他的 嗓音 是　厚 具有　情感

他激動得話都說不清楚。

（四）心智域

1. 遲鈍

（112）He　is　　a　**thick** fellow.
　　　　他　是　不定冠詞　厚　傢伙
　　他是個愚鈍的傢伙。

第四節　跨語言「THICK」的引申義對比

通過分析 13 種語言中「THICK」的引申義，我們發現所有語言都具有從空間域到數量域的引申，這說明了把自然界具體的事物引申抽象化是人類認知的共性。除了空間域到數量域的引申，韓語、越南語、泰語、俄語只有空間域到感知域的引申，西班牙語只有空間域到心智域的引申，印尼語、法語、拉丁語則兼有空間域到感知域和空間域到心智域的引申。漢語、蒙古語、日語、英語兼有空間域到情感域和感知域的引申，德語則包含了全部引申方向。各個語言不同的引申路徑體現了各民族解讀客觀世界時的認知共性與差異。

图 4.18　亞洲語言「THICK」的引申義語義地圖

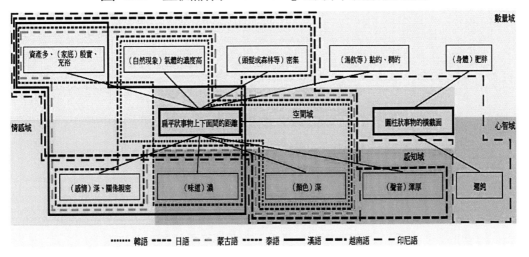

如圖 4.18 所示，通過對 7 種亞洲語言引申義的分析，可以看出除印尼語外大部分亞洲地區語言的「THICK」引申義都是從「扁平狀事物上下面間的距離」這個基礎義引申而來。這與亞洲地區語言的基礎義在語義地圖上呈現出的特點具有一致性。在從空間域到數量域的引申中，泰語、印尼語和越南語包含了全部三個框架，即「資產多、（家底）殷實、充裕」「（自然現象）氣體的濃度高」和「（頭髮或森林等）密集」，蒙古語包含了兩個框架，如「（自然

現象）氣體的濃度高」與「資產多、（家底）殷實、充裕」。而日語、漢語和韓語只包含了一個框架，日語和韓語包含了「（自然現象）氣體的濃度高」，漢語只包含了「資產多、（家底）殷實、充裕」。「資產多、（家底）殷實、充裕」單純反映因不斷積累導致數量大；「（自然現象）氣體的濃度高」則表現為數量積累導致氣體濃度高；而「（頭髮或森林等）密集」表現的是因素量積累導致森林或頭髮的密度高。濃度表示物質分子在事物中的占比，如氣體的濃度高表示氣體分子占整體氣體的比例高，密度只表示物質分子在事物中分布情況，如越南語中的「day cay（厚＋森林）」表示樹木在整個森林裏分布密集。

　　7 種亞洲語言對數量的認知分別為：漢語「THICK」的引申義只體現數量多，日語和韓語中的引申義只體現氣體的濃度高。蒙古語中的引申義反映了數量多和氣體的濃度高。泰語、越南語和印尼語包含全部數量的三種認知，即數量多、氣體濃度高、事物的密度大。在從空間域到感知域的引申中，印尼語、蒙古語、日語、韓語、越南語「THICK」的引申義都有「（顏色）深」的框架，「THICK」在越南語中還包含了「（聲音）渾厚」的框架。而漢語和泰語的引申義則只有「（味道）濃」的框架。在感知域中，「（味道）濃」是味覺，「（顏色）深」為視覺，「（聲音）渾厚」則是聽覺。印尼語、蒙古語、日語和韓語都用「THICK」表述視覺上的感知，漢語和泰語則用「THICK」來表述味覺上的感知。越南語是用「THICK」表述視覺和聽覺上的感知。只有漢語、蒙古語和日語有從空間域到情感域的引申，表示「（感情）深、關係親密」。三種語言「THICK」都有相同的基礎義，這與它們都有情感域的引申有著密切的關聯。與其他亞洲語言不同，印尼語包含了從空間域向心智域的引申，這與印尼語在基礎義中包含「圓柱狀事物的橫截面」的框架相一致。根據上述對亞洲地區語言「THICK」的引申義分析，我們選取至少存在於兩種語言中的概念域關聯，得到如下表 4.4：

表 4.4　亞洲語言「THICK」引申義數量域、感知域和情感域的關聯

語　言	數量域		感知域	情感域
韓語、越南語、印尼語	（自然現象）氣體的濃度高		（顏色）深	（感情）深、關係親密
日語、蒙古語				
漢語	資產多、（家底）殷實、充裕		（味道）濃	
泰語				

　　根據表 4.4，我們可以將 7 種亞洲語言的引申義分為兩組：一組為韓語、越南語、印尼語、日語和蒙古語，這些語言的引申義存在數量域中表示濃度的「（自然現象）氣體的濃度高」與感知域中表示視覺的「（顏色）深」的關聯，而日語和蒙古語進一步產生與情感域中表示關係的「（感情）深、關係親密」的關聯。另一組為漢語和泰語，這兩種語言的引申義存在數量域中表示數量的「資產多、（家底）殷實、充裕」與感知域中表示味覺的「（味道）濃」的關聯，而漢語進一步產生與情感域中表示關係的「（感情）深、關係親密」的關聯。我們發現兩組引申義雖然都是從空間域到數量域再到感知域，但引申出的詞義並不相同。而情感域的「（感情）深、關係親密」在兩組引申義中都存在，但卻有兩條不同的來源。

　　下面是歐洲語言的「THICK」引申義，其分布的情況如圖 4.19：

圖 4.19　歐洲語言「THICK」的引申義語義地圖

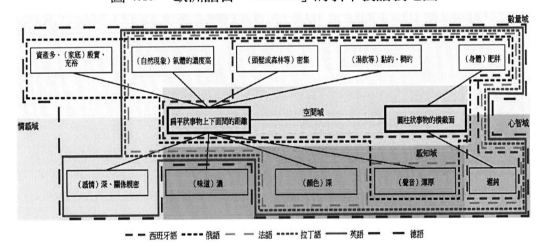

　　歐洲地區語言的引申義分別從「扁平狀事物上下面間的距離」和「圓柱狀事物的橫截面」兩個基礎義中得到，與歐洲地區語言在基礎義上的表現一致。我們調查的 6 種歐洲語言，英語、德語、拉丁語、法語、西班牙語、俄語的「THICK」都可以從空間域引申到心智域，描述「遲鈍」這一框架，還可以從空間域引申到數量域，可以描述「（頭髮或森林等）密集」「（湯飲等）黏的、稠的」和「（身體）肥胖」；德語、英語、拉丁語、法語和俄語「THICK」還可以描述「（自然現象）氣體的濃度高」；此外，德語和俄語「THICK」還能描述「資產多、（家底）殷實、充裕」。從空間域到感知域的引申，英語、德語、拉丁語和法語「THICK」能描述「（顏色）深」；英語、德語、拉丁語和俄語能描

述「（聲音）渾厚」；德語和法語「THICK」可以描述「（味道）濃」。從空間域到情感域的引申，6 種歐洲語言中只德語和英語能描述「（感情）深、關係親密」，其他 4 種語言都不能描述。

通過上述引申義的分析，筆者發現日耳曼語族的德語和英語與羅曼語族的拉丁語和西班牙語在語義地圖上的範圍呈現遞減的趨勢。德語包含全部引申義框架，英語在德語的引申義範圍上缺少了數量域中的「資產多、（家底）殷實、充裕」和感知域中的「（味道）濃」，而拉丁語在英語的引申義範圍上缺少了情感域的「（感情）深、關係親密」，西班牙語則在拉丁語的引申義範圍上缺少了「（自然現象）氣體的濃度高」，只保留了數量域的「（頭髮或森林等）密集」「（湯飲等）黏的、稠的」「（身體）肥胖」和心智域的「遲鈍」。日耳曼語族和羅曼語族語義範圍的逐漸遞減反映了在同一語系下不同語族「THICK」的引申義具有一定的關聯。

根據上述對歐洲地區語言「THICK」引申的分析，我們選取至少存在於兩種語言中的概念域關聯得到如下表 4.5 所示。

表 4.5　歐洲語言「THICK」引申義數量域、感知域和和情感域的關聯[註14]

語　言	數量域	感知域	情感域
英語、德語	（自然現象）氣體的濃度高	（顏色）深	（感情）深、關係親密
拉丁語、法語、西班牙語			

根據表 4.5，筆者發現除俄語外的 5 種歐洲語言在認知上與亞洲語言中韓語、越南語、印尼語、日語和蒙古語這一組語言的引申義有相似的特徵：在日耳曼語族的英語和德語中，數量域中表示濃度的「（自然現象）氣體的濃度高」與感知域中表示視覺的「（顏色）深」，情感域中表示關係的「（感情）深、關係親密」有關聯。在羅曼語族的拉丁語、法語和西班牙語中，表示濃度的「（自然現象）氣體的濃度高」和感知域中表示視覺的「（顏色）深」有關聯。這說明了歐洲語言中英語、德語、拉丁語、法語、西班牙語這組引申義與亞洲語言中韓語、越南語、印尼語、日語和蒙古語從空間域到感知域的引申具

〔註14〕俄語存在數量域中表示數量的「資產多、（家底）殷實、充裕」和感知域中表示聽覺的「（聲音）渾厚」的關聯。

有相同的路徑，這一引申路徑在 13 種語言中具有較大普遍性，體現出了跨語言、跨地域的共性，其中漢語、日語、蒙古語、英語、德語進一步引申到了感情域，表述「（感情）深、關係親密」。

　　通過分析亞洲和歐洲 13 種語言中「THICK」的引申義，我們發現這些引申義依然符合基礎義和引申義密切相關的基本規律。大部分亞洲語言「THICK」的所有引申義是從基礎義「扁平狀事物上下面間的距離」引申而來，而歐洲語言「THICK」的引申義是從基礎義「扁平狀事物上下面間的距離」和「圓柱狀事物的橫截面」引申而來。亞洲語言中印尼語是特例，它的引申義路徑同歐洲語言，因此也只有印尼語可以從「圓柱狀事物的橫截面」引申出「遲鈍」這個引申義框架。通過探究亞洲和歐洲地區語言中「THICK」引申義上的差異，進一步證明了 MLexT 理論中提到的「詞語的基礎義和引申義之間具有密切的聯繫」。

第五節　「THIN」的引申義

　　與「THICK」相同，「THIN」也可以分別從空間域引申到數量域、感知域、情感域和心智域。下面我們分別對這四類引申義的具體情況進行詳細介紹。

一、「THIN」引申義語義地圖的構建

（一）數量域

　　與「THICK」相對應，無論「扁平狀事物上下面間的距離小」，還是「圓柱狀事物的橫截面的面積小」都存在數量上少的概念，因此從「扁平物事物的上下面之間距離小」的度量值與「圓柱狀事物的橫截面小」的度量值中可以抽象出「THIN」形容數量上的少。

　　1. 扁平狀事物上下面間的距離——（家底）少、不富裕

　　扁平狀事物上下面間的距離小意味著積累得少，由此可以引申出資產少。資產少也意味著家底少，不富裕。例如：

　　（113）印尼語：kantong **tipis**.

　　　　　　口袋　　薄

　　　　　　口袋錢少。

（114）蒙古語：khorongo **nimgen**.

資產　　薄

資產少。

（115）日語：ri　ga　**usui**.

利　助詞　薄

利少。

2. 扁平狀事物上下面間的距離——（自然現象）氣體中所含成分少

扁平狀事物的上下面之間距離變小意味著所含分子變少，從而導致事物的密度變小，若把分子抽象成眾多事物，則可以表示（自然現象）氣體中所含成分少。例如：

（116）英語：**thin** air.

薄　空氣

空氣稀薄。

（117）俄語：**tonkij** tuman.

薄　　霧

薄霧。

（118）拉丁語：**tenuis** animae.

薄　　陰影

陰影很淡。

3. 扁平狀事物上下面間的距離——（頭髮或森林等）稀疏、稀少

扁平狀固體的上下面之間距離變小意味著所含分子變少事物的密度變小，把分子抽象成眾多事物可以引申出頭髮或森林變稀疏。例如：

（119）泰語：phom **baang**.

頭髮　薄

頭髮少。

（120）日語：**usui** hige.

薄　鬍鬚

鬍鬚很少。

（121）英語：**thin** forest.

薄　森林

稀疏的森林。

4. 圓柱狀事物的橫截面——苗條

圓柱狀事物的橫截面變小也意味著橫截面的周長變小，而身體的瘦弱表現在外觀上也是輪廓變小。同樣「苗條」也是形容身體變瘦，身體包含的脂肪少。如：

（122）西班牙語：cuerpo **fino**.

　　　　　　身體　薄

　　　　　苗條的身體。

（123）泰語：eu **baang**.

　　　　　腰　薄

　　　　　腰很瘦。

（124）法語：femme **mince**.

　　　　　女人　薄

　　　　　很瘦的女人。

（二）情感域

從表示空間量上的積累可以引申到人類的感情，引申路徑如下：

1. 扁平狀事物上下面間的距離——（感情）淺、關係冷談

扁平狀固體的上下面間距離小意味著積累得少，引申到情感域，抽象的表示人與人感情上的積累變少，自然感情會變淺。感情淺了，關係就會變得冷淡。如：

（125）日語：fuchi　ga　**usui**.

　　　　　緣分　助詞　薄

　　　　　沒有緣分。

（126）漢語：二人的交情不薄。

（三）感知域

「THIN」從表示空間量上的積累可以引申到人類的感知。

1. 扁平狀事物上下面間的距離——（味道）淡、淺

扁平狀事物上下面間的距離小意味著所含分子的數量少，數量上的概念遷移到味道上可以表示味覺淡。

（127）德語：**dunnes** 〔註15〕 bier.

　　　　　　薄　　　　　酒味

酒味很淡。

（128）英語：**thin** wine.

　　　　　薄　葡萄酒

葡萄酒味很淡。

（129）日語：**usui** ensui.

　　　　　薄　　鹽水

淡鹽水。

2. 扁平狀事物上下面間的距離──（顏色）淺、淡

　　扁平狀事物上下面間的距離小意味著所含分子的數量少，從數量的概念可以遷移到抽象的顏色，表示視覺上顏色的濃度低，色彩淺。

（130）法語：peindre **mince**.

　　　　　顏料　　薄

很淺的顏料。

（131）日語：**usui** sakura.

　　　　　薄　櫻花

顏色很淺的櫻花。

3. 扁平狀事物上下面間的距離──細小的，尖細的（聲音）

　　扁平狀事物的上下面之間距離變小，事物外觀就會變薄，變細。從事物外觀上的變化可以表示聲音音量的變化。當聲音在空間中變薄，變細時，聽起來會變得尖細。例如：

（132）英語：**thin** voice.

　　　　　薄　聲音

很細的聲音。

（133）俄語：**tonkij** golos.

　　　　　薄　聲音

聲音很細。

〔註15〕德語「dunn」的活用形。

（四）心智域

「THIN」從表示空間量上的積累可以引申到心智域，引申路徑如下：

1. 圓柱狀事物的橫截面——敏銳的、洞察入微的——敏感的、靈敏的

由空間域中的「圓柱狀事物的橫截面小」也可以引申到心智域的「敏銳的、洞察入微的」。當圓柱狀事物的橫截面變小，事物外觀就會變細，「敏銳的、洞察入微的」是觀察上的「細」，而心思細膩才可以思維敏銳並且洞察入微。但心智上過於細膩就會發展為內心敏感。如：

（134）西班牙語：oido muy **fino**.

　　　　　　　耳朵 非常　薄

　　　　　　　耳朵非常尖。

（135）俄語：**tonkij** diplomat.

　　　　　　薄　　外交官

　　　　　　很敏銳的外交官。

2. 圓柱狀事物的橫截面——精細的、細緻的

由空間域中的「圓柱狀事物的橫截面小」也可以引申到心智域的「精細的、細緻的」。當圓柱狀事物的橫截面變小，事物外觀會變得更細緻，看上去更加的精細。例如：

（136）西班牙語：mapa **fino**.

　　　　　　　地圖　薄

　　　　　　　很精細的地圖。

（137）俄語：**tonkij** nablyudeniya.

　　　　　　薄　　　觀察

　　　　　　細緻地觀察。

3. 圓柱狀事物的橫截面——不重要，微不足道

由圓柱狀事物的橫截面小可以抽象出數量少的概念。再由數量少引申出事情小，進而從內心中認為這件事情並不重要，是微不足道的小事。如：

（138）英語：Evidence that capital punishment deters crime is pretty thin.

　　　　　　證據　關係代詞　　死刑　　　威懾 犯罪 是 極 薄

　　　　　　證據表明死刑對犯罪的威懾力是微不足道的。

（139）法語：pretexte **mince**.

藉口　　薄

微不足道的藉口。

從空間域出發,「THIN」的引申路徑分為四個方向：由空間域到數量域的引申、由空間域到情感域的引申、由空間域到感知域的引申、由空間域到心智域的引申。這四個方向與「THICK」的引申方向相同,反映的是外部世界的事物到人類自身的投射。這樣依次根據 13 種語言構建出「THIN」的引申義語義地圖,如圖 4.20 所示：

圖 4.20　「THIN」的引申義語義地圖

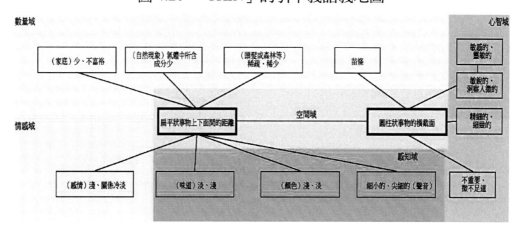

二、漢語「薄」的引申義語義地圖

考察了漢語「薄」的引申義,其分布情況如圖 4.21：

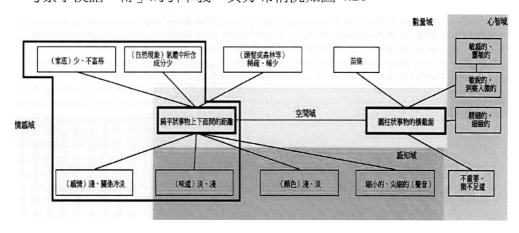

圖 4.21　漢語「薄」的引申義語義地圖

漢語「薄」在引申義上覆蓋了數量域、情感域和感知域。

（一）數量域

1. （家底）少、不富裕

（142）這裡的農民家底薄，仍無建房能力。

（143）進行價格競爭，實行薄利多銷，讓利不讓市場。

2. （自然現象）氣體中所含成分少

（144）輕輕的薄霧彌漫在附近寬闊的江面上。

（二）情感域

1. （感情）淺、關係冷淡

（145）待他的情分不薄。

（三）感知域

1. （味道）淡、淺

（146）酒味很薄。

（147）一個人散漫慣了，喝口薄粥，享個清福。

三、英語「thin」的引申義語義地圖

英語「thin」的引申義語義地圖如圖 4.22：

圖 4.22　英語「thin」的引申義語義地圖

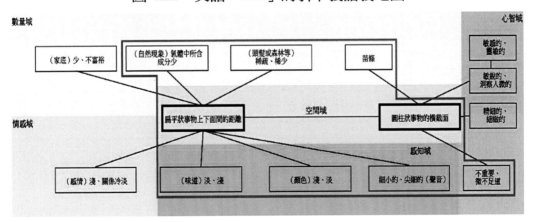

英語「thin」覆蓋了數量域、感知域和心智域。

（一）數量域

1.（自然現象）氣體中所含成分少

（148） The　air　is **thin** on the top of　a　high mountain.
　　　定冠詞 空氣 是 薄 在……的頂部 不定冠詞 高 山

高山頂上的空氣稀薄。

（149）　a　thin mist.
　　　不定冠詞 薄 霧

薄霧。

2.（頭髮或森林等）稀疏、稀少

（150）**thin** grey hair.
　　薄 花白 頭髮

稀疏的花白頭髮。

（151）**thin** forest.
　　薄 森林

稀薄的森林。

3. 苗條

（152）**thin**　person.
　　薄　 人

很瘦的人。

（二）感知域

1.（味道）淡、淺

（153）英語：**thin**　wine.
　　　　薄 葡萄酒

葡萄酒味很淡。

2.（顏色）淺、淡

（154）　the **thin** grey light of dawn.
　　　定冠詞 薄 灰色 光 介詞 晨

淺灰色的晨曦。

3. 細小的、尖細的（聲音）

（155）Her **thin** voice trailed off into silence.

　　　她的 薄 聲音 逐漸減弱 介詞 沉默

她的聲音越來越弱直至毫無聲息。

（三）心智域

1. 不重要、微不足道

（156）Evidence that capital punishment deters crime is pretty **thin**.

　　　證據 關係代詞 死刑 威懾 犯罪是 極 薄

證據表明死刑對犯罪的威懾力是微不足道的。

第六節　跨語言「THIN」的引申義對比

圖 4.23　亞洲語言「THIN」的引申義語義地圖

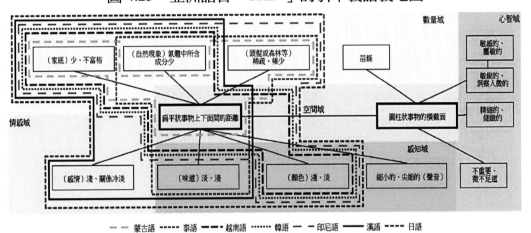

　　如圖 4.23 所示，這些亞洲地區的語言都引申自「扁平狀事物上下面間的距離」這個基礎義。亞洲語言「THIN」引申義的內部差異是從空間域引申出情感域的語言只有漢語和日語。從空間域引申到感知域中，漢語、泰語可引申到味覺；韓語、越南語、印尼語可引申到視覺；日語則是味覺和視覺都可以引申。

　　通過上述對 7 種亞洲語言「THIN」引申義的分析，可以看出「THIN」在亞洲語言的引申義全部來自「扁平事物上下面間的距離」這個基礎義。與「THICK」相比，「THIN」沒有特例，所有引申義都受到了基礎義只能描述「扁平狀事物上下面間的距離」，而不能描述「圓柱狀事物的橫截面」的限制。

從空間域到數量域的引申中，印尼語和日語包含了除了「苗條」之外的其他三個框架，「（家底）少、不富裕」「（自然現象）氣體中所含成分少」和「（頭髮或森林等）稀疏、稀少」。蒙古語包含了「（家底）少、不富裕」和「（頭髮或森林等）稀疏、稀少」兩個框架，泰語包含了「（自然現象）氣體中所含成分少」和「（頭髮或森林等）稀疏、稀少」兩個框架，韓語和越南語包含了「（家底）少、不富裕」和「（自然現象）氣體中所含成分少」兩個框架。與「THICK」相同，三個數量域的框架體現了人們對「THIN」在數量表示上的三種認知。「（家底）少、不富裕」單純反映由於積累少導致數量少；「（自然現象）氣體中所含成分少」則表現為數量少導致氣體濃度淡；而「（頭髮或森林等）稀疏、稀少」表現的是因素量少導致頭髮或森林的密度低。蒙古語體現了數量少和密度低；越南語和韓語體現了數量少和濃度淡；日語和泰語則體現了密度降低和濃度變淡；漢語和印尼語的引申在三者都有體現。

　　從空間域到感知域的引申，「THIN」與「THICK」有很大的不同，所有亞洲語言都沒有到聽覺的引申，即表示「細小的、尖細的（聲音）」義。泰語和漢語包含味覺的引申，即「（味道）淡、淺」義，而印尼語、韓語、越南語包含視覺的引申，即「（顏色）淺、淡」義。日語中兩種引申義都包含，而蒙古語沒有感知域上的引申。與「THICK」不同，「THIN」只有在漢語和日語中有從空間域到情感域的引申，表示「（感情）淡、關係冷淡」義，蒙古語沒有這個引申路徑。根據上述對亞洲地區語言「THIN」引申的分析，我們選取至少存在於兩種語言中的概念域關聯得到下表 4.6：

表 4.6　亞洲語言「THIN」引申義數量域、感知域和情感域的關聯

語　言	數量域	感知域	情感域
韓語、越南語、印尼語	（自然現象）氣體中所含成分少	（顏色）淺、淡	
日語			（感情）淡、關係冷淡
漢語	（家底）少、不富裕	（味道）淡、淺	

　　如表 4.6 所示，我們將 5 種亞洲語言「THIN」的引申義分為兩組：一組為韓語、越南語、印尼語和日語，這些語言的引申體現了數量域中表示濃度的「（自然現象）氣體中所含成分少」與感知域中表示視覺的「（顏色）淺、淡」的關聯，而在日語中進一步產生與情感域中表示關係的「（感情）淡、關

係冷淡」的關聯。另一組為漢語,漢語的引申義存在數量域中表示數量的「(家底)少、不富裕」與感知域中表示味覺的「(味道)淡、淺」的關聯,進而產生與情感域中表示關係的「(感情)淡、關係冷淡」的關聯。我們發現這兩組「THIN」的引申雖然都是從空間域到數量域再到感知域,但引申出的詞義並不相同,這也與「THICK」的引申義一致。情感域的「(感情)淡、關係冷淡」在兩組「THIN」的引申義中都存在,但卻有兩條不同的來源。

下面圖 4.24 反映的是歐洲語言的狀況,這些語言雖屬於同一語系,但表現並不一致。所有歐洲語言的「THIN」引申義都從「扁平狀事物上下面間的距離」和「圓柱狀事物的橫截面」這兩個基礎義引申而來。日耳曼語族的英語和德語在語義地圖覆蓋範圍上相同,都是包含了除了情感域和心智域中的「精細的、細緻的」「敏銳的、洞察入微的」「敏感的、靈敏的」以外的所有引申義。羅曼語族的西班牙語在語義地圖上的覆蓋範圍不包括情感域、心智域中的「不重要、微不足道」、感知域中的「(顏色)淺、淡」和「細小的、尖細的(聲音)」。羅曼語族中拉丁語的引申義不包括情感域,心智域中的「敏感的、靈敏的」「敏銳的,洞察入微的」,感知域中的「(味道)淡、淺」和「(顏色)淺、淡」。羅曼語族中法語的引申義包含了數量域和感知域中的「(顏色)淺、淡」。斯拉夫語族中俄語的引申義包含了感知域中的「細小的、尖細的(聲音)」,數量域中的「(自然現象)氣體中所含成分少」和「苗條」,心智域中的「精細的、細緻的」、「敏銳的、洞察入微的」和「敏感的、靈敏的」。

圖 4.24 歐洲語言「THIN」的引申義語義地圖

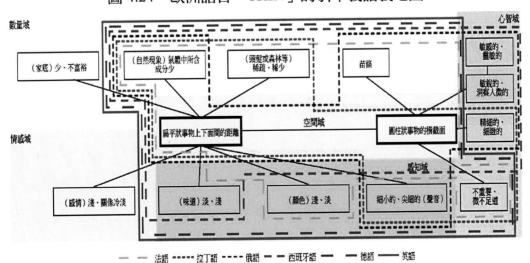

　　與歐洲語言「THICK」的引申義相同，歐洲語言「THIN」的引申義也分別從「扁平狀事物上下面間的距離」和「圓柱狀事物的橫截面」兩個基礎義中得到，與歐洲地區語言在基礎義上的表現一致。「THIN」沒有日耳曼語族與羅曼語族「THICK」在語義地圖上呈現遞減的趨勢。在從空間域到數量域的引申中，歐洲語言沒有單純表示數量少的「（家庭）少、不富裕」。除俄語以外，其他歐洲語言既可以描述濃度少的「（自然現象）氣體中所含成分少」，又可以描述密度小的「（頭髮或森林等）稀疏、稀少」。在從空間域到感知域的引申義中，法語只有視覺上的引申義，即「（顏色）淺、淡」，俄語和拉丁語只有聽覺上的引申義，即「細小的、尖細的（聲音）」。西班牙語只有味覺上的引申義，即「（味道）淡、淺」。英語和德語包含味覺、聽覺和視覺三個感知域的引申義，即包含「細小的、尖細的（聲音）」「（顏色）淺、淡」「（味道）淡、淺」。在從空間域到心智域的引申中，英語、法語、德語、拉丁語引申出「不重要，微不足道」，同時拉丁語還可以引申出「精細的、細緻的」。西班牙語和俄語引申出「精細的、細緻的」「敏銳的、洞察入微的」「敏感的、靈敏的」。心智域的引申義可以分為兩類：一類是不被關注的細節，如「不重要、微不足道」的框架；另一類是需要被關注的細節，如「精細的、細緻的」「敏銳的、洞察入微的」「敏感的、靈敏的」三個框架。英語、德語、法語「THIN」可以表達不被關注的細節，西班牙語和俄語可以表達需要被關注的細節，而拉丁語兩者兼有。歐洲語言「THIN」沒有從空間域到情感域的引申。根據上述對歐洲地區語言「THIN」引申義的分析，我們選取至少存在於兩種語言中的概念域關聯得到表 4.7：

表 4.7　歐洲語言「THIN」引申義數量域、感知域和情感域的關聯

語　言	數量域	感知域	心智域
英語、德語、法語	（自然現象）氣體中所含成分少	（顏色）淺、淡	不重要、微不足道

　　根據表 4.7，我們發現歐洲語言中，英語、德語和法語「THIN」的引申義在認知上與亞洲語言中韓語、越南語、印尼語和日語這一組語言的引申義有相似的特徵：在英語、德語和法語「THIN」的引申義中，數量域中表示濃度的「（自然現象）氣體中所含成分少」與感知域中表示視覺的「（顏色）淺、

淡」有關聯。而與亞洲語言不同的是，歐洲語言這組詞還可以繼續引申到心智域表示細節的「不重要、微不足道」。通過上述分析可知，歐洲語言中英語、德語、法語這組「THIN」的引申義與亞洲語言中韓語、越南語、印尼語和日語這組「THIN」的引申義在 從空間域到感知域的引申路徑上相同。這種規律與歐洲語言與亞洲語言「THICK」引申義的規律相同，更加說明了數量域中表示氣體濃度的引申義與感知域中表示視覺顏色的引申義的關聯在被調查的 13 種語言中具有普遍性。而亞洲語言中漢語「THIN」的引申規律與「THICK」相同，都不具有普遍性。

第七節　小結

　　大部分亞洲語言用「THICK（厚）／THIN（薄）」來描述扁平狀事物，用另外的詞來描述圓柱狀事物和線條狀事物，如漢語「粗／細」、韓語「gukda（粗）／ganeulda（細）」等。大部分歐洲語言「THICK（厚）／THIN（薄）」與「THICK（粗）／THIN（細）」是同一個詞，既可以描述「扁平狀事物上下面間的距離」，又可以描述「圓柱狀事物的橫截面」。大部分亞洲語言「THICK／THIN」的引申義都是從基礎義「扁平狀事物上下面間的距離」引申而來，這與亞洲語言的基礎義在語義地圖上呈現出的特點具有一致性。歐洲語言「THICK／THIN」的引申義來自於「扁平狀事物上下面間的距離」和「圓柱狀事物的橫截面」這兩個基礎義。從上面亞洲語言與歐洲語言「THICK／THIN」基礎義與引申義的聯繫，可以看出同一地域中的語言有著相似的共性，而各地域之間在「THICK／THIN」的使用上有明顯的差異。

　　亞洲語言的日語和蒙古語與歐洲語言日耳曼語族的英語和德語在「THICK」的引申義上都存在數量域中表示濃度的「（自然現象）氣體的濃度高」與感知域中表示視覺的「（顏色）深」和情感域中表示關係的「（感情）深、關係親密」的關聯。同時亞洲語言的越南語、印尼語和韓語與歐洲語言羅曼語族的拉丁語、法語和西班牙語在「THICK」的引申義上都存在數量域中表示濃度的「（自然現象）氣體的濃度高」與感知域中表示視覺的「（顏色）深」的關聯。在「THIN」的引申義中，也存在亞洲語言的日語、韓語、越南語和印尼語同歐洲語言的英語、德語和法語都存在數量域中表示濃度的「（自然現象）氣體中所含成分少」與感知域中表示視覺的「（顏色）淺、淡」的關

聯。這些「THICK／THIN」在不同概念域中的關聯反映了人類在認知上的共性，即從外部客觀世界到人自身抽象世界的引申。通過跨語言引申義的分析，我們發現亞洲語言「THICK」沒有向心智域的引申，而歐洲語言「THIN」沒有向感情域的引申。

第五章　基於「LONG／SHORT」「WIDE／NARROW」和「THICK／THIN」類型學的語義對比

上述章節採用 MLexT 理論框架和研究方法，相繼分析了三組空間維度形容詞，即「LONG／SHORT」「WIDE／NARROW」和「THICK／THIN」，橫向對比了它們各自的基礎義和引申義，基於跨語言認知，先後挖掘出每組空間維度形容詞的共性與差異。在此基礎上，本章將綜合三組空間維度形容詞，縱向對比其基礎義與引申義，從而歸納出它們之間的密切關聯。

第一節　三組空間維度形容詞的基礎義對比

本章基於第 2 章～第 4 章中對「LONG／SHORT」「WIDE／NARROW」和「THICK／THIN」的分析，發現這三組空間維度形容詞都可以描述空間中的維度，但它們描述的空間特點並不相同：空間中非垂直方向的最大距離通常用「LONG／SHORT」來描述，平面中的左右距離（橫向距離）或最小距離通常用「WIDE／NARROW」來描述，扁平狀事物上下面的距離通常用「THICK／THIN」來描述。

如圖 5.1 所示，在調查的 13 種語言中，「LONG／SHORT」只用兩個框架

就可以描述全部的基礎義，這說明「LONG / SHORT」在跨語言描述事物時詞義具有相對一致性：不同地域、不同國家的語言，「LONG / SHORT」的詞義往往都可以歸納到描述「長條狀事物」或是「生命體垂直向上的連續距離」。

圖 5.1 「LONG / SHORT」的基礎義語義地圖

「WIDE / NARROW」和「THICK / THIN」的基礎義在跨語言描述事物時則呈現出多樣的詞義。如圖 5.2 所示，「WIDE / NARROW」的基礎義包含八個框架，其中「二維平面的橫向距離」是 13 種語言的「WIDE / NARROW」所共有的，「二維平面最小的維度或二維垂直面的橫向距離、三維事物中突顯平面的橫向距離、有邊界的平面的面積」這三個框架在 11 種語言的「WIDE / NARROW」中具有相同的情況，它們只在英語「wide，broad / narrow」和德語「breit，weit / schmal，eng」中表現不一致。另外還有「圓柱形突顯截面內部的直徑」「無邊界的平面的面積」「有邊界的垂直面的面積」「身體部位的截面的面積」這四個框架在 13 種語言的「WIDE / NARROW」中呈現出不同的情況。

圖 5.2 「WIDE / NARROW」的基礎義語義地圖

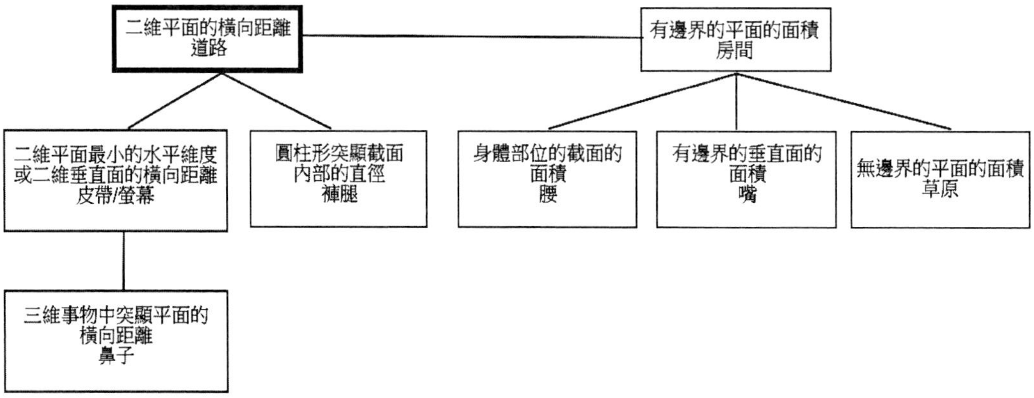

如圖 5.3 所示，「THICK / THIN」的基礎義包含五個框架。13 種語言的「THICK / THIN」都可以描述「扁平狀事物上下面間的距離」，但「圓柱狀事

物的橫截面」「圓柱狀身體部位的橫截面」「線條狀事物」和「平面上的線條狀
事物」這四個框架在 13 種語言的「THICK／THIN」中呈現出不同的情況。

圖 5.3 「THICK／THIN」的基礎義語義地圖

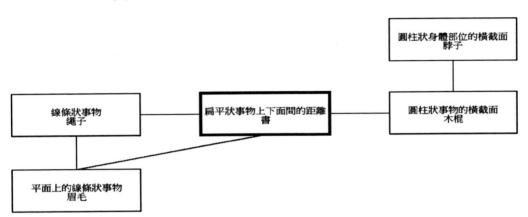

　　無論是「LONG／SHORT」呈現出的相對一致性，還是「WIDE／NARROW」
和「THICK／THIN」呈現出的詞義豐富性，被調查的 13 種語言表現出了明顯
的地域特徵。

　　所有亞洲語言的「LONG／SHORT」都可以描述長條狀事物，而所有歐洲
語言的「LONG／SHORT」不僅能描述長條狀事物，還可以描述生命體垂直向
上的連續距離。亞洲語言中僅有蒙古語的「LONG／SHORT」能夠描述生命體
垂直向上的連續距離，這與歐洲語言「LONG／SHORT」描述的框架相同。

　　「WIDE／NARROW」在描述一維的橫向維度時也表現出地域上的一致
性，歐洲語言的「WIDE／NARROW」可以描述「二維平面的橫向距離」「二維
平面最小的維度或二維垂直面的橫向距離」「三維事物中突顯平面的橫向距離」
「有邊界的平面的面積」和「圓柱形突顯截面內部的直徑」這五個框架，而
大部分亞洲語言的「WIDE／NARROW」只能描述「二維平面的橫向距離」
「二維平面最小的維度或二維垂直面的橫向距離」「三維事物中突顯平面的橫
向距離」和「有邊界的平面的面積」這四個框架，不能描述「圓柱形突顯截面
內部的直徑」。當描述一維的橫向維度時，亞洲語言和歐洲語言「WIDE／
NARROW」都可以描述「二維平面的橫向距離」「二維平面最小的維度或二維
垂直面的橫向距離」「三維事物中突顯平面的橫向距離」這三個框架，但兩個
地域之間在描述框架「圓柱形突顯截面內部的直徑」時存在差異。當描述二
維面積時，只有「有邊界的平面的面積」這一框架是亞洲語言和歐洲語言的

「WIDE／NARROW」可以共同描述的，其他框架在各地域語言分布的情況則比較複雜。

「THICK／THIN」在描述一維的橫向維度時具有跨語言的共性，13 種語言中所有亞洲語言和歐洲語言的「THICK／THIN」在描述一維的橫向維度時都具有相同的框架，即「扁平狀事物上下面的距離」。但「THICK／THIN」在描述二維面積時呈現出亞洲地區和歐洲地區明顯的地域差異。大部分歐洲語言的「THICK／THIN」可以描述表示二維面積的所有框架，包括「圓柱狀事物的橫截面」「圓柱狀身體部位的橫截面」「線條狀事物」和「平面上的線條狀事物」這四個框架，只有法語中「THICK／THIN」只能描述「圓柱狀事物的橫截面」「圓柱狀身體部位的橫截面」和「平面上的線條狀事物」這三個框架，不能描述框架「線條狀事物」。

通過分析三組空間維度形容詞描述的框架在 13 種語言中呈現出的一致性與地域差異，我們得到如下三個特點：

第一，「LONG／SHORT」描述對象時具有跨語言的一致性和穩定性，只用兩個框架就能概括它們在 13 種語言中的所有基礎義，而「WIDE／NARROW」和「THICK／THIN」描述對象時的表現更複雜，「WIDE／NARROW」的基礎義需要用八個框架，「THICK／THIN」的基礎義需要用五個框架來概括。在斯瓦迪士 100 個核心詞列表中，只有「LONG」被列為核心詞，「SHORT」「WIDE／NARROW」和「THICK／THIN」只出現在補充的斯瓦迪士 207 個核心詞列表中。本書對三組詞義的跨語言比較從一個方面反映出了這些詞在核心詞列表中序列等級。我們認為「LONG／SHORT」基礎義描述對象時體現出的穩定性與「WIDE／NARROW」「THICK／THIN」基礎義描述對象時體現出的差異性都和這些形容詞在空間中的突顯有關。

根據 Langacker（1987）提出的認知突顯理論，突顯分為不同的兩種類別：一種是側面—基體；另一種是射體—界標。〔註1〕本節根據 Langacker（1987）提出的認知突顯理論分別將「LONG／SHORT」「WIDE／NARROW」和「THICK／THIN」度量的維度看作認知的一個側面，而這些側面都是基於空間中真實存在的某個事物，因此空間中存在的事物可以被認為是認知突顯理

〔註1〕Langacker, *Foundations of Cognitive Grammar*, Vol.1: Theoretical Prerequisites, Stanford: Stanford University Press, 1987, pp. 183.

論中的基體。Langacker（1987）指出，不同的側面中的某一個側面只有當在特定的認知域中才可能被激活，而其他側面處於隱藏或淡化狀態。「LONG / SHORT」通常描述空間中事物最突顯的水平維度，是人們觀察一個事物時首先會注意到的，因此「LONG / SHORT」度量的維度在空間認知域中通常是首先被激活的。而「WIDE / NARROW」和「THICK / THIN」在空間域中通常都要依賴「LONG / SHORT」而存在，如長桌子的表面通常先有「LONG / SHORT」才可以度量「WIDE / NARROW」，有了「LONG / SHORT」和「WIDE / NARROW」兩個維度形成的平面才可以度量上下平面的距離，即「THICK / THIN」描述的厚度。因此通常「WIDE / NARROW」和「THICK / THIN」在描述空間認知時都是被淡化的側面。「LONG / SHORT」作為空間認知域中的突顯認知，在跨語言描述對象時更容易具有穩定的詞義，而「WIDE / NARROW」和「THICK / THIN」在空間認知域中是被淡化的認知，在跨語言描述對象時較容易受地域文化的影響形成詞義上較大的差異。

第二，三組空間維度形容詞的基礎義都表現出較明顯的地域差異。「LONG / SHORT」在描述生命體垂直向上的連續距離時，所有歐洲語言都具有這個詞義，但大部分亞洲語言不具有這個詞義，突顯出鮮明的地域差異。在 2.5.1 節中對描述一維事物的空間維度形容詞「LONG / SHORT」和「HIGH / LOW」的討論也可以看出一致的地域差異，通常亞洲語言只能用「HIGH / LOW」描述「生命體垂直向上的連續距離」，但歐洲語言既可以用「LONG / SHORT」也可以用「HIGH / LOW」描述。歐洲語言的「WIDE / NARROW」都可以描述「圓柱形突顯截面內部的直徑」，但部分亞洲語言不可以描述。大部分歐洲語言的「THICK / THIN」可以描述「圓柱狀事物的橫截面」「圓柱狀身體部位的橫截面」和「線條狀事物和平面上的線條狀事物」，但部分亞洲語言不可以描述。

第三，三組空間維度形容詞內部詞義相對的兩個詞的基礎義在對稱性方面有不同表現。在被調查的 13 種語言中，「LONG」和「SHORT」在描述「生命體垂直向上的連續距離」時存在不一致，印尼語「LONG」不能描述「生命體垂直向上的連續距離」，但「SHORT」可以描述。13 種語言中只有印尼語「LONG」的詞義比「SHORT」少。13 種語言的「WIDE」和「NARROW」在描述維度義時具有較高的一致性，但在描述面積義時差異較大，泰語、越南語、拉丁語、俄

語、德語、英語的「WIDE」可以描述「無邊界的平面的面積」和「有邊界的垂直面的面積」，但「NARROW」不可以描述。13 種語言中泰語、越南語、拉丁語、俄語、德語、英語、法語「WIDE」的詞義都多於「NARROW」。13 種語言的「THICK」和「THIN」無論描述維度義還是描述面積義都具有較高的一致性。

第二節 三組空間維度形容詞的引申義對比

圖 5.4～圖 5.5 反映了「LONG／SHORT」在時間域的引申較多，而在數量域、認知域、評價域的引申較少；圖 5.6～圖 5.9 則反映「WIDE／NARROW」和「THICK／THIN」在數量域的引申較多，而在感知域、心智域、認知域和情感域的引申較少。這說明「WIDE／NARROW」和「THICK／THIN」著重數量上的引申，而「LONG／SHORT」著重時間上的引申。「WIDE／NARROW」和「THICK／THIN」都沒有向時間域和評價域的引申，「LONG／SHORT」沒有向感知域、心智域和情感域的引申，「WIDE／NARROW」沒有向感知域的引申，「THICK／THIN」沒有向認知域的引申。

我們發現大部分語言的「LONG」和「SHORT」都可以從空間域引申到時間域和數量域。而大部分語言的「LONG」還可以引申到評價域，大部分語言的「SHORT」則可以引申到認知域。但「LONG」沒有到認知域的引申，「SHORT」也沒有到評價域的引申。綜合來看，「LONG」和「SHORT」都可以表示從空間域到時間域和從空間域到數量域的引申。這些跨語言的共同引申體現了人類就時空關係和空間與數量關係上具有共同的認知。

圖 5.4 「LONG」的引申義語義地圖

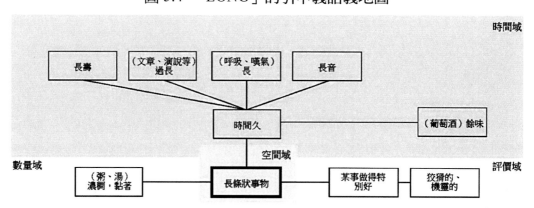

圖 5.5 「SHORT」的引申義語義地圖

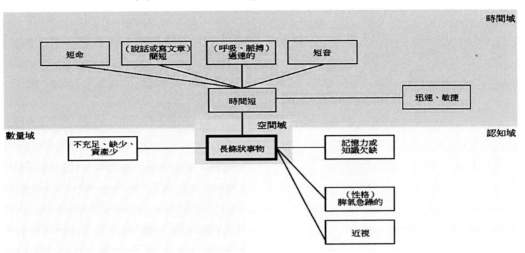

通過下面圖 5.6～5.7 可知，「WIDE」和「NARROW」的引申義都可以引申到數量域、心智域和認知域，而「NARROW」還可以引申到情感域。

圖 5.6 「WIDE」的引申義語義地圖

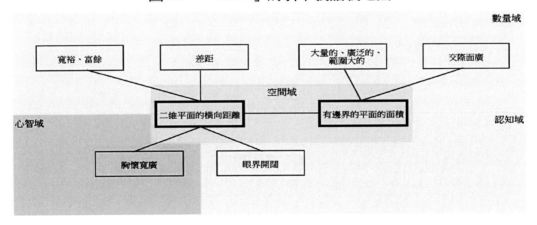

圖 5.7 「NARROW」的引申義語義地圖

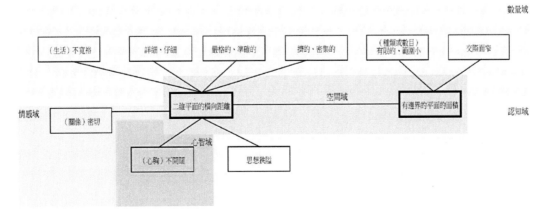

通過圖 5.8～5.9 可知，「THICK」與「THIN」都可以引申到數量域、感知

域、情感域和心智域。但「THIN」的引申義數量明顯多於「THICK」。

圖 5.8 「THICK」的引申義語義地圖

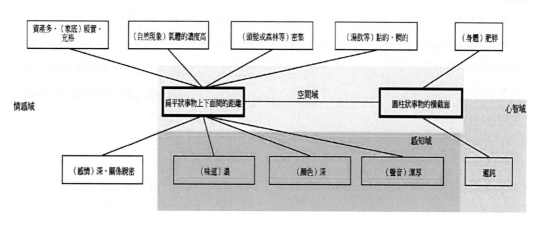

圖 5.9 「THIN」的引申義語義地圖

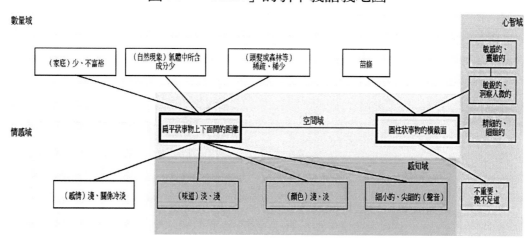

　　我們基於上文的總結和第 2 章至第 4 章的調查結果表明，「SHORT」「WIDE / NARROW」和「THICK / THIN」的引申義都可以描述數量域中的「資產多少」，並且該引申義都來自於三者表示一維空間維度形容詞的基礎義。「SHORT」描述一維點到點的距離時，可以看成在空間中兩點距離近，從一點不斷在數量上積累後到達另一點；「WIDE / NARROW」描述一維的橫向維度時，可以看成在平面上的一點不斷積累後到達平面上的另一點；「THICK / THIN」描述扁平狀事物上下面的距離時，可以看成從一個平面上的一點在空間中不斷積累後達到另一個平面上的一點。三組空間維度形容詞都可以看成一點到另一點在空間中數量的積累，因此三者可以把這個概念遷移到描述財富數量的積累。財富積累得越多就越有剩餘，個人或家庭的資產也就越多，

從而變得更富裕；而財富積累得越少，個人或家底的資產就越缺乏，家底就越少，從而變得更不富裕。「SHORT」描述的是財富的積累；「THICK／THIN」描述的是財富積累後資產和財富的多少；「WIDE／NARROW」描述的是資產和財富最後反映出生活的富裕或貧窮。在被調查的 13 種語言中，漢語、韓語、日語、蒙古語、泰語、印尼語、西班牙語、英語、德語、法語、俄語、拉丁語的「SHORT」能描述財富「不充足、缺少、資產少」；有 9 種語言的「THICK／THIN」可以描述財富積累後資產和財富的多少，其中漢語、越南語、蒙古語、泰語、印尼語、德語、俄語「THICK」能描述「資產多」，漢語、韓語、日語、蒙古語、越南語、印尼語的「THIN」能描述「（家底）少」；有 8 種語言的「WIDE／NARROW」可以描述生活的富裕或貧窮，其中漢語、法語、俄語的「WIDE」能描述「寬裕、富餘」，漢語、印尼語、英語、德語、法語、俄語、拉丁語、西班牙語的「NARROW」能描述「（生活）不富裕」。在 13 種語言中，漢語的「SHORT」「WIDE／NARROW」和「THICK／THIN」都可以描述數量域中資產的多少。

　　「LONG」和「THICK」都可以從描述一維的空間維度形容詞的基礎義得到數量域中描述液體黏稠、濃度高的引申義。「LONG」從描述長條狀事物的長度可以引申出描述粥或湯的濃稠、黏著，而「THICK」從描述扁平狀事物上下面間的距離可以引申出描述湯的黏稠。「LONG」和「THICK」的引申義在描述液體的濃度上具有高度的一致性。同時「LONG」從長條狀事物的長度還可以引申到時間域，描述葡萄酒在口中留下的餘味，而「THICK」從描述扁平狀事物上下面間的距離還可以引申到感知域的味道濃。雖然「LONG」和「THICK」的引申義不在同一個域，但這兩個詞義都涉及味道並具有某種關聯：因為葡萄酒的味道濃，所以酒味停留在人嘴裏的時間就比較長從而在口中形成餘味。「LONG」和「THICK」在描述味道的引申義時產生的關聯與其基礎義有著密切的聯繫，「THICK」描述味道的濃具有層次感，而「THICK」在描述空間事物的厚度時也有層次感；「LONG」描述葡萄酒的餘味是強調味道保持的時間長，即在時間維度上具有更長的距離，而「LONG」的基礎義描述的是空間維度上具有更長的距離。「LONG」和「THICK」在味道上的引申關係與基礎義中空間上維度的關係具有一致性，「THICK」強調當下味道的濃，這種濃具有層次感，「LONG」則強調味道保持的時間久，兩個詞描述的是味道的不同維度。在被

調查的 13 種語言中，法語和德語的「LONG」能描述液體的濃度，並且這兩種語言的「THICK」可以描述味道的濃。

　　「SHORT」和「NARROW」都可以從描述一維事物的空間維度形容詞的基礎義引申到認知域，並且兩個詞在認知域中的引申義相互關聯。「SHORT」從描述長條狀事物的長度可以引申到認知域，描述人們看問題的短視，而「NARROW」從描述二維平面的橫向距離也可以引申到認知域，描述人們思想的狹隘。「SHORT」和「NARROW」在描述見識的引申義時產生的關聯與其基礎義有著密切的聯繫，「NARROW」的基礎義描述二維平面的橫向距離時通常可以表示因為間距狹小通過很困難，而「NARROW」引申義描述的人們思想的狹隘是這種基礎義到引申義的投射；「SHORT」的基礎義只有距離短的概念，投射到引申義中也是指人們看問題的距離比較短。人們會因為思想的狹隘而導致看問題的短視，在被調查的 13 種語言中，泰語的「SHORT」可以描述目光短淺，同時「NARROW」可以描述人的思想狹隘。在泰語中這兩詞共同具有向認知域的引申反映出這兩個詞在引申義上的關聯。

　　「NARROW」可以從描述二維平面的橫向距離引申到數量域，描述做事仔細、嚴格，而「THIN」可以從描述圓柱狀事物的橫截面引申到心智域，描述觀察細緻。兩個詞的引申義雖然描述的域不同，但都有細心、細緻的含義。「NARROW」是從數量少來體現仔細與嚴格，「THIN」是從把空間中細的概念遷移過來體現心思的「細」。在被調查的 13 種語言中，蒙古語和英語「NARROW」的引申義可以描述「詳細、仔細」，拉丁語、西班牙語和俄語「THIN」的引申義可以描述「精細的，細緻的」。由此可以看出，沒有一種語言既可以從數量上又可以從心智上描述細心、細緻。

　　通過上述對「LONG／SHORT」「WIDE／NARROW」和「THICK／THIN」三組空間維度形容詞引申義共性的分析，可以看出「LONG／SHORT」「WIDE／NARROW」和「THICK／THIN」雖然在空間中描述不同的維度，但三者的引申義具有跨語言的共性或關聯。空間維度形容詞在空間中既具有維度的含義也具有數量的含義，如「LONG／SHORT」描述的是非垂直方向上最大的維度，而當去除三組空間維度形容詞的空間義只保留它們在數量上的含義，這時三組形容詞在數量上就體現出它們的共性：「LONG」「WIDE」「THICK」都可以描述數量上的「多」；「SHORT」「NARROW」「THIN」都可以描述數量上的

「少」。同時,「LONG／SHORT」「WIDE／NARROW」和「THICK／THIN」三組空間維度形容詞的引申義與基礎義也存在著密切的關係。「LONG／SHORT」的引申義與基礎義一樣,都來自「長條狀事物」這個表示一維的空間維度形容詞的節點,而「WIDE／NARROW」和「THICK／THIN」的引申義也與基礎義相同。「WIDE／NARROW」的引申義既來自二維平面的橫向距離,也來自有邊界的平面的面積;「THICK／THIN」的引申義既來自扁平狀事物上下面間的距離,也來自圓柱狀事物的橫截面。三組空間維度形容詞基礎義與引申義都具有相同的來源,體現了基礎義與引申義密切的聯繫。

「LONG／SHORT」「WIDE／NARROW」和「THICK／THIN」的引申義不僅具有共性,它們還有一些明顯的差異。「WIDE／NARROW」和「THICK／THIN」都可以引申到心智域,但兩組詞引申義的來源不同。「WIDE／NARROW」從表示二維平面的橫向距離引申到心智域,「WIDE」可以描述胸懷寬闊,「NARROW」可以描述心胸不開闊;「THICK／THIN」從表示二維面積的圓柱狀事物的橫截面引申到心智域,「THICK」可以描述遲鈍,「THIN」可以描述「精細的、細緻的」「敏銳的、洞察入微的」「敏感的、靈敏的」和「不重要、微不足道」。「WIDE／NARROW」也可以從表示二維面積的基礎義引申到數量域,但相對於「THICK／THIN」,「WIDE／NARROW」主要描述與範圍相關的引申,而「THICK／THIN」從描述二維面積的基礎義引申到數量域的含義只能描述與身材相關的粗細。「NARROW」和「THICK／THIN」都可以引申到情感域,但兩組詞的用法完全相反。「NARROW」引申到情感域描述關係密切,表示的是一種積極正面的關係。相對於「NARROW」,「THIN」引申到情感域描述感情淡、關係冷淡,表達的是一種消極負面的關係。而「THICK」引申到情感域描述感情深、關係親密,也表達的是一種積極正面的關係。由此可以看出,在情感域中「NARROW」描述的關係與「THICK」相同,但與「THIN」相反。在「LONG／SHORT」「WIDE／NARROW」和「THICK／THIN」三組空間維度形容詞的引申義中,僅「LONG／SHORT」的引申義具有向時間域的引申,而向感知域的引申也只有「THICK／THIN」可以描述。

三組空間維度形容詞的引申義在對稱性方面體現出複雜性。在 13 種語言「LONG／SHORT」的引申義中,只有「LONG」有向評價域的引申,「SHORT」則有向認知域的引申,「LONG」沒有。「LONG」向時間域能引申出「(葡萄

酒）的餘味」，而「SHORT」向時間域能引申出「迅速、敏捷」。「LONG」向數量域能引申出「（粥、湯）濃稠、黏著」，「SHORT」沒有向數量域引申出濃度的含義。在 13 種語言「WIDE／NARROW」的引申義中，只有「NARROW」有向情感域的引申，「WIDE」沒有向情感域的引申。在向數量域的引申中，「NARROW」引申義的數量要多於「WIDE」。在 13 種語言「THICK／THIN」的引申義中，「THIN」向數量域和向心智域的引申都比「THICK」要多。從「NARROW」和「THIN」的引申義情況顯示，所謂的消極形容詞的語義和用法要比積極形容詞豐富，「LONG」和「SHORT」雖然引申義上不對稱引申的情況比較複雜，但「SHORT」的語義也很豐富。所以至少在詞義的發展和豐富程度上，積極形容詞和消極形容詞沒有明顯差別。

第六章　結　論

　　本書借鑒 MLexT 理論框架和研究方法，考察了 13 種語言中三組空間維度形容詞「LONG／SHORT」「WIDE／NARROW」「THICK／THIN」基礎義與引申義的用法。在對 13 種語言的三組空間維度形容詞全面描寫的基礎上，本書比較了跨語言的認知共性和差異，並歸納總結了各語言引申發展的規律。本書結論主要包括以下五個方面：

（一）在 13 種語言中「LONG／SHORT」的基礎義具有跨語言的高度
　　　一致性和穩定性，而「WIDE／NARROW」和「THICK／THIN」
　　　的基礎義在跨語言的表達上較複雜

　　「LONG／SHORT」只用兩個框架就可以描述全部的基礎義，是三組空間維度形容詞中包含框架數量最小的。說明 13 種語言中「LONG／SHORT」的基礎義具有高度的一致性。「WIDE／NARROW」和「THICK／THIN」的基礎義框架較多，則反映了不同地域的語言在使用「WIDE／NARROW」和「THICK／THIN」描述事物時所表示的含義更為複雜，跨語言一致性沒有「LONG／SHORT」強。上述結論與斯瓦迪士 100 個核心詞列表相吻合，斯瓦迪士 100 個核心詞列表只把「LONG」列為核心詞，「SHORT」「WIDE／NARROW」和「THICK／THIN」未被列入其中。

（二）三組空間維度形容詞的基礎義和引申義都表現出比較明顯的地域差異

第一，在基礎義方面。

13 種語言中「LONG／SHORT」的基礎義在描述「生命體垂直向上的連續距離」時具有明顯的地域差異。歐洲語言中「LONG／SHORT」的基礎義可以描述「生命體垂直向上的連續距離」，但大部分亞洲語言的「LONG／SHORT」的基礎義不可以描述這一框架。

13 種語言中「WIDE／NARROW」和「THICK／THIN」的基礎義在描述二維面積時呈現出亞洲地區和歐洲地區間明顯的地域差異。歐洲語言「WIDE／NARROW」的基礎義可以更廣泛地表示二維面積的框架，而大部分亞洲語言「WIDE／NARROW」的基礎義除了「有邊界的平面的面積」以外，不能描述其他框架。大部分亞洲語言的「THICK（厚）／THIN（薄）」用來描述扁平狀事物，而用另外的詞來描述圓柱狀事物和線條狀事物；但在大部分歐洲語言中，「THICK（厚）／THIN（薄）」與「THICK（粗）／THIN（細）」是同一個詞，其既可以描述扁平狀事物，又可以描述圓柱狀事物。

第二，在引申義方面。

大部分亞洲語言「THICK／THIN」的引申義來自「扁平狀事物上下面的距離」這個基礎義框架，而大部分歐洲語言「THICK／THIN」的引申義既來自「扁平狀事物上下面的距離」又來自「圓柱狀事物的橫截面」。相較於大部分亞洲語言「WIDE／NARROW」的引申義，大部分歐洲語言「WIDE／NARROW」的引申義還可以用來描述「寬裕、富餘」或「（生活）不寬裕」。歐洲語言「LONG／SHORT」的引申義比亞洲語言「LONG／SHORT」的引申義增加了「（粥、湯）濃稠，黏著」「（葡萄酒）餘味」和「迅速、敏捷」框架。亞洲語言「LONG／SHORT」的其他引申義，大部分歐洲語言都可以同樣地表達。

（三）三組空間維度形容詞的引申義與基礎義都存在密切的聯繫

「LONG／SHORT」的基礎義只描述空間中的維度義，因此只有一個核心節點「長條狀事物」，所有的引申義都來自這一個節點。而「WIDE／NARROW」和「THICK／THIN」的基礎義既可以描述空間中的維度義，也可以描述空間中的面積義，因此其有兩個核心節點。具體而言，「WIDE／NARROW」的引

申義來自「二維平面的橫向距離」和「有邊界的平面的面積」,「THICK／THIN」的引申義來自「扁平狀事物上下面的距離」和「圓柱狀事物的橫截面」。

（四）「LONG／SHORT」的引申義與「WIDE／NARROW」「THICK／THIN」的引申義在引申域上有明顯的不同。

時間也被認為具有一種向前發展的趨勢,這與描述縱向維度的「LONG／SHORT」的基礎義相關聯,因此,「LONG／SHORT」在時間域上的引申較多。範圍上的擴大或縮小意味著數量上的增加或減少,因此描述橫向維度的「WIDE／NARROW」在數量域上的引申較多。與之相似,扁平狀事物上下面的距離和圓柱狀事物橫截面的面積變化都可以表達出數量上的增加或減少,因此「THICK／THIN」在數量域上的引申也較多。

（五）三組空間維度形容詞中每組內部的兩個詞的詞義在對稱性方面表現複雜,積極形容詞和消極形容詞在詞義豐富性方面沒有明顯差異

第一,在基礎義方面。

13 種語言「LONG／SHORT」的基礎義中只有印尼語「LONG」的詞義比「SHORT」少。13 種語言的「WIDE」和「NARROW」在描述維度義時具有較高的一致性,但在描述面積義時差異較大。13 種語言的「THICK」和「THIN」無論在描述維度義還是描述面積義都具有較高的一致性。

第二,在引申義方面。

在 13 種語言中「LONG」的引申義有對外部世界的評價域,而「SHORT」的引申義有向內認知的認知域,反映了人類共同的「近取諸身、遠取諸物」的認知規律。此外,「NARROW」的引申義要比「WIDE」豐富,「THIN」的引申義也比「THICK」豐富。

參考書目

·

一、中文參考書目

（一）專著

1. 曾傳祿，現代漢語位移空間的認知研究〔M〕，北京：商務印書館，2014。
2. 董秀芳，詞彙化：漢語雙音詞的衍生和發展〔M〕，北京：商務印書館，2011。
3. 董秀芳，漢語詞彙化和語法化的現象和規律〔M〕，上海：學林出版社，2017。
4. 馮英，漢語義類詞群的語義範疇及隱喻認知研究〔M〕，北京：北京語言大學出版社，2009。
5. 符淮青，詞義的分析和描寫〔M〕，北京：外語教學與研究出版社，2006。
6. 格雷馬斯，結構語義學〔M〕，上海：百花文藝出版社，2001。
7. 郭銳，現代漢語詞類研究〔M〕，北京：商務印書館，2002。
8. 藍純，從認知的角度看漢語和英語的空間隱喻〔M〕，北京：外語教學與研究出版社，2003。
9. 藍純，認知語言學與隱喻研究〔M〕，北京：外語教學與研究出版社，2005。
10. 李福印，認知語言學概論〔M〕，北京：北京大學出版社，2008。
11. 劉丹青，語序類型學與介詞理論〔M〕，北京：商務印書館，2003。
12. 陸國強，英漢概念結構對比〔M〕，上海：上海外語教育出版社，2008。
13. 倫納德，塔爾米，認知語義學（卷I）〔M〕，北京：外語教學與研究出版社出版，2012。
14. 呂叔湘，現代漢語八百詞（增訂本）〔M〕，北京：商務印書館，1999。
15. 梅家駒，同義詞詞林〔M〕，上海：上海辭書出版社，1996。

16. 齊滬揚，現代漢語空間問題研究〔M〕，上海：學林出版社，1998。

17. 喬治，萊考夫，馬克，約翰遜，我們賴以生存的隱喻〔M〕，杭州：浙江大學出版社，2015。

18. 沈家煊，不對稱與標記論〔M〕，南昌：江西教育出版社，1999。

19. 束定芳，認知語義學〔M〕，上海：上海外語教育出版社，2008。

20. 束定芳，隱喻學研究〔M〕，上海：上海外語教育出版社，2000。

21. 王文斌，隱喻的認知構建與解讀〔M〕，上海：上海外語教育出版社，2008。

22. 王寅，什麼是認知語言學〔M〕，上海：上海外語教育出版社，2011。

23. 王寅，語義理論與語言教學〔M〕，上海：上海外語教育出版社，2014：170～172。

24. 溫格瑞爾，施密特，彭利貞等（譯），認知語言學導論〔M〕，上海：復旦大學出版社，2009。

25. 吳念陽，現代漢語心理空間的認知研究〔M〕，北京：商務印書館，2014。

26. 張斌，簡明現代漢語〔M〕，北京：中央廣播大學出版社，2000。

27. 張斌，現代漢語描寫語法〔M〕，北京：商務印書館，2010。

28. 張伯江，方梅，漢語功能語法研究〔M〕，南昌：江西教育出版社，1996。

29. 張國憲，現代漢語形容詞功能與認知研究〔M〕，北京：商務印書館，2006。

30. 張志毅，張慶雲，詞彙語義學〔M〕，北京：商務印書館，2001。

31. 趙亮，空間詞彙系統的認知研究〔M〕，哈爾濱：黑龍江人民出版社，2008。

32. 趙豔芳，認知語言學概論〔M〕，上海：上海外語教育出版社，2001。

（二）期刊論文

1. Ekaterina R. & Liliya K，莫斯科詞彙類型學研究介紹〔J〕，語言學論叢，2019（1）：358～380。

2. 陳舜婷，語料庫驅動的空間量度形容詞對比研究——以「高」和 HIGH / TALL 為例〔J〕，山東外語教學，2010（5）：14～20。

3. 符准青，詞典釋義的比較〔J〕，辭書研究，1990（1）：28～34。

4. 郭銳，概念空間和語義地圖：語言變異和演變的限制和路徑〔J〕，對外漢語研究，2012（1）：96～130。

5. 郭銳，形容詞的類型學和漢語形容詞的語法地位〔J〕，漢語學習，2012（5）：3～16。

6. 韓暢，榮晶，動詞「坐」的詞彙類型學研究〔J〕，世界漢語教學，2019（4）：504～521。

7. 何悅，漢日語空間維度詞「大」、「小」的隱喻義對比〔J〕，文學教育（下），2019（4）：54～55。

8. 黃丹盈，英漢時空性狀維度映像特質研究〔J〕，現代語文，2019（1）：120～125。

9. 賈燕子，吳福祥，詞彙類型學視角的漢語「吃」「喝」類動詞研究〔J〕，世界漢語教學，2017（3）：361～381。

10. 賈燕子，詞彙類型學視域下漢語「硬」語義場的歷時演變〔J〕，語文研究，2019（4）：13～27。

11. 藍純，從認知角度看漢語的空間隱喻〔J〕，外語教學與研究，1999（4）：7～15。

12. 李東梅，淺論空間量度形容詞的句法特點〔J〕，長江學術，2008（4）：170～173。

13. 李英姬，張慧貞，韓‧漢空間形容詞「遠／近」的隱喻認知對比〔J〕，中國證券期貨，2012（7）：269～270。

14. 陸儉明，說量度形容詞〔J〕，語言教學與研究，1989（3）：46～59。

15. 馬惠玲，張星星，空間形容詞「厚」「薄」的語義考察與國際中文教學〔J〕，河南教育學院學報（哲學社會科學版），2021（4）：63～69。

16. 馬麗萍，俄語空間維度形容詞語義衍生的認知映像分析〔J〕，外國語文，2020（4）：74～82。

17. 牛保義，凸顯度優先：TALL-SHORT 類相對反義詞的認知研究〔J〕，外語學刊，2007（2）：47～52。

18. 牆斯，詞彙類型學視角下漢語水中運動動詞的歷史演變〔J〕，語言學論叢，2019（1）：24～57。

19. 任永軍，空間維度詞「大／小」的認知語義分析〔J〕，聊城大學學報（哲學社會科學版），2004（5）：30～33。

20. 任永軍，直線型空間維度詞隱喻義認知分析〔J〕，聊城大學學報（社會科學版），2006（3）：72～75。

21. 王淑瓊，英語空間維度形容詞習得的量化研究〔J〕，現代語文，2019（2）：93～97。

22. 王銀平，王丹丹，英漢空間維度詞「高」的認知隱喻對比研究〔J〕，嘉興學院學報，2011（4）：136～139。

23. 王銀平，英漢垂直空間維度詞的認知隱喻對比研究〔J〕，現代語文（語言研究版），2013（11）：151～154。

24. 王銀平，英漢空間維度詞「寬、窄」的認知隱喻對比研究〔J〕，現代語文（語言研究版），2017（11）：129～131。

25. 王銀平，英漢空間維度詞「深」的認知隱喻對比研究〔J〕，新餘學院學報，2012（02）：54～56。

26. 王銀平，英漢空間維度詞「長、短」的認知隱喻對比研究〔J〕，長江大學學報（社科版），2015（12）：47～50。

27. 魏麗琴，漢日空間維度形容詞「薄」和「薄い」的語義對比研究〔J〕，湖北函授大學學報，2017（12）：185～187。

28. 吳福祥，張定，語義圖模型：語言類型學的新視角〔J〕，當代語言學，2011（4）：336～350。

29. 伍瑩，現代漢語空間形容詞「寬、窄」面積義分析〔J〕，當代教育理論與實踐，2013（3）：155～157。

30. 楊潔，論英語量度形容詞的模糊語義〔J〕，長沙電力學院學報（社會科學版），1999（2）：112～113。

31. 楊忠，林正軍，功能語言學語義研究範式探析〔J〕，中國外語，2011（5）：83～88。

32. 楊忠，語言相對論與語義研究視角摭議〔J〕，外國問題研究，2010（1）：12～16。

33. 張博，第二語言學習者漢語中介語易混淆詞及其研究方法〔J〕，語言教學與研究，2008（6）：37～45。

34. 張博，反義類比構詞中的語義不對應及其成因〔J〕，語言教學與研究，2007（1）：43～51。

35. 張博，同義詞、近義詞、易混淆詞：從漢語到中介語的視角轉移〔J〕，世界漢語教學，2007（3）：98～107。

36. 張定，「穿戴」動詞語義圖〔J〕，當代語言學，2017（4）：546～560。

37. 張定，「追逐」動詞語義圖〔J〕，當代語言學，2016（1）：51～71。

38. 張國憲，形容詞的記量〔J〕，世界漢語教學，1996（4）：33～42。

39. 張宏麗，楊廷君，英漢多義形容詞「high」和「高」的認知語義對比分析〔J〕，現代語文，2015（6）：147～151。

40. 張克定，空間關係及其語言表達的認知語言學闡釋〔J〕，河南大學學報，2008（1）：1～8。

41. 張志軍，蘇珊珊，俄漢語空間維度詞「широкий／узкий」與「寬／窄」隱喻義對比分析〔J〕，中國俄語教學，2017（2）：15～19。

42. 張志軍，蘇珊珊，俄漢語直線型空間維度詞的對比分析〔J〕，中國俄語教學，2014（2）：44～49。

43. 張志軍，孫敏慶，俄漢語「深／淺」空間維度隱喻認知對比分析〔J〕，中國俄語教學，2009（3）：44～48。

44. 張志軍，孫敏慶，俄語空間參數形容詞隱喻意義的認知分析〔J〕，解放軍外國語學院學報，2010（2）：31～36。

45. 趙果，多語詞彙對比和對外漢語多義詞教學〔J〕，中國大學教學，2017（5）：64～68。

46. 趙果，類型學視野下「頭」的共詞化分析〔J〕，當代修辭學，2017（3）：80～89。

47. 趙平分，曹衛紅，漢語反義詞不平衡現象及文化闡釋〔J〕，河北大學學報，2006（2）：108～110。

48. 鍾文碩，基於語料庫的漢英「厚／薄」語義拓展對比分析〔J〕，湖北文理學院學報，2021（6）：55～60。

49. 朱莉華，白解紅，漢語空間維度形容詞時間概念的構建〔J〕，湖南師範大學社會科學學報，2017（3）：137～141。

（三）學位論文

1. 崔馨丹，漢韓空間維度詞「厚／薄」和「두껍다／얇다」的對比〔D〕，延邊大學碩士學位論文，2015。

2. 蒂娜，漢語「長／短」與俄語「длинный／короткий」的對比研究〔D〕，延邊大學碩士學位論文，2016。

3. 丁碧草，漢、越語言空間維度範疇研究〔D〕，吉林大學博士學位論文，2015。

4. 樊可心，中韓直線型空間維度詞的概念隱喻對比研究〔D〕，大連外國語大學碩士學位論文，2021。

5. 姜海燕，朝漢空間概念的隱喻對比〔D〕，延邊大學碩士學位論文，2004。

6. 金美順，空間維度詞「深」的研究〔D〕，北京語言大學博士學位論文，2009。

7. 李亮（Kholkina Liliya），詞彙類型學視角的漢語物理屬性形容詞研究〔D〕，北京大學博士學位論文，2015。

8. 劉桂玲，認知語義視角下英、漢空間量度形容詞對比研究〔D〕，東北師範大學碩士學位論文，2017。

9. 閔子，韓漢空間維度詞對比研究〔D〕，延邊大學碩士學位論文，2012。

10. 歐麗娜，中泰空間量度形容詞對比分析與教學設計〔D〕，廣西大學碩士學位論文，2019。

11. 皮奕，「長／短」的對稱與不對稱分析〔D〕，廣西師範大學碩士學位論文，2010。

12. 任永軍，現代漢語空間維度詞語義分析〔D〕，延邊大學碩士學位論文，2000。

13. 沈賢淑，漢朝空間維度詞的對比〔D〕，延邊大學碩士學位論文，2001。

14. 田玉粉，漢韓空間維度詞對比〔D〕，延邊大學碩士學位論文，2016。

15. 文瀾，「寬／窄」類單音形容詞的語義演變研究〔D〕，廣西大學碩士學位論文，2017。

16. 伍瑩，現代漢語空間維度形容詞語義系統研究〔D〕，武漢大學博士學位論文，2011。

17. 徐天龍，量度形容詞「大」「小」的句法語義屬性及不對稱研究〔D〕，上海師範大學碩士學位論文，2013。

18. 楊榮華，「大／小」的對稱與不對稱研究〔D〕，南京：南京師範大學碩士學位論文，2008。

19. 張子洋，詞彙類型學視野下漢日空間形容詞詞義對比〔D〕，大連理工大學碩士學位論文，2020。

20. 朱曉軍，空間範疇的認知語義研究〔D〕，華東師範大學博士學位論文，2008。

二、英文參考書目

1. Anthanasiadou. A. 2001. The conceptualization and the construal of the concept of width in English [A]. In Nemeth T E.(ed.), Cognition in Language Use [C]. Antwerp:IPrA.1~11.

2. Britsyn, V. M., Rakhilina E.V., Reznikova T.I., Yavorska G.M.(eds.). 2009. Koncept boli v tipologičeskom osveščenii [The Concept of PAIN in Typological Context] [M]. Kiev, Dmitri Burago 』s Publishing House.

3. Bierwisch. M. 1967. Some semantic universals of German adjectivals [J]. Foundations of Language3:1~36.

4. Clark. H. 1973. Space, time, semantics and the child [A]. In Moore T E.(ed.). Cognitive Development and the Acquisition of Language [C]. New York: Academic Press. 27~63.

5. Croft. W. 1998. Linguistic evidence and mental representations [J]. Cognitive Linguistics 9:151~173.

6. Dirven. R & Taylor. J. 1988. Conceptualization of vertical space in English [C]. In: Rudzka-Ostyn. 379~402.

7. Dixon. R. M. W. 1982. Where have all the adjectives gone? [A]. Berlin: Mouton.

8. Fillmore. C. 1976. Frame semantics and the nature of language. In: Annals of the New York Academy of Sciences: Conference on the Origin and Development of Language and Speech.280. 20~32.

9. Fillmore. C. 1997. Lectures on Deixis [Z]. Stanford: CSLI publications.

10. Galeote. M. et al. 1999. Adult performance in naming spatial dimensions of objects [C]. The Spanish Journal of Psychology. 39~54.

11. Geckeler. H. 1997. Réflexions sur le champ lexical adjectival des dimensions spatiales du fran ais [A]. In Geckeler, H.(ed.). L' Organisation Lexicale et Cognitive des Dimensions Spatiales et Temporelles: Actes d' EUROSEM 1996[C]. Reims: Presses Universitaires de Reims. 95~106.

12. Goy. A. 2002. Grounding meaning in visual knowledge [A]. In: K. R. Coventry & P. Olivier (eds.). Spatial Language.Cognitive and Computation Perspectives [C]. Dordrecht: Kluwer Academic. 121~145.

13. Greenberg. J. H.(ed.). 1966. Universals of Language (2nd ed.)[C]. Cambridge: MIT Press.

14. Greimas. A.1966. Sémantique structurale [M]. Paris: Librarie Larousse.

15. Haspelmath. M. 2003. The geometry of grammatical meaning:semantic maps and cross-linguistic comparison [C]//M. Tomasello (ed.). The new psychology of language. New York: Erlbaum.

16. Koptjevskaja-Tamm et al. 2007. Typological approaches to lexical semantics [J]. Linguistic Typology. 11(1）. 159~185.

17. Koptjevskaja-Tamm. M. 2008. Approaching Lexical typology [C]//Martine Vanhove (ed.). From Polysemy to Semantic Change. Amsterdam/Philadelphia: JBPC.

18. Koptjevskaja-Tamm. M., Rakhilina. E. & Vanhove. M. 2016. The semantics of lexical typology [C]//Nick Riemer (ed.). The Routledge Handbook of Semantics. London/New York: Routledge.

19. Kruglyakova, V.A. 2010. Semantika glagolov vraščenija v tipologičeskoj perspektive [Semantics of Rotation Verbs in a Typological Perspective] [D]. Ph.D. thesis. Russian State University for Humanities.

20. Kyuseva, Maria V. 2012. Leksičeskaja tipologija semantičeskix sdvigov nazvanij kačestvennyx priznakov 'ostryj' i 'tupoj' [Lexical Typology of Semantic Shifts in Adjectives 'sharp' and 'blunt'][M]. Diploma paper, Moscow State University.

21. Lakoff. G. & Johnson. M. 1980. Metaphors We Live by [M]. Chicago: Chicago University Press.

22. Lakoff. G. & Johnson. M. 1999. Philosophy in the Flesh: the Embodied Mind and its Challenge to Western Thought [M]. Chicago: Chicago University Press.

23. Lakoff. G. 1987. Women Fire and Dangerous Things: What Categories Reveal about the Mind [M]. Chicago: Chicago University Press.

24. Lang. E. 1989. The semantics of dimensionsal designation of spatial objects [C]. In: Bierwisch & Lang. 263~417.

25. Lang. E. 2001. Spatial dimension terms [C]. In: M. E. Haspelmath et al. (eds.). Language Typology and Language Universals. An International Handbook 2. Berlin & New York: Mouton de Gruyter. 1251~1275.

26. Langacker. R. 1987. Foundations of Cognitive Grammar [J]. Vol.1: Theoretical Prerequisites. Stanford: Stanford University Press.

27. Langacker. R. 1993. Reference point constructions [J]. Cognitive Linguistics 4(1）. 1~38.

28. Lyons. J. 1968. Introduction to Theoretical Linguistics [M]. Cambridge: Cambridge University Press.

29. Lyons. J. 1977. Semantics [M]. Cambridge: Cambridge University Press.

30. Majsak, T., Rakhilina E. (eds.). 2007. Glagoly dviženija v vode: leksičeskaja tipologija [Verbs of AQUA-Motion: A Lexical Typology] [M]. Moscow: Indrik.

31. Rakhilina. E. & Reznikova. T. 2014. Doing lexical typology with frames and semantic maps[A]. Basic research program working papers series: linguistics, WP BRP 18/LNG.

32. Rakhilina. E. 2010. Verbs of rotation in Russian and Polish [C]//V. Hasko & R.

Perelmutter(ed.). New Approaches to Slavic Verbs of Motion. Amsterdam/ Philadelphia: John Benjamins. 2010.

33. Rakhilina. E. 2016. From the perspective of lexical typology: the metaphorical way of rotated verbs[A]. Particular Lectures for the 11th International Chinese Lexicology Conference. Peking University.

34. Reznikova, T., Rakhilina E., Bonch-Osmolovskaya A. 2012. Towards a Typology of Pain Predicates. In Linguistics [J]. Volume 50（3）:421~465.

35. Spang-Hanssen. E. 1990. La sémantique des adjectifs spatiaux. Revue Romane 25: 292~309.

36. Talmy. L. 2000. Toward a Cognitive Semantics [M]. Vol.2. The MIT Press.

37. Vandeloise. C. 1988. Length, width and potential passing [M]. In: Rudzka-Ostyn. 403~428.

38. Vandeloise. C. 1993. The role of resistance in the meanings of thickness. Leuvense Bijdragen 82. 29~47.

39. Vogel. A. 2004. Swedish Dimensional Adjectives [EM/OL]. Stockholm: Stockholm University.

40. Weydt. H & Schlieben-Lange, Birgitte. 1998. The meaning of dimensional adjectives. Discovering the semantic process [J]. Lexicology 4（2）:199~236.

41. Wienold. G & Rohlmer. U. 1997. On implications in lexicalizations for dimensional expressions [A]. In: K. Yamanaka & T. Ohiro (eds.). The Locus of Meaning. Tokyo: Kurosho.1997. 143~185.

三、詞典釋義來源

1. 韓國國立國語院，標準國語大詞典〔M〕，首爾：東亞出版社，1999。

2. 黑龍江大學俄語繫詞典編輯室編，大俄漢詞典〔M〕，北京：商務印書館，2001。

3. 梁立基主編，新印度尼西亞語漢語詞典〔M〕，北京：商務印書館，1989。

4. 牛津大學出版社編，新牛津英漢雙解大詞典〔M〕，上海：上海外語教育出版社，2013。

5. 祁廣謀主編，越南語漢越詞典〔M〕，北京：商務印書館，2017。

6. 日本講談社編，日漢大辭典，上海譯文出版社編譯〔M〕，上海：上海譯文出版社，2002。

7. 商務印書館辭書研究中心編，羅貝爾法漢詞典〔M〕，北京：商務印書館，2003。

8. 孫義楨主編，新時代西漢大詞典〔M〕，北京：商務印書館，2008。

9. 吳金瑞編，拉丁漢文辭典〔M〕，臺中：光啟出版社，1999。

10. 蕭少雲主編，泰漢詞典〔M〕，北京：商務印書館，1990。

11. 新蒙漢詞典編委會編，新蒙漢詞典〔M〕，北京：商務印書館，2002。

12. 葉本度主編，朗氏德漢雙解大詞典〔M〕，北京：外語教學與研究出版社，2007。

13. 中國社會科學院語言研究所詞典室，現代漢語詞典（第7版）〔M〕，北京：商務印書館，2016。

後 記

我從韓國來到中國，不知不覺已經過去了八年時間，美好的學習和生活也是一晃而過。回首走過的歲月，心中倍感充實。本書是在我博士論文的基礎上修改的。當我寫完這本書的時候，有一種如釋重負的感覺，但同時也伴隨著些許不捨。

在博士學習、論文撰寫，及書搞的修訂過程中，許多人都曾給予我關心與幫助，我想在此表達誠摯的謝意！

首先，我要誠摯地感謝我的博士導師張賾教授，這本書是在張老師的悉心指導下完成的。從選題到討論修改，再到最終定稿，她都給予了大量的指導，她的學術研究的方法和態度，使我受益匪淺。在我博士階段結束時，張老師也給我指明了之後的學習與研究方向。張老師就像我的家人一樣，在生活中時常關心幫助我，令身在異國他鄉的我感到無比的溫暖和感動。在今後的學習生活中，我會一直以張賾老師為榜樣繼續努力，以更多的學術成果報答她的栽培！

其次，我想真誠地感謝我的韓國導師金震坤教授，是他將我引上了詞彙學研究之路，並支持我來中國學習。金老師淵博的專業知識和紮實嚴謹的治學方針讓我受益終生。

我還要感謝其他幾位指導老師：郭銳老師、張博老師、邱冰老師、張定老師，感謝他們在百忙中閱讀我的論文初稿、與我討論為我答疑解惑，提出寶貴的意見和建議。

此外，感謝上海師範大學陳昌來老師、曹秀玲老師對我讀博士後的鼓勵，這兩位老師都給予我耐心的指導和誠懇的建議，並在學習和生活上給了我許多的幫助，在此一併致謝。

同時，也由衷地感謝幫助過我的同學和朋友，他們每一個人身上都有很多值得學習的閃光之處。沒有大家的幫助與鼓勵，我是無法順利完成這本書的。

最後，還要感謝我的家人多年來給予我無私的愛，感謝他們鼓勵、支持我來中國學習深造，家人的關懷和信任是我不斷前進的動力！

金采里

2023 年 8 月 18 日於上師大學思湖